Irmgard Hierdeis

Die Tote am Herrschinger Ufer

Originalausgabe – Erstdruck

Irmgard Hierdeis

Die Tote am Herrschinger Ufer

Ammersee-Krimi

Schardt Verlag Oldenburg

Bibliographische Information der Deutschen Bibliothek:

Die Deutsche Bibliothek verzeichnet diese Publikation in *Der Deutschen Nationalbibliografie*; detaillierte bibliographische Daten sind im Internet über http://dnb.ddb.de abrufbar.

Umschlag: Rainer Griese, Troisdorf
unter Verwendung eines Photos der Autorin

Personen und Handlungen dieses Romans sind frei erfunden.

1. Auflage 2008

Schardt Verlag
Uhlhornsweg 99a
26129 Oldenburg
Tel.: 0441-21779287
Fax: 0441-21779286
Email: schardtverlag@t-online.de
www.schardtverlag.de
Herstellung: Fuldaer Verlagsanstalt

ISBN 978-3-89841-386-2

Bruno sah auf das Familienphoto, das er samt Silberrahmen vor einer Woche vom Institutsschreibtisch wieder nach Hause mitgenommen hatte, zusammen mit einigen Kartons voller Manuskripte und Bücher. Jetzt war er wirklich pensioniert, oder, wie es in der Sprache der Universität hieß, emeritiert. Ein Emeritus! Unglaublich! Sein Leben lang hatte er über seine alten Kollegen gelächelt, wenn sie, mit einem Blumenstrauß im Arm, der dann an die Gattin weitergereicht wurde, nach der Verabschiedung durch den Dekan wehmütig den jüngeren Kollegen die Hand gaben. Die meisten von ihnen kamen nach wie vor an ihre alte Arbeitsstelle, saßen Vormittage lang in der Bibliothek und schrieben und forschten weiter, als wären sie noch im Amt. Hin und wieder mischten sie sich auch in die Besetzungspolitik ein und intrigierten mit Hilfe alter Beziehungen, um ihre Kandidaten zu favorisieren. Zu diesen Unentwegten, die nicht aufhören konnten, wollte er nicht gehören.

Ja, das alte Bild mit ihm in der Mitte, Irene an ihn gelehnt, auf der einen Seite die ungewöhnlich ordentlich frisierte Martina, und, neben Irene, Christoph in Anzug und Krawatte. Eine gestellte Welt, die mit dem wirklichen Familienleben nicht viel zu tun hatte. So viel er sich auch zurückerinnerte, wo sein eigentlicher Platz innerhalb der Familie gewesen war – abgesehen von seinem Schreibtisch – er kam sich immer so vor, als sei er in der Luft gesessen, schwebend in oder über einer Familie, die ihr tägliches irdisches Leben ohne ihn abwikkelte.

Aber so ein Photo hielt schwärmende Studentinnen ab – Kolleginnen allerdings weniger. Er lächelte unwillkürlich, dachte an Silvia, die ihm immer noch schrieb, obwohl sie jetzt in Norddeutschland lebte, Ordinaria, und seit ein paar Jahren sogar mit einem Kollegen von der Wirtschaftswissenschaft liiert war. Er hatte Irene nie etwas erzählt von ihrem Kongreßabenteuer in Bonn, wozu auch. Es war besser so. Ohnehin wäre Irene zu der Zeit nicht mehr eifersüchtig gewesen, so wie früher. Wann hatte sie sich geändert? Nach ihrer Affäre mit André, dem französischen Kollegen, der ein Semester lang bei ihnen gewohnt hatte. Auch Irene hatte nichts erzählt. Aber er hatte es geahnt, es eigentlich nicht so genau wissen wollen. André hin, André her, wir müßten ihm Andechs zeigen, mit ihm auf den Hohenpeißenberg, der eigentlich Hohenpreißenberg bei ihnen hieß, weil alle Besucher aus Norddeutschland stets in Trance fielen bei dem Gebirgspanorama. André war in Lyon versunken wie Silvia in Hamburg, und Irene – hier legte er das Photo weg. Zu viel Erinnerung hielt ab vom Alltäglichen, das er bewältigen mußte.

Er wollte die Kartons noch eine Weile im Gang stehen lassen und erst später einige Regale ausräumen. Vielleicht sollte er allmählich darüber nachdenken, sich von bestimmten Büchern ganz zu trennen und sie einer der neu gegründeten Universitäten überlassen. Weder Martina noch Christoph hatten seine Fächer studiert. Was sollten sie mit einer solchen Fachbibliothek, die schon fast zwei Zimmer füllte? Die Trennung von seinem Beruf war erst der Anfang. Er verscheuchte die traurigen Gedanken und setzte sich an den Schreibtisch.

Glückskinder. Wie war er auf diese Überschrift gekommen? Seine bisherigen Publikationen hatten wissenschaftliche Titel, etwa »Das Kulturphänomen der Abwesenheit. Eine Untersuchung zur Präsenz von Eltern und Erziehern.« Niemand, außer Kollegen oder Studenten, las solche Bücher. Und jetzt: »Glückskinder«. Seine früheren Kollegen würden bestenfalls schmunzeln. »Jetzt wird er alt, alt und populär.« In der deutschen Wissenschaft war populär stets das Gegenteil von wissenschaftlich. Möglichst wenige sollten eingeweiht sein, sich um Verstehen bemühen müssen. Das Nachschlagen von Fremdwörtern war schon Teil des Lesens. Mit zunehmendem Alter kam ihm diese Schreiberei immer fragwürdiger vor. Wieso sollten nicht auch andere Leute als seine Institutsangehörigen lesen und verstehen können, was er sagen wollte. Deswegen hatte er vor zwei Jahren, gerade als Irene gestorben war, mit dem Konzept zu diesem Buch angefangen.

Es war im Sommer gewesen, und Martina, seine Tochter, verbrachte mit ihren zwei kleinen Kindern eine Woche Urlaub bei ihm. Sie bewohnte immer noch ihr altes Zimmer im ersten Stock, von dem aus man einen ungehinderten Blick auf den See und auf Andechs hatte. Auch ihre alte Einrichtung war hiergeblieben, ergänzt durch ein Kinderbettchen. Und wenn Thomas, ihr Mann, mitkam, konnte man das Sofa zum Doppelbett ausziehen. An einem dieser warmen Sommerabende, als sie Thomas vom Zug abgeholt hatten und miteinander auf der Veranda Wein tranken und Käse aßen, fingen die beiden Jungen davon an, was sie am nächsten Tag alles unternehmen wollten.

»Es paßt so wenig in die Stunden«, seufzte Thomas. Die beiden in ihrem Wunsch, möglichst viel in einen Tag zu packen – er würde mit den Enkeln einen Spaziergang zu einer alten Freundin machen, die sich freute, wenn sie mit den beiden spielen konnte –, flößten ihm Mitleid ein. Sie kamen ihm vor wie Hans Wundersam in der Geschichte vom Wunschhimmel. »Das will ich, und das!« – das Wesentliche war eben noch nicht dabei. Noch als die beiden diskutierten, ob sie an ihrem kostbaren freien Tag zuerst an die Osterseen fahren sollten und dann weiter zum Bergsteigen Richtung Garmisch – und am Abend nach München ins Kino und hinterher noch in eine der neuen Bars –, da senkte sich über ihn die Tarnkappe des Nachdenkens, und die Idee zu seinem neuen Buch war entstanden. Sie jagten mit Wucht ihrem Glück nach, und wieviel Zeit man auch investierte, es war nie genug.

Als Thomas und Martina einmal zu einem Festmahl heimgekommen waren – einer von den beiden hatte irgendein Examen bestanden, und Irene verbrachte Stunden in der Küche, um das Ereignis kulinarisch würdig zu begehen – da rief Thomas auf einmal mitten beim Essen aus: »Wieso bin ich jetzt schon bei der Hälfte meines Schnitzels? Bald werde ich's aufgegessen haben, oh je!« Sie hatten alle schrecklich gelacht. Aber es war eigentlich nicht zum Lachen. Die Vergänglichkeit des Glücks, wenn auch nur in Form eines Schnitzels, war nur allzu schmerzlich klar gewesen. Ja, dachte er, kaum das Glück begriffen, ist's schon wieder um die Ecke. Irene tauchte auf, in ihrem Hochzeitskleid. Nein, diese Erinnerung mußte er verscheuchen. Wissenschaft! Klarheit! Weg von den ablenkenden Einzelheiten! Aber waren es denn nicht gerade diese Einzelheiten, die ihn aufs Thema gebracht hatten und deren Verknüpfung er anderen erläutern wollte? Wieso hatte das Glücklichsein keine Rolle gespielt in seiner Jugend? Waren sie denn nicht glücklich gewesen? Das merkte man ohnehin erst hinterher. Sollte er mit einem erfundenen Sokrates-Dialog beginnen?

Mein lieber Alcibiades, du willst also glücklich sein.
Ja, Sokrates.

Dann sag mir, was du dazu brauchst.
Eine ganze Menge.
Es ist also viel, wovon du denkst, es sei nötig zum Glücklichsein.
Das will ich meinen.
Dann zähl mir doch einiges davon auf.
Da ist erst einmal Wohlstand, dann Ansehen, dann Gesundheit, dann Liebe und natürlich Freunde.
Und das alles zusammen ist Glück?

Ob das wohl eine gute Idee war, mit solchen umständlichen Dialogen zum Kern des Problems langsam vorzustoßen? Er wollte eine Pause machen. Kurz entschlossen packte er das dünne Manuskript an die rechte Seite seines Schreibtischs und ging nach unten. Ein Spaziergang, um die Gedanken erst einmal durch die Natur zum Verschwinden zu bringen, damit sie dann, erholt und ausgeruht, sich wieder weiterverfolgen ließen.

Er ging den Seeweg entlang, vorbei an seinem Lieblingsrestaurant, das er meistens nachmittags besuchte, wenn auf der Terrasse Tische und Sonnenschirme aufgestellt waren und man durch das goldene Seegras hindurch auf den blauen, grauen oder grünen See schauen konnte. Nie war es laut in diesem Restaurant, auch nicht an heißen Sommertagen, wenn alle Tische besetzt waren. Die Sicht auf den See befriedete die Menschen, und sie saßen ruhig und in Gedanken versunken da, den Blick aufs Wasser gerichtet.

Diesmal hatte er keine Lust auf Cappuccino, jedenfalls noch nicht. Er ging an der Schwingtür vorbei, den Bahndamm entlang, vorbei an den kleinen Badehäuschen, dem etwas größeren Yachthaus und den alten Einfamilienhäusern, in denen das Jahr über kaum einer wohnte. Als er zu der Birke mit den vielen verwachsenen Stämmen kam – Martina und Christoph waren als Kinder virtuos darin herumgeklettert –, sah er von weitem eine Frau mit Hund sich nähern. Weiße Leinenjacke, Blue Jeans – und der kleine Spitz rannte schon zu ihm hin und sprang an ihm hinauf. Eine Frauenstimme rief: »Nicht springen, Milva!« aber das war wie eine Begrüßung, und der kleine Hund sprang um Bruno herum, bis der sich hinunterbeugte und ihn streichelte.

»Du bist aber heute zeitig dran mit deinem Abendspaziergang.«

»Ja«, lachte die Frau, »ich bin gerade mal wieder allein, Ludwig ist in Tegernsee beim Arzt, aber er schafft es auch ohne mich.«

Ludwig, ihr Mann, war bei einem befreundeten Mediziner wegen seiner chronischen Bronchitis in Behandlung. Manchmal schnaufte er so angestrengt, als hätte er Asthma.

»Und da hast du sicher noch nicht zu Mittag gegessen«, vermutete Bruno.

»Schau mich an«, lachte sie, »ob ich das wirklich brauche.«

Unter ihrer hellen Jacke trug sie ein hellblaues T-Shirt, am Halsausschnitt eine kleine Perlenkette. Ein bißchen kleiner als Bruno, aber insgesamt eine große Frau. Und, immer noch, eine schöne Frau, gepflegt und sorgfältig frisiert. In einem früheren Leben war sie sogar einmal Weinkönigin gewesen. Sie stammte aus dem südlichen Baden und konnte trotz über 30jährigem Aufenthalt am Ammersee ihren Markgräfler Singsang nicht verleugnen. Inge war eine alte Freundin von Irene gewesen. Die beiden Ehepaare waren auch manchmal gemeinsam in Urlaub gefahren, Mallorca fiel ihm ein und das Pustertal. Wie lange war das eigentlich schon her?

Inge hatte bemerkt, daß Bruno ganz woanders war. »Na, wieder mit großen Gedanken beschäftigt?«

»Ja, stell dir vor, ich habe dran gedacht, ob du wohl mit mir ins Seehaus gehen magst, auf einen Kaffee oder was auch immer.«

»Das ›was auch immer‹ vergessen wir«, meinte sie. »Ich habe gerade fünf Kilo abgenommen.«

»Sei nicht kindisch«, erwiderte er. »Du siehst gut aus, und du weißt das auch.«

Er drehte um, und sie gingen nebeneinander zur Terrasse hinunter, einen Weg durch Gebüsch, der auch im Sommer kühl war. Sie bestellten Cappuccino, sahen auf den See und schwiegen.

Irene saß bei ihnen auf dem rechten freien Stuhl.

Es vergingen ein paar Minuten. Beide schlürften den Milchschaum.

»Hast du schon den Ammerseekurier von heute gelesen?« fragte Inge.

»Reingeholt hab ich ihn schon, aber zum Lesen bin ich noch nicht gekommen.«

»Ich war ganz durcheinander heute, als ich das Photo einer Schulfreundin von Tommy sah. Ihre Leiche haben sie in Herrsching am wilden Ufer gefunden, dort, wo wir hin und wieder nach altem Holz gesucht haben.«

Ludwig schnitzte gerne, und manchmal durchforsteten sie Uferstreifen oder nahegelegene Wäldchen nach passenden Holzstücken.

»So jung«, meinte Bruno. »Was da wohl vorher wieder passiert sein mag.«

Inge seufzte. »Ich bin erleichtert, daß Tommy und Stefan feste Freundinnen haben. Du weißt ja, was ich früher ausgestanden habe, als sie beide Motorradrallyes fuhren. Aber die beiden Mädchen sind energischer, als ich das war. Sie mußten ihre Motorräder verkaufen.«

Bruno lachte. »Das war wieder Wasser auf die Mühlen von Ludwig! Ein echter Hellmer, so sein Spruch, weiß immer, was er zu tun hat. Er tut ganz einfach, was seine Frau will.«

»Diese Evelyn«, fuhr Inge fort, »war schon in der Schulzeit ein Problemkind. Hin und wieder kam sie zu uns zum Mittagessen, du weißt ja, bei uns spielt das keine Rolle. Da gab's immer große Portionen. Schau mich an!«

»Hör auf zu kokettieren, Inge! Deine Figur ist immer noch gut.«

»Du alter Schwindler! Wie gesagt, Evelyn war anders als die Mädchen in Tommys Klasse. Auf mich machte sie immer den Eindruck, als wäre sie nicht ganz da.«

»Drogen?«

»Nein, das glaube ich nicht. Tommy hätte das gewußt. Wäre sie älter gewesen, hätte man sagen können, sie war mit großen Gedanken beschäftigt.«

»Du meinst, mit Problemen?«

»Ja, sicher. Ich weiß auch, daß Tommy und sie nicht aneinander interessiert waren. Ich hatte immer den Eindruck, er brachte sie aus Mitleid zum Essen mit. Sie war ja auch extrem dünn.«

»Und da hast du sie kräftig aufgepäppelt?«

»Sie hat wirklich immer viel gegessen, ganz anders als die Mädchen, die sonst bei mir am Tisch saßen. Stefans Birgit zum Beispiel. Da wurde immer nur genippt, ein Häppchen abgeschnitten, ewig auf der Gabel gehalten, damit es so aussah, als würde man essen. Du kennst ja diese Schlankheitsesser, denen im Grunde nichts mehr schmecken darf. Nein, Evelyn hat immer kräftig zugelangt.«

»Hatte sie denn keine richtige Familie?« Bruno fragte mehr aus Höflichkeit, weil er das Mädchen nicht kannte, aber Inge Gelegenheit geben wollte, von der Toten zu sprechen.

»Ich glaube, sie war irgendwie vernachlässigt, nicht gerade unsauber, aber, sagen wir mal, verschlampt. Alte, ausgelatschte Schuhe, ein Anorak, drei Größen zu weit, lappig, verwaschene T-Shirts. Nur ihre Haare, die waren immer frisch gewaschen. Sehr schöne Haare übrigens. Trotzdem war sie nicht beliebt in der Klasse, hatte nicht mal eine Freundin, einen Freund schon gar nicht. Aber Tommy meinte, Mama, sie mag dich. Gezeigt hat sie's nicht, vielleicht nur durch ihren Appetit. Ganz brav sagte sie immer zum Abschied, vielen Dank für das gute Essen, Frau Hellmer.« Inge seufzte. »Vielleicht hätte ich mich mehr um sie kümmern müssen, nach allem, was Tommy so erzählte.«

»Was hat er denn erzählt?«

»Na, von dieser komischen Kühlschrankordnung bei ihnen daheim. Sie hat ja noch eine ältere Schwester, die als Sekretärin in Weilheim arbeitet, drei Jahre älter. Sie und die Mutter, die in München in einer Bank arbeitet, was genau, weiß ich nicht, haben einen Kühlschrank mit drei Fächern daheim in der Küche. Für jede der drei Frauen ist ein Fach reserviert, in dem alles das steht, was sie eben so gerne essen. Tommy war mal nach einem Schulausflug bei Evelyn im Haus, und sie fragte ihn, ob er was trinken wolle, ja, Orangensaft. Den sah er im Kühlschrank stehen. Sie aber meinte, nein, den kann ich dir nicht anbieten, der ist im Fach meiner Schwester. Ich hab noch eine Fanta, die kannst du haben. Und daraufhin erklärte sie ihm das System. Unser Tommy erzählte mir das dann, weil er gar nicht verstehen konnte, wie sowas funktioniert. Na, stell dir vor, wie das bei uns zugeht. Ich bin ständig am Einkaufen und Heimschleppen und Auffüllen, die Kerle putzen vielleicht was weg. Übrigens, Mittag- oder Abendessen gab's auch nicht bei Evelyn, jeder nahm halt aus seinem Fach, worauf er gerade Appetit hatte.«

»Und der Vater?«

»Keine Ahnung. Wahrscheinlich gab's keinen mehr, weil ja auch kein Kühlschrankfach für ihn da war.«

»Weißt du, wie sie umgekommen ist?«

»Nein, das stand nicht in der Zeitung.«

Beide schwiegen. Durchs Schilf sah man aufs andere Ufer, und irgendwo dort hatte sich womöglich eine Tragödie abgespielt, ganz in ihrer Nähe, und doch zu weit weg, als daß sie etwas gemerkt hätten.

»Was macht deine Arbeit?« Inge hatte das Gefühl, zu viel geredet zu haben.

»Ich bin immer noch beim Sortieren, bei der Vorarbeit. Das Glück will sorgfältig geplant sein.«

»Du mit deinem Glück«, lachte Inge. »Als ob man Glück planen könnte. Es kommt, wenn man's am wenigsten erwartet, und es verschwindet genauso unvermutet. Hinterher ist man gescheiter, aber nicht unbedingt glücklicher.«

»Ja«, meinte Bruno und schaute auf seine leere Cappuccinotasse, »genau das macht eine Definition so schwer. Es ist ja immer eine quasi retrospektive Erkenntnis, die man dazu verwendet. ›Glück war‹ statt ›Glück ist‹. Man müßte Historiker sein. Die Glücksmomente der verschiedenen Völker.«

»In England die Krönung von Elisabeth oder die Hochzeit von Charles und Diana. Und bei uns 1989! Unabhängig von Königen, das war unser absolutes Glücksjahr!«

»... wenn die Euphorie das Glück ausmacht, dann schon, dann hast du recht. Aber gerade im nachhinein ...«

»Jetzt mäkle nicht rum, Bruno. Erinnere dich, wie glücklich wir vor dem Fernseher saßen und Champagner miteinander getrunken haben, die ganze Nacht, als die Leute über die Mauer stiegen.«

»... und wie Irene weinte und sagte, meine Tante ist zehn Jahre zu früh gestorben. – Alle sterben zu früh.«

Inge faßte Brunos Hand. »Wir leben, und wir halten die Erinnerung an sie hoch. Was anderes können wir nicht tun. Ich muß jetzt so langsam wieder heimmarschieren. Zum Abendessen hab ich einen Zander, ein Riesenvieh. Das schaffen wir nicht alleine. Du mußt uns helfen! Um sieben Uhr?«

»Eine nette Art, deine Einladung als Hilfe in der Not zu tarnen. Du weißt, da kann ich mit meinem Helfersyndrom nicht widerstehen!«

»Also pünktlich um sieben! Und danke für den Cappuccino!«

Sie erhob sich, der Spitz kam gleich unter dem Tisch hervor, und beide verschwanden hinter den Sträuchern.

Bruno blieb noch in der Wärme sitzen. Das Gemurmel um ihn herum, die tiefe Bläue des Sees, der wolkenlose Himmel, war das Glück? Nein, das war eine schöne Kulisse fürs Glück. Glück mit der Natur allein gab es nicht. Darüber wollte er jetzt nicht mehr grübeln. Er stand auf und zahlte.

Es war Zeit, an den Schreibtisch zu gehen und endlich ein paar Einleitungssätze zu schreiben. Er freute sich auf seine Arbeit. Und das war schließlich auch Glück, wenn auch nur ein Teil davon.

Als er das Gartentor öffnete und die Margeriten sah, die er immer beim Rasenmähen stehen ließ, die hellroten und rosa Rosen, die Irene vor vielen Jahren gepflanzt hatte, den duftenden Lavendel dazwischen, da kamen ihm doch wieder Zweifel. Ja, die Natur konnte ein Glücksgefühl hervorrufen – bei ihm allerdings war das so eng mit Irenes Gartenarbeit verbunden, daß ihm irgendein Blumenbeet gleichgültig gewesen wäre. Hier aber sah er Irene zwischen den Pflanzen, wie sie mit bloßen Händen in der Erde wühlte und vor sich hin murmelte. Manchmal hatte er sie dabei ertappt, wie sie ihren Mund in eine Rosenknospe hielt oder beim Gießen die Sträucher anlächelte. War sie da glücklich gewesen?

Es war heiß. Er würde heute selber gießen müssen. Nach Regen oder Gewitter sah es nicht aus. Vor dem Arbeiten könnte er noch einmal kurz schwimmen. Seine Badehose zog er gleich an, warf sich den Bademantel über und ging über die Straße zu seinem Badesteg. Als hätte er auf ihn gewartet, kam ihm auch schon sein Nachbar entgegen, ein pensionierter Deutschlehrer vom Weilheimer Lea-Pfister-Gymnasium, an den Christoph schlechte Erinnerungen hatte. Hin und wieder redeten sie über den Gartenzaun, aber es gab wenig Gemeinsamkeiten. Er grüßte kurz und ging gleich ins Haus.

Von außen war der Unterschied der Lebensweisen schon an der Gartenanlage sichtbar. Herr Kuder schnitt regelmäßig und akribisch seine Wacholderhecke, eine undurchdringliche Mauer, genau in der von der Gemeinde vorgeschriebenen Höhe. Nie ragte ein Zweig auf die Straße hinaus. Brunos Gartenbegrenzung war mehr oder minder zufällig entstanden. Holunderbüsche, Ahorn und Eschen wuchsen unterschiedlich empor. Anfangs hatte Herr Kuder noch manchmal bemerkt: »Wildwuchs! Wildwuchs sollte man eindämmen!« Aber Bruno und auch Irene gefiel die Wildnis. Wenn sie vergaßen, die Äste abzuschneiden, kamen Briefe von der Gemeinde. Bruno überlegte sich Erwiderungen, weil die Eltern des Bürgermeisters eine ähnliche Hecke wachsen ließen und nur selten zur Schere griffen. Bruno hatte insgeheim seinen Nachbarn im Verdacht, bei der Gemeinde wegen der Hecke zu intervenieren. Seine Nichte war die Schwiegertochter des Vorstands vom Baureferat – wie überhaupt die Beziehungen der Leute hier von Verwandtschaft, Verschwägerung und gemeinsamem Schulbesuch herrührten. Da konnte er sowieso nicht mithalten. Sie hatten damals das alte Haus gekauft, weil Martina die Luft in der Stadt schlecht vertrug und alle möglichen Allergien entwickelte. Aufs Land! Aber da hatte sich gezeigt, daß Pollen und Milben auch mit guter Landluft nicht beizukommen war. So viele Kinder mit den seltsamsten Allergien hatten sie kennengelernt. Es erstaunte ihn immer wieder. Waren denn diese Kinder nicht unter idealen Voraussetzungen aufgezogen worden? Weder hatten sie Hunger gelitten noch unter Bombenangriffen gezittert. Waschmaschinen sorgten für saubere Kleidung, Flaschensterilisierung für bakterienfreie Trinkgefäße. Wie anders war das in seiner Kindheit gewesen.

Da stehe ich am Ufer des schönsten Sees der Welt und denke an die Kriegszeit! Er schüttelte sich. Sollte ich kein Talent für das Glück des Augenblicks haben?

Das Wasser war aufgewühlt, und Wellen schlugen ihm entgegen, als er losschwamm. Er mochte dieses bewegte Wasser am späten Nachmittag. Es erinnerte ihn ans Meer. Er schwamm weit hinaus, sah zur Rechten die Gebirgskette, vor sich Andechs und gegenüber das Kieselufer von Aidenried. Da fiel ihm das tote Mädchen ein. Und Martina. Als sie noch zur Schule ging, hatte Irene diese ständige Unruhe in sich. Obwohl sie wenig sagte, wußte er doch, daß sie voll von Ängsten und Befürchtungen war, besonders, als der Führerschein gemacht war. Autofahrten mit angetrunkenen Jungen, Discobesuche, Sauforgien, Drogen. Sie waren von all dem verschont geblieben, und er dachte daran, wie Irene nach der Abiturfeier unvermutet in Tränen ausgebrochen war. Ihn hatte das erschreckt. »Ach Gott, bin ich erleichtert!« seufzte Irene.

Um Christoph hatten sie sich nicht sorgen müssen. Er war ein typisches zweites Kind, unauffällig, weder extrem begabt noch besonders faul. Er flutschte geräuschlos durch die Schulzeit, holte sich, was er brauchte, und fiel weder durch Aufsässigkeit noch durch Faulheit auf. Seine Schulaufgaben erledigte er genauso unspektakulär wie seine Rolle in der Familie, wo er Martinas Bundesgenosse war, wenn es darum ging, in schwierigen Situationen zu vermitteln. Auch mit seinen Freunden hatte er einen ruhigen Umgang, denn er hörte meistens zu. In der Abiturzeitung hatten sie ihn als Papa Freud karikiert, und keiner war erstaunt, als er dann tatsächlich Psychologie studierte. Er hatte Lego, Indianer, Computer und Schach gespielt, und bis heute war er noch Mitglied in seinem Heimatschachklub. Schon während der Schulzeit freundete er sich mit Kathrin an, die aus der Parallelklasse stammte. Abiturfahrt, Studium, Examen: alles zeitgleich mit Kathrin. Und so hatten sie seit Jahren eine therapeutische Gemeinschaftspraxis, wechselten sich mit der Betreuung ihrer Tochter ab und beschäftigten eine Haushaltshilfe, die auch mal auf die kleine Anna aufpaßte. Sie kamen sehr oft zu Besuch, und da ging es ganz anders zu, als wenn Martina mit ihren beiden Söhnen durchs Haus tobte. Anna war ein stilles Kind, das pünktlich Mittagsschlaf hielt und kein Theater machte, wenn man sie abends ins Bettchen legte. Bruno hatte Sohn und Schwiegertochter im Verdacht, daß sie nach dem Tod von Irene irgendeine geheime Behandlung mit ihm machten. Aber er kam zu keinem Schluß, und weil beide keine Fachausdrücke verwendeten, wenn sie mit ihm redeten, vergaß er es bald.

Er war heute weit hinausgeschwommen, trotz der Wellen. Es freute ihn immer, wenn er nur die Wasserfläche vor sich sah und keine anderen Schwimmer. Das war Teil jenes Ich-bin-noch-nicht-alt-Gefühls, das ihn auch bei einfachen Tätigkeiten immer öfter heimsuchte. Noch kann ich das Holz hacken, noch autofahren, noch das meiste von dem, was ich mein Leben lang getan habe.

Am Steg lag sein Bademantel, der heiß von der Sonne war. Das tat gut nach dem kühlen Wasser. Glück? Ja, warum nicht. So primitiv war das eben meistens. Bis zum Abendessen mit den Freunden blieben ihm noch zwei Stunden am Schreibtisch.

Kurz vor sieben holte er seinen Lieblingswein aus dem Keller, einen dunklen Lagrein, und schnitt ein paar Rosen für Inge ab. Er setzte sich in seinen alten Volvo, der mittlerweile 200.000 Kilometer auf dem Buckel hatte.

Von der großen Holzterrasse leuchteten schon ein paar Kerzen, als Bruno sein Auto abstellte. Milva kam ihm auf der Treppe entgegen gesprungen und wuselte um seine Beine herum. Es duftete nach Fisch und Buttersoße. Ludwig kam aus seiner Fernsehecke hervor und umarmte seinen Freund.

»Schön, daß du uns heute abend unterstützt beim Vertilgen dieses Ammerseehais.«

Inge hatte ein blaues Seidenkleid an, und auch das Tischtuch war blau, gedeckt war die weißblaue Dießener Keramik. Auf den Leinenservietten lag je eine Blüte blauer Borretsch.

Bruno stellte den Rotwein auf den Tisch. Hier war er auch zu Hause, fühlte sich wohl, konnte reden oder schweigen, ohne daß jemand ihn kommentierte. Hier konnte er auch seine politischen Ideen äußern, ohne daß es deswegen Zerwürfnisse gegeben hätte. Er wußte, daß die beiden nicht seine Partei wählten. Obwohl sie so alt waren wie er, kam es ihm manchmal so vor, als wären sie seine Eltern, jedenfalls die Eltern, die er sich gewünscht hätte: tolerant, humorvoll, nie nachtragend.

Ludwig holte Sprudel aus dem Keller, Inge werkelte am Ofen. Er setzte sich schon auf seinen Platz und holte sich den Ammerseekurier von der Bank.

Und da sah er das Photo. Ihm wurde heiß, trotz des kühlen Windhauchs auf der Terrasse.

Ja, das war sie. Kein Zweifel. Lange schaute er das Photo an, ihre langen, dunklen Locken, ihr molliges Kindergesicht.

Erschrocken zerdrückte der die Zeitung in seiner Hand. Sollte er für sich behalten, daß er sie gekannt hatte? Jetzt jedenfalls, vor dem Essen, wollte er noch nichts sagen.

Es gab einen der berühmten Sommersalate, dann den Zander mit Kartoffeln und am Schluß noch Käse und ein Eis. Sie hatten übers Wetter geredet, über die Regatta vom letzten Wochenende und über die bevorstehende Geburtstagsfeier von Inges Freundin, die auf einem Schiff stattfinden sollte.

»Magst du noch einen Espresso?« Ludwig stand auf und bediente die Kaffeemaschine.

»Ich habe übrigens das Photo des toten Mädchens gesehen. Ich kenne sie.«

Es wurde auf einmal still.

»Was?« Inge schrie leise auf. »Du hast sie gekannt? Davon weiß ich gar nichts. Wann war denn das?«

»Im vergangenen Sommer. Da saß sie eines Morgens auf dem Steg, als ich schwimmen ging.«

»Ja, und?«

»Sie stand gleich auf und entschuldigte sich. Aber ich ließ sie da sitzen und lud sie hinterher zum Frühstück ein. Sie rührte mich, machte einen einsamen Eindruck.«

»Und, kam sie mit?«

»Ja, sie sagte gleich ›ja, ich hab Hunger‹. Und das stimmte auch. Sie hat fast ein halbes Brot aufgegessen, und die Marmelade fand sie auch gut, war noch aus alten Beständen.«

»Hat sie gesagt, wie sie heißt?«

»Ja, Eva sollte ich sie nennen. Sie kam noch ein paar Mal, hat noch zweimal mit mir gefrühstückt und einmal nachgefragt, ob sie im Gartenhaus in ihrem Schlafsack übernachten könnte. Ich hab's erlaubt, schließlich haben unsere Kinder in den Ferien auch ständig dort geschlafen. Nach dieser Nacht war Eva dann verschwunden, und heuer kam sie überhaupt nicht.«

»Was hat sie denn so erzählt?«

»Daß sie Lehrerin werden wolle, für die Grundschule.«

»Kann ich mir überhaupt nicht vorstellen, so verschlossen, wie sie sich immer gab.«

»Verschlossen? Nein, diesen Eindruck machte sie nicht auf mich. Sie hat sogar meine Bibliothek eingehend inspiziert, hat mich gleich gefragt, was man mit Soziologie alles anfangen kann. Aber ich äußerte mich eher skeptisch über die Berufsaussichten von promovierten Soziologen. Schließlich kenne ich eine ganze Reihe von Arbeitslosen aus diesem Fachgebiet. Sie hat nur resignierend mit den Schultern gezuckt: ›Ist auch schon egal, was man studiert, gebraucht wird man sowieso nicht hinterher.‹ Sie verabschiedete sich und meinte, künftig werde sie mich nicht mehr belästigen, weil sie einen Freund aus Herrsching hätte, mit einem Segelboot.«

»Evelyn, einen Freund? Das kann ich mir nicht vorstellen.«

»Aber sie war doch nicht häßlich!«

»Nein, das nicht, aber irgendwie uncharmant. Naja, geradeheraus, das schon. Nicht dieses Augenaufschlagen und Lächeln und dann lässig die Haare aus der Stirn pusten.«

Bruno erinnerte sich, daß sie gesagt hatte: »Sie sind aber ein netter Seegrundbesitzer. Die meisten hätten schon die Polizei geholt, wenn ein Fremder auf ihrem Steg sitzt.« Aber das erzählte er nicht.

Vielleicht hätte er überhaupt nichts erzählen sollen, denn Inge meinte: »Du solltest mit der Polizei reden.«

»Wieso ich? Ihr kanntet sie doch besser.«

»Ja, aber das ist länger her. Am besten, wir gehen miteinander. Ich kenne den Polizeichef von hier. Seine Tochter habe ich zusammen mit Stefan jede zweite Woche nach Utting zum Basketballtraining gefahren. Wenn du einverstanden bist, dann rufe ich Herrn Berger an und mache einen Termin aus.«

»Ich weiß nicht«, meinte Bruno unschlüssig.

»Was gibt's denn da noch zu überlegen. Wir werden der Polizei auch nichts anderes erzählen als das, was wir eben besprochen haben.«

»Glaubst du nicht, daß die Polizei das ohnehin schon weiß? Vielleicht meinen sie, wir machen uns nur wichtig.«

»Nein, wo denkst du hin? Die können aus jeder kleinen Information ganz andere Schlüsse ziehen als wir Laien.«

»Mir scheint, du hast zu viele Krimis im Fernsehen angeschaut. Da sind die Kriminalbeamten immer besondere Schlauköpfe. Wenn ich mir dagegen die Polizisten ansehe, die hier auf Jagd nach Radfahrern gehen! Da verstecken sie sich hinter dem Kunstpavillon, um dann schnell hervorzuschießen und ihre Strafzettel zu verteilen.« Ludwig schüttelte den Kopf. »Da habe ich kein großes Zutrauen.«

»Inzwischen darf man ja mit dem Rad die ganze Strecke fahren«, meinte Inge.

»So werden auch bei der Polizei Stellen eingespart. Wer weiß, ob überhaupt jemand an unseren Erinnerungen interessiert ist.« Bruno wollte das Thema beenden.

Aber Inge gab nicht auf. »Was hast du eigentlich dagegen, daß wir sagen, was wir wissen? Wir haben ja nichts zu verbergen, im Gegenteil.«

Bruno verstand jetzt Ludwig, der immer darüber witzelte, daß man gegen Frauen nichts ausrichten könne. »Ce que femme veut, Dieu le veut, und gegen den Willen einer Frau sind wir eben machtlos.«

Bruno gab auf. »Na, von mir aus, gehen wir halt hin.«

»Morgen früh rufe ich an, und dann gebe ich dir Bescheid. Du bist ja zu Hause, oder?«

»Am Schreibtisch, wie eh und je«, sagte Bruno.

»Stee-faan! Wach endlich auf!«

Durch die grellen Bilder, die seinen Schlaf bevölkerten, drang sein Name wie der Ruf durch einen Wald. Ein Wald, durch den der Sturm fegte und die Äste zum Rauschen brachte. Da waren noch andere Geräusche, in den Hintergrund gedrängt durch ein wildes Durcheinander von Farben und Gesichtern. Er fischte nach Einzelheiten, nach einem Zusammenhang. Aber so war eben Aufwachen: die Traumbilder ließen sich nicht einfangen, sie wollten ihm nicht in die Wirklichkeit folgen. Sie hatten ihn für einige Stunden bewahrt vor einer Gegenwart, die sich mit diesem ersten Ruf wieder in Erinnerung brachte. Sie zog eine Schneise in die Realität, in der zu gehen ihm noch das Gleichgewicht fehlte.

Er drehte sich zur Wand und hielt sich das Kissen über den Kopf. Er suchte den Anschluß an seinen Traum, der ihm eine Botschaft zugedacht hatte. Aber er war nicht mehr in der Lage, sie zu rekonstruieren. Wo war er gewesen? Auf einer Blumenwiese? Inmitten eines Aquarells? Auf einem chinesischen Teppich?

Sein angefangenes Aquarell, darin die Blutspur am Ufer des Sees, das war es gewesen. Er setzte sich auf. Mit einem Schlag wußte er wieder alles. Und als hätte er diesen Schlag auch körperlich empfangen, setzte ein Kopfschmerz ein, der von der Stirn in den Hinterkopf wanderte. Am liebsten hätte er sich gleich wieder hingelegt.

Was sollte er tun?

Neben seinem Schlafsack lag der große Aquarellblock, daneben der Farbkasten und einige Pinsel.

Er wußte gleich wieder, wo er war.

Wo er nicht sein sollte.

Wo ihn niemand vermutete.

Nur Tommy, sein Bruder, der allein zum Gardasee weitergefahren war, wußte, wo er die Woche über war.

Stefan holte tief Luft. Was bin ich nur für ein Schwächling. Hätte ich gleich gesagt, nein, Jura, das ist nichts für mich, dann wäre es gar nicht zu dieser Katastrophe gekommen. Irgendwie hätten sie es schon geschluckt, seine nach außen verständnisvollen Eltern, die aber genau zu wissen schienen, welches Studium für ihn das beste war. Und er hatte genickt und sich nach dem Abitur als künftiger Rechtsanwalt herumreichen lassen. Unser Ältester wird Jurist!

Auch Tommy, der ein Jahr nach ihm Abitur gemacht hatte, studierte mit der vollen Billigung und Unterstützung seiner Eltern. Aber ihm machte die Wirtschaftswissenschaft Spaß. Ständig fachsimpelte er mit seinem Vater.

Aber aus ihm war nichts rauszubringen. Bisher hatte er alle vorgeschriebenen Vorlesungen besucht, alle Pflichtscheine absolviert. In den Ferien wollte er keine zusätzlichen Paukkurse machen oder in einer Kanzlei jobben.

»Das wäre doch praktisch, auch im Hinblick auf spätere Beziehungen«, meinte sein Vater. Er kannte mindestens drei solcher Kanzleien, wo Stefan hätte gleich anfangen können. Wieder gab er nach. »Ja, schaun wir mal. Die Ferien sind lang, jetzt fahren wir erst einmal zum Surfen an den Gardasee.«

Sport wurde zu Hause akzeptiert, war immer gefördert worden. Die Brüder hatten es im Tischtennis immerhin zur Bezirksmeisterschaft gebracht. Und der Gardasee war für sie seit der Kindheit so eine Art zweiter Haussee gewesen, weil er zum Segeln und Surfen mehr Wind bot als der Ammersee. Mit den Eltern und später mit dem Turnverein verbrachten sie immer einen Teil der Ferien dort.

Im Laufe des letzten Semesters war in Stefan langsam ein Entschluß gereift. Langsam, wie er eben war. Ein Spätzünder, schon zu Babyzeiten. Alles hatte er mit Verspätung gelernt, das Sitzen, das Krabbeln, das Laufen, das Sprechen. Mama erzählte gerne, wie sie, von Nachbarinnen animiert, beim Kinderarzt deswegen vorsprach. Der lachte aber nur und sagte: »Geduld, Frau Hellmer. Gut Ding will Weile haben.«

Die zwei Jahre Jurastudium waren, zugegebenermaßen, auch eine lange Zeit. Zwei Jahre zu lang für einen Berufswechsel. Er wußte, mit welch geheimer Sorge seine Eltern beobachteten, wie er jede freie Minute mit Zeichnen verbrachte. Sie schenkten ihm zwar Farben und Papier, betonten aber immer wieder, daß es ein Hobby bleiben sollte. Keine Ausstellung in seiner Schule, bei der er nicht mindestens mit einem Bild vertreten war. Mit dem Kunstlehrer der Kollegstufe verband ihn eine enge Freundschaft. »Überleg dir gut, ob du dir Jura antun willst«, hatte er gewarnt.

»Zum Zeichenlehrer fühle ich mich nicht geboren«, konterte Stefan. Und ein freies Kunststudium mit dem Endziel »hungernder Freischaffender« kam für die Eltern nicht in Frage. Das wußte er, und er konnte es sogar verstehen. Es war dieses Verständnis, das ihm zum Verhängnis geworden war. Er konnte sich auch in konträre Meinungen versetzen, war Meister des Abwägens. Und vor lauter Abwägen und Verstehen hatte er den Wunsch der Eltern nach einem ordentlichen Studium erfüllt, bevor sie noch etwas sagten.

Nur Gerd, der Kunstlehrer, blieb skeptisch. »Begabungen kann man nicht unterdrücken, jedenfalls auf Dauer nicht. Mach dich nicht unglücklich!«

Aber genau das war er in den zwei Jahren Studium geworden: unglücklich. Je pflichtbewußter er sich in Fachlektüre und Seminararbeiten vertiefte, desto mehr kam ihm das alles wie verlorene Zeit vor. Und nach dem Examen? Sollte er jeden Tag seines Lebens mit juristischen Spitzfindigkeiten verbringen? Entweder als krawattengeschnürter Anwalt vor Gericht erscheinen oder in einer Kanzlei über Akten versauern?

Er belegte Abendkurse in der Akademie und Radierkurse in der Volkshochschule. Er malte und zeichnete in jeder freien Minute. Seine dicken Mappen versteckte er unter dem Bett seiner Studentenbude. Mit Tommy zusammen bewohnte er eine Altbauwohnung in Schwabing, die seine Eltern vor Jahren gekauft hatten und seither an Studenten vermieteten. Eine kleine Küche war dabei und ein Duschbad. Den Brüdern gefiel es, und sie kamen gut miteinander aus. Keiner mischte sich in die Freizeitbeschäftigungen des anderen ein. Tommy, der Sunnyboy der Familie, hatte endlich die Freiheit, seine Freundinnen mitzubringen – daheim war das nicht erlaubt. Und Stefan? Seine Freundin studierte in Augsburg, sie war eine Klassenkameradin von Tommy, eine energische Germanistin, die ihm immer öfter als Alibi diente, wenn er an Wochenenden nicht heimfahren wollte nach Dießen. Birgit befand sich auf dem direkten Weg zur Studienrätin. Sie machte ihm Angst. Aber da er sich für keine anderen Mädchen interessierte, blieb sie bei ihm, besuchte ihn manchmal an Wochenenden und hatte Verständnis für seine Malerei. Aber ein Aufgeben seines Studiums hätte sie – ganz wie die Eltern – nie und nimmer gebilligt.

Tommy war zwar offiziell auch in festen Händen, in denen einer Tischtennispartnerin aus Pähl, die im elterlichen Wirtshaus mithalf und Tommy so treu war, daß sie nicht einmal vermutete, was er so in seiner Münchner Studentenbude trieb. Mit ihm hatte sie feste Pläne und wollte, sobald er sein Studium abgeschlossen hatte, eine Ferienanlage aus dem elterlichen Hof und Gasthaus machen. In ihrer Freizeit zeichnete sie immer wieder detaillierte Pläne unter dem Titel »Wellnesszentrum Ammersee«. Wenn Tommy an manchen Wochenenden heimfuhr, mußte er diese Pläne durch die neuesten Erkenntnisse aus seinem Wirtschaftsstudium ergänzen. Vanessa Sturmbichler war eine kleine, drahtige Sportlerin und inzwischen auch Judokämpferin. Tommy blieb dauerhaft entzückt von ihrer perfekten Figur und ihrem blonden Kurzhaarschnitt. Sie wirkte jungenhaft. »Herrlich androgyn«, hatte sein Tischtennistrainer bewundernd gemeint. Was Tommy so an Kommilitoninnen anschleppte, war dagegen so gar nicht androgyn. Stefan gab keine Kommentare ab, obwohl ihm nicht gefiel, wie leichtfertig Tommy Vanessa betrog. Schließlich hatten sie beide eine geregelte Jugend mit klar geregelten Moralgrundsätzen hinter sich. Aber beide Söhne wehrten sich spät und auf unterschiedliche Art gegen die strikten Gebote ihrer katholischen Eltern.

Und so hatte auch Stefan sich in seinem Doppelleben eingerichtet. Mittlerweile war es so, daß Vorlesungen und Seminare eher hobbymäßig von ihm besucht wurden, sein Kunststudium aber immer mehr Zeit beanspruchte. Und genau deswegen hatte er sich für einen

Aquarellkurs angemeldet, den sein früherer Lehrer als Vorbereitungskurs zur Aufnahme in die Akademie hier am Ammersee anbot. Sie waren zu fünft, und sie malten den ganzen Tag, teils auf den umliegenden Wiesen, und wenn es regnete, in dem Bootshaus, das Gerd gehörte. Da schliefen sie auch, in Schlafsäcken, auf einem eingezogenen Boden, zu dem eine Leiter hinaufführte.

Außer ihm lag niemand mehr da. Von unten hörte er Geschirrklappern. Kaffeeduft zog zu ihm herauf. Er mußte jetzt zu den anderen, den heutigen Tag mit ihnen planen, um zu wissen, was sie alles vorhatten. So einen Tag wie den gestrigen, als er, noch betäubt von Hasch und Alkohol, willenlos mit ihnen losgezogen war, nein, so einen Tag wollte er nicht noch einmal erleben. Aber wenn er den Schein wahren wollte, mußte er heute genauso auf die umliegenden Wiesen mitgehen, seine Staffelei aufstellen und hinterher seine Bilder zur allgemeinen Diskussion freigeben. Malen, trocknen lassen, übermalen, warten. Die Aquarellmalerei war eine beschauliche Kunst, etwas für Langsame, also für ihn. Bevor er hinunterstieg, mußte er unbedingt auf seinem Block nachschauen, sein letztes Bild von gestern betrachten, das er noch spät, als die andern schon Spaghetti kochten, gemalt hatte, unbeobachtet und unkommentiert von Gerd und den Kollegen. Und da lag er vor ihm, sein Alptraum vom See. Durch die naturgetreu gemalten Kiesel zog sich eine brutale, rote Spur, die auch noch im Wasser sichtbar blieb und das helle Blau des Sees violett färbte. Die Blutspur seiner Schuld.

Dieses Bild war wie ein Geständnis. Am besten wäre es wohl, es in kleine Fetzen zu zerreißen und auf den Grund des Bioabfalls zu versenken. Aber das würde er nicht übers Herz bringen, denn dies war sein erstes wirkliches Kunstwerk, das er geschaffen hatte. Alle anderen Bilder vorher kamen ihm daneben wie Fingerübungen vor.

Wer die Aquarellmalerei bevorzugte, malte solche Themen nicht. Traditionelle Aquarelle zeigten duftige Landschaften oder fein angedeutete Portraits. Er kannte keine Aquarelle mit brutaler Thematik, und auch Gerd hatte ihnen beigebracht, zarte Wolken oder verschwimmende Gebirgszüge auf das grobkörnige Papier zu malen. Wer sich härtere Gegenstände vornahm, wählte Öl oder Acryl oder blieb beim grausamen Schwarzweiß von Tusche oder Kohle.

Er paßte auch sonst nicht in diese Gruppe, kam sich alt vor unter den Abiturienten, die gleich von der Schule auf die Akademie wollten und ihre Mappen zur Bewerbung vervollständigten. Jeder von ihnen zeigte schon Eigenheiten, an denen man Kunststudenten von Jurastudenten unterscheidet. Andreas zum Beispiel erschien jeden Tag im Rieser Kittel, dessen blaue Grundfarbe durch die vielen Farbflecken dekorativ durchschimmerte. Seine rote Lockenpracht war durch ein schwarzes Tuch zum Pferdeschwanz gebunden. Daniel dagegen hatte sich alle Haare abrasiert und zeigte stolz seine blaugeäderte Kopfhaut. Veronika kultivierte ihren Madonnenlook durch eine offene, lange, dunkelbraune Mähne und ein selbstgeschneidertes, weites Gewand aus blauem Leinen mit aufgemalten Goldborten. Am normalsten sah noch Sabine aus, jedenfalls nach dem ersten Blick auf ihre Schlaghosen und die altmodische Spitzenbluse. Sie hatte ihre Exzentrik auf überlange Fingernägel konzentriert, die peinlich genau als Spielkarten bemalt waren.

In dieser Umgebung kam sich Stefan in seinen ewigen Jeans und T-Shirts vor wie nicht zu ihnen gehörig, jedenfalls nicht wie einer, dem man die Kunst schon von weitem ansah. Er fühlte sich uralt, wenn er ihnen zuhörte, ihr »hey, wow« vor jedem Satz, und ihr »total cool, Mann«, wenn sie etwas gut fanden. Unter »primär abgefahren« konnte er sich nicht viel vorstellen, und auch »gebackene Kruste« hatte es noch nicht zu seiner Zeit gegeben. Dieser letztere Ausdruck stand für »abgestandene Scheiße« und quoll unentwegt aus ihren aufgeworfenen Babymündern. Alle hatten so ein meckerndes Lachen, das ihm vorkam wie maschinell erzeugt. Vielleicht lernte man das von den Helden der Computerspiele. Er verstand nicht, wie sich in zwei Jahren der Schülerwortschatz so verändern konnte. Wahrscheinlich war er für sie auch gebackene Kruste, weil er nicht mit ihnen in der Disco rumhüpfte.

Wie vorgestern. Da hatte er statt dessen am Abend einen ehemaligen Schulfreund besucht, der noch in Herrsching bei seinen Eltern wohnte. Dessen Vater, ein angesehener Mediziner, hatte seine Beziehungen spielen lassen und für seinen Sohn einen Studienplatz eingeklagt.

Olaf studierte jetzt Medizin wie sein Vater, und keiner redete mehr davon, welche Mühe es ihn gekostet hatte, beim Abi gerade mal so durchzurutschen. Und in den zwei Jahren, die seither vergangen waren, hatte er sich gründlich verändert. Stefan wäre nie nach Herrsching gefahren, wenn er gewußt hätte, was ihn dort erwartete.

Als seine Kollegen in die Disco aufbrachen, langweilte er sich allein und rief kurzerhand bei Olaf an. Schon am Telephon war zu hören, wie laut es bei ihm zu Hause zuging.

»Das trifft sich gut! Komm sofort rüber! Hier findet meine Geburtstagsparty statt! Hier geht echt was ab! Mach dich sofort auf und erscheine hier – das ist ein Befehl!«

Gerd, der nach München wollte, nahm ihn die kurze Strecke mit.

Er kannte das Haus, weil er früher öfter mit Olaf und seinem älteren Bruder beim Segeln war. Es lag direkt am See, hatte einen eigenen Bootssteg, und die Bezeichnung Villa hätte eher gepaßt. Olafs Eltern, glühende Verehrer griechischer Architektur, hatten ihrer Behausung etwas Tempelhaftes angedeihen lassen. Es gab eine Veranda, von Säulen gestützt, und Abgüsse klassischer Statuen und Charakterköpfe an mehreren Stellen des riesigen Parks. Der Vater und Klinikchef formte auch selbst solche Gipsköpfe, die er an den unauffälligeren Schattenplätzen des Anwesens aufstellte. Die Dame des Hauses – so nannte Stefan sie immer bei sich, denn Mama oder einfach Frau Dirks zu sagen, paßte nicht zu dieser strahlenden Schönheit, die einmal Model gewesen war, zu einer Zeit, als man noch Mannequin sagte – schwebte durch Villa und Park, servierte ihnen manchmal belegte Brote und lächelte huldvoll, wenn sie sah, daß sie immer noch junge Männer beeindruckte. Stefan, der auch als Latein-Nachhilfelehrer Olafs Faulheit zu beheben versucht hatte, war der besondere Liebling von Olafs Mutter. Einmal hatte sie ihm zwei Karten für seinen Schwarm Tori Amos geschenkt. Das vergaß er ihr nie.

An diesem Abend allerdings bekam er sie nicht zu Gesicht. Die Eltern hatten ihr marmorgetäfeltes Haus der Jugend überlassen. In der Küche hantierte eine neue Haushaltshilfe und hatte alle Hände voll zu tun mit Servieren und Abräumen, aber um die jungen Leute kümmerte sie sich nicht. Dafür wurde sie nicht bezahlt.

Das große Gartentor stand weit offen, im Vorhof parkten zwei Porsche, drei Mercedes Coupés, ein Peugeot Cabrio und ein Mazda Sportwagen. Stefan kam keines der Autos bekannt vor. Die weißlakkierte Eingangstür war angelehnt. Eine Glocke hätte man sowieso nicht gehört, denn in der Riesendiele tobte wilde Heavy Metal-Hackerei. Stefan griff sich an die Schläfe. Nur jetzt kein Kopfweh! Aber er wußte, bei der Lautstärke würde er nicht lange durchhalten. Die Band dröhnte ohrenbetäubend, wie in einem Bergwerk. Und die Diele war leer. Er ging ins Wohnzimmer weiter und stand in einem ausgeräumten Saal mit großen Tischen an der Rückwand.

Er sah sich um in dem weiträumigen Zimmer, das er von früheren Besuchen kannte. Gruppen von uniformiert wirkenden Leuten in weißen Hemden und dunklen Hosen standen herum, die meisten hatten Gummimasken auf. Einen Schweinskopf erkannte er, einen Hitler, eine Katze, einen Pitbull. War das ein Maskenball?

An der Fensterfront hielten sich alle auf. Das Büfett. Olaf winkte und schrie ihm etwas zu, das er nicht verstand. Hier spielte die Kontrastmusik zur Diele, eine Art Kuschelrock, aber auch in Überlautstärke. Es gab weder einen Eßtisch noch Stühle, sondern man setzte sich mit seinem Teller auf den Parkettboden. Sie hatten die Orientteppiche weggeräumt, die sonst dort lagen.

Alle aßen von Papptellern und mit Plastikbesteck. Das Büfett allerdings stand zum Geschirr im auffälligen Gegensatz.

Olaf kam mit einer Pferdemaske in der Hand vorbei. »Kannst du aufsetzen, wenn du magst. Drüben liegen noch andere, ein Stalin oder Napoleon gefällig? Auf die stehen die Weiber am meisten. Und jetzt«, brüllte Olaf, »hau dich voll!«

Mit seinem beladenen Teller kam er Stefan entgegengerutscht. Da erst fiel ihm auf, daß niemand Schuhe anhatte.

»Zieh erst mal deine Latschen aus, das mußte ich Mama versprechen. Und mach dich mit meinen Freunden bekannt. Alles Kumpel von der Verbindung oder ausm Club.«

Stefan kannte keinen. Auch ein paar Mädchen standen herum, in dunklen Röcken und weißen Blusen. Ein blonder Kurzhaarschnitt, Marke Rekrut, warf ihm einen halben Hummer auf den Teller. »Das macht geil! Würg ihn runter!«

Stefan schaute auf das eklige Tier, das in einem Tortenmuster mit Mayonnaise bespritzt war. Der Rekrut nahm seinerseits eine Hälfte direkt in die Hand, lutschte an einem Fühler, biß ihn ab und spuckte ihn direkt auf den Boden.

Stefan machte einen Bogen um ihn und holte sich eine Plastikgabel. Er hockte sich in einiger Entfernung vom Büfett aufs Parkett und lehnte sich an die Wand. Er stocherte im Hummerbauch herum, bis er auf das weiße Fleisch stieß, das ihm merkwürdig geschmacklos vorkam.

Olaf stellte ein Glas Weißwein neben ihm auf den Boden.

»Spül's runter! Und hol dir noch von den Salaten. Die sind echt gut.«

Stefan nickte und widmete sich wieder dem Hummerinneren. Der Weißwein schmeckte auch nach nichts, war aber schön kühl. Ein Bier wäre ihm lieber gewesen, aber er sah keins.

In Grüppchen saßen die Freunde beieinander. Ihre weißen Hemden leuchteten bläulich unter der Neonbeleuchtung, die provisorisch von der Decke hing. Wie Gespenster, dachte Stefan, ohne Unterleib. So etwas wollte er versuchen zu malen, natürlich nicht in Aquarelltechnik. Lasierendes Acryl, das wäre das richtige. Und er stellte sich vor, einen Riesenhummer in der Mitte einer leeren Fläche zu plazieren, mit Sahnehäubchen aus Mayonnaise, und drum herum eine Reihe von Torsi in weißen, fliegenden Gewändern, bewaffnet mit Messer und Gabel. Darüber ein dunkelblauer Sternenhimmel mit Mondsichel.

Im Ausschlußverfahren, dachte er, habe ich langsam gelernt, wofür ich mich eigne, was mir hilft, meine Sicht des Lebens darzustellen. So viel neue Technik er auch bei seinem ehemaligen Lehrer gelernt hatte, so wenig sagte ihm die Motivwahl zu. Nein, Abbilden war nicht seine Sache – und auch nicht malerische Naturverklärung.

Sollte ein Maler überhaupt so viel reflektieren? Einfach drauflos malen? Das lag ihm nicht. Auch da war er langsam und bedächtig, legte sich vorher zurecht, was er malen wollte. Er war kein Wilder, der in Farbtöpfen wühlte oder seine Leinwände mit Klecksen bewarf. Er mußte erst ein inneres Bild vor sich haben, eine Idee. Erst dann konnte er anfangen zu malen.

Er sah auf seine fleckigen Finger, die eine künstlich weiße Gabel hielten. Auch das wäre ein Motiv: eine menschliche, unvollkommene Hand mit Adern und Narben, und daneben die makellose Kühle so einer Plastikgabel. Die Hand sollte klein erscheinen auf dem Bild, diagonal und mit einer deutlich sichtbaren Wunde, und, aus ihr gleichsam herauswachsend, die steril weiße Plastikgabel, die am oberen Bildrand in Wolken verschwand. Eine irdische Umkehrung der Bibelszene, die jene Michelangelo-Vorstellung von der göttlichen Berührung Adams ins Gegenteil verkehren sollte. Nichts als Machbares quoll aus dem Himmel, Gabeln oder Computerspiele kamen statt des allmächtigen Fingers auf die Menschen herab. Ob wohl deswegen die meisten so unzufrieden waren? Gabeln und Computer und Autos gab es zu kaufen, auf die göttliche Inspiration zu warten, war mehr als lächerlich. Es gab eben keine.

Du bist, was du hast.

Die Mädchen lieben dein Auto, also lieben sie dich. Was bin ich, ohne Auto, fragte er sich, während er seinen Teller mit den roten Fühlern und Zangen beiseite stellte. Er umklammerte sein Weinglas, aus dem er nur ein paar Schlucke getrunken hatte. Trotzdem fühlte er sich leicht beschwipst.

Auf jeden Fall gehöre ich nicht hierher, dachte er. Die anderen zeigte ihm auch deutlich, daß er ein Außenseiter war.

Vier Paare fingen jetzt an zu tanzen. Ihre hellen Hemden schimmerten wie von innen beleuchtet und schwebten über dem dunklen Grund. Es waren Vorhänge in Bewegung, die sich in der Zugluft hin- und herwiegten. Man müßte diese belebten Stoffe in einer Reihe aufhängen, wie zum Trocknen, und den Wind wie einen Föhn hineinblasen lassen. Windmaschine der Erhängten. Dunkelgrüne Wiese, gespanntes Seil, die Hemden an Köpfen aufgehängt. Öl oder Acryl.

Er schloß die Augen, um das Bild konkreter zu machen. Dann trank er einen Schluck Wein und sah wieder auf die Tanzenden. Olaf war, soweit er erkennen konnte, nicht unter ihnen. Welche Maske trug er wohl?

Wo mochte er in den letzten zwei Jahren diese Leute kennengelernt haben? Von welchem Club war da die Rede? Und Verbindung? Daß sich für solche Saufgelage, wie sie von älteren Semestern erzählt wurden, überhaupt noch jemand interessierte. Alte Burschenherrlichkeit, das war ja zum Lachen. Wahrscheinlich hatte Olafs Vater ihn dahin empfohlen. Vor ihrem Papa hatten die Dirks-Jungen immer Manschetten. Der hatte so eine leise, ironische Art, jemanden abzukanzeln, an die sich Stefan mit Unbehagen erinnerte. Ihm wurde so gut wie nie widersprochen, weder zu Hause noch in der Klinik.

Nicht einmal seine Frau schien gerne viel mit ihm zu tun zu haben. Er hatte die beiden nie wie seine Eltern mal auf dem Sofa oder am Tisch gemeinsam sitzen sehen. Kaum war der Herr des Hauses anwesend, machten sich die übrigen Familienmitglieder aus dem Staub. Olaf zeigte seinem Vater gegenüber eine Art vorauseilenden Gehorsam und wußte schon immer vorher, wobei man zustimmen mußte, wenn väterliche Befehle geäußert wurden. Auch in kleinen Dingen gab es mit Chefarzt Dirks keine Kompromisse oder gar Auseinandersetzungen. Wenn sie früher mit dem Segelboot gefahren waren, schaute Olaf andauernd auf die Uhr, um ja nicht den ausgemachten Zeitpunkt zu verpassen. Auch als Olaf viel umjubelt die Hauptrolle in Molières ›Avare‹ spielte und die ganze Schule wußte, daß er sich in einer Schauspielschule angemeldet hatte, kämpfte er nicht darum. Irgendwann nach dem Abitur hatte sein Vater ihn einfach abgemeldet. Das erfuhr Stefan nicht von ihm selber. In den Ferien nach dem Abitur reiste die ganze Dirks-Familie in die USA und nach Kanada. Olaf sollte die ersten beiden Semester an einer teuren Uni studieren. Daraus war aber dann nichts geworden, oder es hatte sich als unnötig erwiesen, weil Olaf zum Medizinstudium in München zugelassen wurde.

Zu seiner Zeit, also vor zwei Jahren, hatten sie jedenfalls Saufereien abgelehnt. Dafür lag ihnen zu viel am Sport. Mit schwerem Kopf oder halb benebelt war keine Regatta zu gewinnen.

Langsam war Stefan wieder in der Gegenwart gelandet. Die Bilder in ihm lebten und arbeiteten weiter, sie schwebten wie die körperlosen Hemden über dem Hintergrund des leergeräumten Wohnzimmers. Am liebsten wäre er gleich heimgelaufen und hätte seine Skizzen zu Papier gebracht. Er würde ohnehin nicht mehr lange bleiben, sondern den Strand entlang zur Bootshütte laufen. Draußen war es sternklar. Eine fast karibische Sommernacht. Er trank den Rest Weißwein und stand auf. Wohin sollte er das gebrauchte Glas stellen? Auf dem Boden wäre es zu gefährlich. Der Büfett-Tisch stand voll mit Schalen und Schüsseln und Platten mit Kanapees.

Stefan stand da mit der glitschigen Pferdemaske, deren Zähne widerlich dunkel aus dem offenen Maul ragten. Nein, nicht mit mir! Er plazierte den Pferdekopf unter der Tischdecke des Büfetts. Sollte den jemand aufsetzen, wenn er besoffen war.

Er wußte, wie man zur Küche gelangte. Die Tür stand offen, und zwei Frauen hantierten mit Gläsern und Schüsseln. Die eine drehte sich um und sah ihm direkt ins Gesicht. Von irgendwoher kannte er sie.

»Ich wollte mein gebrauchtes Glas abstellen.«

»Hallo, Stefan«, sagte sie und strahlte ihn an, »ein bekanntes Gesicht aus der Steinzeit.«

Da fiel ihm ein, wer sie war. Eine Klassenkameradin von Tommy. Aber auf den Namen kam er nicht.

»Ja, hallo«, sage er lahm, »ich bin hier irgendwie reingeraten, kenne aber niemand außer Olaf. Und du?«

»Ich war beim Workshop des Clubs.«

Stefan schwieg. Wahrscheinlich hätte er wissen müssen, von welchem Club sie redete.

»Willst du ein Glas Wasser?«

»Ja, das wäre gut.«

»Draußen gibt's nur Wein. Es soll hinterher noch geschnapst werden. Das stand jedenfalls in der Einladung. Irgendwo unten am Ufer, aber erst später.«

Sie hielt ihm ein Glas Wasser hin.

»Du weißt meinen Namen nicht mehr, stimmt's? Ich bin die Eva. Ein paar Mal hab ich bei euch daheim zu Mittag gegessen. War immer fein, was deine Mum so gekocht hat.«

Mutters Lieblingsgast, wie sie hinterher sagte.

»Meine Mama fand dich sympathisch, weil du so richtig reingehauen hast. Sie hat gemerkt, wie es dir geschmeckt hat. Sonst essen Mädchen ja nie mit Appetit. Man darf sie auch nicht zum Essen animieren, da werden sie sauer. Dauernd wollen sie abnehmen. Aber du nicht.«

Er sah sie an. Ihr Gesicht wurde von einer rötlichen, wirren Mähne umrahmt; es wirkte bleich und verloren in dem Wust der Haare.

»Da hab ich mal Glück. Ich kann essen, so viel ich will, aber ich werde nicht dick. Naja, so viel esse ich eigentlich auch nicht, nur, wenn sich die Gelegenheit ergibt.«

»Und das Büfett hier? Hast du da schon kräftig zugelangt?«

»Ich hab's versucht, aber mir ist gleich schlecht geworden, ich glaube, es lag an der Mayonnaise auf diesen Riesenkrabben oder was auch immer. Es schmeckte auch nach nichts. Und der Wein hat es noch schlimmer gemacht. Deswegen bin ich in die Küche und hab ein bißchen mitgeholfen. Da muß ich wenigstens nicht von dem teuren, geschmackfreien Büfett essen oder gar tanzen.«

»Mit wem bist du hier?«

»Mit niemandem. Halt mit der Gruppe, als Abschluß des Workshops.«

»Was ist denn das für ein Workshop?« Stefan kam sich dümmlich vor mit seinen Fragen.

»Der Weilheimer Dichterclub. Schon zur Schulzeit gab es den, im Anschluß an den Film ›Club der toten Dichter‹, erinnerst du dich dran? In diesem Club haben sie zuerst Gedichte vorgelesen und dann eben eigene gemacht. Zu dem Workshop hat mich Olaf animiert. Sie suchten noch ein paar Mädchen, wegen der Ausgewogenheit.«

Eva lachte laut wie über einen Witz.

Stefan sagte nichts. Olaf und Gedichte. Wenn es Dramen gewesen wären, dann hätte es gepaßt.

»Haben alle von euch Gedichte geschrieben?«

»Ja, natürlich, aber nicht die Art, wie du vielleicht denkst, so mit Reim und Versmaß. Das war eher ein Psychoseminar, bei dem ein paar Wortfetzen abfielen. Im weitesten Sinn ging es um Ausdruck der eigenen Persönlichkeit. Jetzt wissen wir so ziemlich alles voneinander, was wir schon immer wissen wollten.«

»Und die Gedichte?«

»Die sind eher Abfallprodukte, in mehrfacher Hinsicht.«

»Du meinst, sie sind von euch abgefallen, sagen wir mal wie Äpfel. Oder sind sie eher das, was man ausscheidet, wenn man zum Kern seiner selbst vordringen will? Oder generell eine Befreiung?«

Eva schaute ihn nicht an, sondern zur Tür. Leise meinte sie: »So kannst du es auch sehen.«

»Und wer hat euch das beigebracht?«

»Der Joe, eigentlich hat er einen Doktortitel, aber Arzt ist er wahrscheinlich nicht. Keine Ahnung. Jedenfalls war er der erste, der sich geoutet hat.«

»Als was? Als Schwuler? Auch nicht mehr sehr originell.«

»Nein, geoutet in dem Sinn, daß er seine Phantasien laut geäußert hat. Erotische Phantasien, natürlich. Und da hab ich auch kapiert, warum sie unbedingt noch ein paar Mädchen dabei haben wollten.«

»Als Versuchskaninchen?«

»So in der Art. Nicht direkt, wohl aber indirekt. Du mußt dir das so vorstellen: Joe predigt über die verbale Befreiung durch Phantasien, wie toll das ist und wie super du dich hinterher fühlst. So als Einstieg. Und dann wird er konkret. Er schaut dich an, faßt dich vielleicht an der Hand und fängt an, seine erotischen Gedanken auszubreiten. Er hatte sofort gemerkt, wie fremd ich mir in der Gruppe vorkam, und, sagen wir mal, wie gehemmt ich war. Er fing also an, ganz grob zu beschreiben, auf welche Art er gerne mit mir geschlafen hätte. Das war heftig.«

»Eher widerlich. Bist du geblieben? Ich wäre sofort aufgestanden und gegangen.«

»Das war auch meine erste Reaktion, aber ich hab mich so geschämt. Das hätte meine Verklemmung für alle sichtbar gemacht, daß ich das nicht locker sehen kann. Es nicht genießen kann. Kein Talent fürs Glück habe, wie Joe sagt.«

»Und dieses Talent soll gefördert werden, indem der sogenannte Lehrer allen erzählt, was für ein frustrierter, alter Bock er im Grunde ist. Das ist mir ja ein schöner Workshop. Wo bleibt da die Arbeit?«

»Alle sollten ihre eigenen Assoziationen aufschreiben, also ihre erotischen Vorstellungen, was die jeweilige Person betraf. Sie haben dann wilde Sachen geschrieben, auch gewalttätige. Ich war so geschockt am Anfang, daß ich gar nichts schreiben konnte. Ich war ja auch das erste Objekt bei diesem Experiment.«

»Ich kann immer noch nicht verstehen, daß du nicht einfach abgehauen bist.«

»Ich versteh's ja selber nicht. Das war so ähnlich, wie ich mir eine Hypnose vorstelle. Man will eigentlich, kann aber dann doch nicht.«

»Und das ging eine ganze Woche lang immer so weiter?«

»So ungefähr. Bis eben alle zehn von uns durch waren, als aktive und als passive Teilnehmer. Ich sag dir, da lernt man die Menschen kennen, wenn auch nicht gerade von ihrer sympathischen Seite. Es war sehr erhellend.«

»Gut für dich, wenn du das so positiv siehst. Und heute ist Abschlußparty?«

»Wir sind nicht ganz unter uns, Olaf hat ein paar Leute aus seiner Verbindung dazu eingeladen.«

»Du meinst so Typen, die sich gegenseitig Schmisse beibringen?«

»Manche Mädchen finden das total cool.«

»Und du?«

»Wie alles, was ich in der vergangenen Woche erlebt habe, befremdend, aber interessant. Da gibt's Leute, die beschäftigen sich mit Dingen, von denen ich nicht mal gewußt habe, daß sie existieren.«

»Erzählen deine Gedichte davon?«

»Mehr oder weniger.«

»Wie soll ich das verstehen?«

»Du wirst es ohnehin heute nacht erfahren. Da ist unten am Ufer ein großes Happening geplant. Daß noch ein paar Leute dabei sind, die keine Ahnung haben, worum es geht, ist wohl der besondere Kick dabei.«

»Ich weiß nicht, ob ich dann noch da bin. Ich mache nämlich auch gerade einen Workshop, aber einen, bei dem man am Morgen ausgeruht sein muß. Da wird wirklich gearbeitet.«

»Ach so, du bist ja Jurist, habe ich erfahren. Da muß man auch in den Ferien Paukkurse machen. Nein, das wäre nichts für mich.«

»Für mich auch nicht.«

»Und was arbeitest du wirklich da?«

»Das werde ich dir vielleicht später verraten.«

Stefan hatte aufgehört zu reden, weil Eva ihm nicht mehr zuhörte, sondern gebannt auf die Tür in seinem Rücken blickte. Jetzt lächelte sie ein unsicheres Kleinmädchenlächeln. »Hallo Joe.«

Stefan drehte sich um.

Im Türrahmen stand Robert Redford in seinen Dreißigern, ein gewinnendes Lächeln im Gesicht. Blonde Haare fielen ihm in die Stirn. Wie ein Denkmal männlicher Schönheit verharrte er einen Augenblick unbeweglich. Er war sich seiner Wirkung bewußt, das sah man. Theatralisch streckte er beide Arme nach vorn und kam auf die beiden zu. Unwillkürlich machte Stefan einen Schritt zurück.

»Lernen wir dich endlich kennen. Wunderbar! Du also bist Evas Freund, den sie so sorgfältig vor uns versteckt hat. Ich freue mich sehr.«

Evas Mund blieb offen, aber sie brachte keinen Ton heraus. Stefan suchte nach einem klärenden Wort, aber ihm fiel nichts ein. Da legte Joe die Arme um sie beide und schob sie langsam ins Wohnzimmer zurück.

Bruno saß beim Frühstück, als das Telephon läutete.

»Ich hab gerade bei der Polizei angerufen, bei Herrn Berger. Er war sehr erfreut und hat sich heute nachmittag freigehalten, um 16 Uhr.«

Es dauerte eine Weile, bis Bruno wußte, wovon Inge sprach.

»Wenn du meinst ... Soll ich dich abholen oder treffen wir uns gleich dort?«

»Nein, hol mich ab. Wir trinken noch Kaffee miteinander. Ich habe Erdbeerkuchen da.«

Bruno ging wieder hinaus auf die Terrasse. Ein jetzt schon warmer Sommermorgen. Es würde heiß werden. Vor dem Mittagessen wollte er unbedingt noch schwimmen. Jetzt widmete er sich erst einmal dem Kaffee, den Marmeladenbroten und der Zeitung. Eine Schlagzeile im Starnberger Teil fesselte seine Aufmerksamkeit: Philosophencafé in Weilheim eröffnet.

Der Name des Initiators war ihm bekannt. Martina oder Christoph hatten ihn als Deutschlehrer in der Oberstufe gehabt. Er konnte sich an keine negativen Urteile erinnern. Vielleicht sollte er einmal einfach als Zuhörer und Kaffeetrinker dort hingehen. Er griff zu seiner Agenda und notierte sich den nächsten Termin mit dem Thema ›Glück und Unglück als vernachlässigte philosophische Begriffe‹. In zwei Tagen, abends um 19 Uhr. Er kannte das Café, war ein paar Mal mit Irene da gewesen, wenn sie freitags auf dem Markt einkaufen waren und sich hinterher einen Kaffee mit Butterbrezel genehmigt hatten. Für sich hatten sie das Café Butterbrezencafé genannt. Er war nie mehr dort gewesen.

Als die Sonne langsam hinter der Markise hervorkam und auf die Butter schien, räumte er ab. Er durfte nicht vergammeln und im Pensionistenfarniente versumpfen. Sein Geschirr spülte er gleich, es dauerte zu lange, bis die Spülmaschine voll war.

Höchste Zeit, sich endlich an den Schreibtisch zu setzen. Aufgeräumt hatte er gestern noch. Sein angefangenes Manuskript lag erwartungsvoll vor ihm. Aber er sah auf den See hinaus und dachte an Irene. Wann waren sie das letzte Mal miteinander im See geschwommen? Im September vor zwei Jahren? Da wußten sie nicht, daß es das letzte Mal sein würde. Und die vielen anderen letzten Male? Hätte es die Intensität des Erlebens gesteigert, wenn sie es gewußt hätten?

Das Nichtwissen, die Ahnungslosigkeit gegenüber der eigenen Zukunft – das gehörte zum Glück der Gegenwart. Demnach war ein gewisses Maß an Dummheit Teil des Glücklichseins. ›Vom Glück der Dummheit‹ schrieb er auf seinen Block. Den Gipfel an Idiotie erreichte jener Hans im Glück, der einen Goldklumpen über die mittleren Stadien der Dummheit gegen ein Pferd, eine Kuh, ein Schwein und schließlich gegen einen Stein eintauschte und dann als Belohnung liebevoll von seiner Mutter willkommen geheißen wurde. Von der Weisheit asketischer Armut war er unbeleckt, denn er dachte bei jedem schlechten Tausch, wie klug er doch gehandelt habe. Ein christlich-kommunistisches Märchen war das nicht. Eher eine Allegorie der alles verstehenden Mutterliebe. Die tumben Helden der Sagen und Märchen stolperten meist von einem Unglück ins nächste, bis sie endlich – von Frauenliebe erlöst – dort ankamen, wo sie sollten oder wollten. Hans kam nur deshalb frühzeitig heim, weil er auf seinem Weg keinen Gurnemanz traf, der ihn hätte belehren und auf den reflektierten Glückssucherweg bringen können. ›Der Dumme hat's Glück‹, so sagte ein Sprichwort. Aber deswegen mußte es noch nicht stimmen. Zum Glücksempfinden gehörte das Bewußtsein.

»Mehr Glück als Verstand?«

»Glücklich ist, wer vergißt ...«

Nein, dachte er, ich nicht. Keinen Moment mit Irene will ich vergessen. Nicht mehr an sie zu denken, würde mich nicht glücklich machen. Ich brauche Erinnerungen. Manchmal waren die Erinnerungen so allgegenwärtig, daß neue Eindrücke an ihnen gemessen wurden und nicht standhielten. Es ging ihm schon bei Landschaften so, daß er unwillkürlich verglich. Wozu sollte er noch verreisen, wenn die neuen Berge und Seen doch keinen Vergleich aushielten mit dem bayerischen Oberland? Seit Irene tot war, hatte er keine Reise mehr unternommen. Vor drei Jahren waren sie das letzte Mal im Herbst nach Paris gefahren. Er fand, es war die schönste Jahreszeit dort, die Theater hatten wieder geöffnet, es war noch warm. Ein Noch-Gefühl. Noch kann ich sehen, gehen, fühlen, essen, trinken. Das Noch-Gefühl der Alten. Das Gefühl der Grenze, der Begrenzung von Fähigkeiten und Lebenszeit. Er war also glücklich, weil er noch allein leben konnte, am Schreibtisch sitzen, lesen und seinen Verstand gebrauchen. Die einfachste Formel fürs Glück: Leben ohne große Schmerzen. Immer hatte ihn gestört, wenn die Leute bei Glückwünschen hinzufügten: »Vor allem Gesundheit! Das ist das Wichtigste!« Da war Gesundheit für ihn selbstverständlich gewesen. Eine Bergwanderung ohne Herzstechen, Fußschmerzen und Augenblitzen – etwas Normales. Alles, was in der Jugend selbstverständlich war, alles Angenehme, wurde mit zunehmendem Alter ein Geschenk. Man wurde lahm wie sein Freund und Kollege Ferdinand, halb blind wie sein ehemaliger Assistent mit vierzig Jahren, oder man verlor den Verstand wie sein früherer Chef, der uralt im Augustinum dahinlebte und freundlich in die Ferne blickte, wenn Bruno ihn besuchte. Mußte man sich erst das Unglück der anderen vor Augen halten, um sich des eigenen Glücks bewußt zu werden – ein ethisch fragwürdiges Verfahren.

Wenn er an die Gebrechen seiner Altersgenossen dachte, empfand er Angst und Schrecken, manchmal auch Schuldgefühle, wie nach Irenes Tod. Hatte er wirklich alles versucht, um sie zu retten? Hätte er nach Amerika fahren sollen, zu dem Kalifornischen Wunderheiler, wie ihm sein Kollege aus San Diego geraten hatte? Aber da war Irene schon so schwach, daß sie die Flugreise nicht mehr freiwillig gemacht hätte.

Er sah auf sein Manuskript. Aufhören mit der Vergangenheit! Daran war nichts mehr zu ändern. Sein aktuelles Glück bestand darin, hier und jetzt am Schreibtisch zu sitzen und zu hoffen, daß er seine Erkenntnisse anderen vermitteln konnte. Sein Glück war ganz kantisch. »Das Ausfüllen der Zeit durch planmäßig fortschreitende Beschäftigungen.« Über den großen beabsichtigten Zweck dieser Schreibtischarbeit mochten andere befinden.

Für ihn war es, wie für seinen Königsberger Kollegen, »das einzige Mittel, seines Lebens froh und doch auch lebenssatt zu werden«. Was, übrigens, sollten die Einschränkungen »doch« und »auch«? War sich Kant seiner eigenen Glücksdefinition nicht so sicher gewesen, wie er es aufgrund seiner Überlegungen hätte sein müssen? Bruno dachte an den kleinwüchsigen, eher häßlichen Emmanuel, der in seiner Schreibstube saß, weil sich ihm keine andere Lebensperspektive bot. Zwangsweise mußte er durch seine Tätigkeit glücklich sein. Es gab keine Alternative. Und er?

Welche Alternative zur Schreibtischarbeit gab es für ihn?

Er wußte, daß Martina und Inge die Köpfe zusammensteckten und nach einer weiblichen Alternative suchten. Immer wieder plazierten sie eine unverheiratete, geschiedene oder verwitwete Freundin als seine Tischnachbarin bei gelegentlichen Abendessen. Erst vor zwei Monaten mußte er sich stundenlang gegen den lauten Charme einer Lehrerin wehren, deren Mann vor ein paar Jahren bei einem Verkehrsunfall gestorben war. Sie schilderte volltönend die Leiden, die heutzutage den Lehrern von Pubertierenden zugefügt werden: »Und wenn man das Kaugummikauen verbieten will, dann stürmen die Eltern in die Sprechstunde und weisen nach, daß die lieben Kleinen ja nur zahnärztlich verordnet kauten. Beeinträchtigung der persönlichen Freiheit, das ist das neueste, womit sie den Lehrern das Leben schwer machen. Jede Hausaufgabe fällt ja, genaugenommen, unter diesen Aspekt.«

Und weiter war es gegangen, drei Stunden lang, wie sie ihre Pensionierung herbeisehnte, endlich, in vier Jahren.

Er hatte genickt und versucht, Zwischenfragen zu stellen. Aber es gab kein Durchkommen. Schließlich gab er auf, widmete sich seinem Fisch und beschränkte sich auf zustimmendes Nicken.

Inge merkte gleich, daß diese Frau nichts für seine alten Tage war. Prompt kam beim nächsten Abendessen das Kontrastprogramm zum Zuge, eine durch psychotherapeutische Dauerbehandlung sanftmütige und unsichere Sekretärin, deren Mann sich vor zehn Jahren erhängt hatte. Kein Wunder, daß sie fast verrückt geworden war. Sie saß still und in sich gekehrt neben ihm und errötete bei jedem Satz, den er an sie richtete. Eine Unterhaltung war nicht möglich. Er rettete sich in Anekdotenerzählungen. Anstrengend, solche einsamen Frauen. Einsam war er selber.

»So, meine Liebe«, sagte er hinterher zu Inge, »jetzt hörst du auf, mich zu verkuppeln. Ich bin zu alt dafür und auch zu einverstanden mit meinem Leben.«

»Ach, Bruno«, meinte Inge verlegen, »es war ja nur mal ein Versuch, sonst nichts.«

»Und dabei wollen wir es belassen.«

Die Freunde hatten eben eine andere Vorstellung von seinem Glück. Da hielt er es schon lieber mit Kant.

Beim Blick auf seine bisherigen Ergebnisse auf dem Papier war es momentan auch nicht weit her damit.

Nächste Woche wollte er nach München fahren und sich in der Staatsbibliothek weiter nach Literatur umschauen. Ganz ohne historischen Rückgriff mochte er sein Glücksbuch auch nicht schreiben, bei aller Liebe zur Verständlichkeit.

Bruno ließ seine Unordnung am Schreibtisch weiterwuchern und ging nach unten und dann weiter zum Steg. Immer noch kein Wölkchen am Himmel. Andechs leuchtete herüber, und im Schwimmbad lärmten Kinderstimmen. Hier am Steg hatte sie gesessen, vor einem Jahr. Und jetzt war sie tot. Heute nachmittag sollte er der Polizei erzählen, was er wußte.

Er schwamm weit hinaus. Das Wasser war warm und glatt.

Später kochte er sich Spaghetti, gleich die doppelte Menge. Morgen wollte er den Rest mit Zwiebeln anbraten. Er hatte für heute noch einen Rest Sugo von letzter Woche.

»So bin ich am Lebensende kulinarisch wieder dort gelandet, wo ich anfing, nämlich als Student und notorischer Spaghettikocher, früher aus Kostengründen, jetzt aus Zeitersparnis.«

Ihm fiel auf, daß er fast gar kein Fleisch mehr aß, es sei denn, er war eingeladen. Zu Zeiten von Irenes Kochkursen hatte es oft ihre berühmten Rinderbraten gegeben. Dann plötzlich waren die Zeitungen voll von vermuteten Krankheiten, die von verrückten Kühen herrührten. Mit einem Schlag gab es kein Rindfleisch mehr. Hatte es nicht auch Schweinepest-Meldungen gegeben und Berichte über Zehntausende von dahin geschlachteten und verbrannten Hühnern, aus ähnlichen Gründen? Vielleicht war es die späte Rache von gequälten und eingepferchten Tieren, die dem Menschen nicht mehr gönnte, sich an ihren Leichen zu delektieren.

Mit seinem Teller setzte er sich an den Terrassentisch. Ein Achtel Weißwein, ein Glas Mineralwasser, Käse und Birnen als Nachtisch. Prost Irene! Wie oft hatten sie hier miteinander gesessen und im Sommer ihren eiskalten Chardonnay getrunken.

Nach dem Essen hielt er Siesta, auch auf seiner Terrassenliege. Meist schlief er gleich ein, so auch heute.

Ludwig und Inge warteten auf ihn in einer Kirche mit gotischem Kreuzgang. Sie waren ganz in schwarz und schauten vorwurfsvoll, weil er zu spät kam. »Da ist doch schon dein Sarg aufgestellt, beeil dich!«

Er wachte schweißgebadet auf. Die Sonne schien jetzt prall auf seine Füße.

Den Traum schob er weg.

Es war Zeit, daß er sich für die Polizei anzog. Was paßte da? Anzug und Krawatte? Darin kam er sich völlig verkleidet vor. Seine Popelinhose hing frisch von der Reinigung im Schrank, noch in Plastik eingewickelt. Dazu ein blaues Hemd und seinen schwarzen Seidenblazer. Für ihn war es immer schwierig gewesen, die richtigen Hosen zum Hemd zu finden. Wie oft hatte Irene gerufen: »So kannst du nicht gehen, das dunkelblaue Hemd paßt nicht zur schwarzen Hose!«

Sein Hemd heute war hellblau, es mußte passen. Außerdem war er alt, und wer achtete schon darauf, wie er angezogen war.

Als er bei Inge ankam, duftete es schon nach Kaffee. Ludwig saß erwartungsvoll vor einem glänzenden Erdbeerkuchen.

»Höchste Zeit, daß du kommst. Mir läuft schon das Wasser im Munde zusammen.«

Inge kam mit der altmodischen Kaffeekanne aus der Küche. Sie hatte sich schon polizeimäßig korrekt angezogen: ein dunkelblaues Kleid mit kurzen Ärmeln.

Einen Moment war er versucht, seinen Traum zu erzählen. Aber er fand, das paßte nicht zu einem harmlosen Kaffeenachmittag.

So setzte er sich an seinen angestammten Platz und tauschte Seetemperaturen mit Ludwig aus. Ja, 24 Grad. Die beiden waren schon vor dem Frühstück schwimmen gewesen. Das Gespräch plätscherte dahin, bis Bruno auf einmal fragte: »Was genau soll ich dem Polizisten eigentlich erzählen? Ich wußte nicht mal ihren richtigen Namen, und den Familiennamen schon gar nicht.«

»Darauf kommt es doch nicht an. Du sagst einfach, daß sie bei dir am Steg saß und daß du zweimal mit ihr gefrühstückt hast und sie einmal in deinem Gartenhaus übernachtet hat. Das war's dann. Die Schlüsse daraus müssen sie schon selber ziehen. Dafür sind sie ja da.«

Sie gingen miteinander die paar Minuten bis zur Polizeistation.

Herr Berger, ein gemütlich wirkender, rundlicher Schnauzbart, führte sie in sein Dienstzimmer.

»Ich kann mich nicht erinnern, jemals auf einer Polizeistation gewesen zu sein. Die Einrichtung kenne ich nur aus Fernsehkrimis.«

»Irgendwann ist halt immer das erste Mal«, bemerkte Herr Berger und nahm lächelnd ihnen gegenüber Platz. »Wir sind hier nur eine einfache Polizeistation. Die eigentlichen Ermittlungen führen Kollegen aus Fürstenfeldbruck. An sie werde ich Sie auch weiterleiten, falls sich aus unserem Gespräch etwas ergibt, das man näher untersuchen muß.«

»Kann ich mir eigentlich nicht vorstellen«, sagte Inge. »Wir hatten keinen engen Kontakt zu Evelyn, kannten sie nur oberflächlich.«

»Dann erzählen Sie mir doch einfach, was Sie wissen«, meinte Herr Berger und zückte seinen Notizblock.

Eine Dreiviertelstunde später gingen Bruno und Inge wieder heim.

»Ein netter Beamter, dein Bekannter«, sagte Bruno.

»Ich verstehe nur nicht, wieso er unbedingt wissen wollte, wo Tommy und Stefan sich am Gardasee aufhalten. Wir wissen es ja selber nicht. Noch dazu, wo sie zelten. Ich werde sie vielleicht doch heute mal auf dem Handy anrufen – obwohl wir ja ausgemacht haben, das nur im Notfall zu tun. Die beiden haben leicht das Gefühl, daß wir sie kontrollieren. Und es ist ja nur eine Woche. In drei Tagen werden sie ohnehin wieder hier sein. Nein, ich rufe doch lieber nicht an und lasse sie in ihrer Ferienstimmung. Magst du noch zum Essen bleiben? Es gibt nur Salat und Pellkartoffeln.«

»Vielen Dank, nein. Nach dem Essen kommt ihr zu mir, nur Käse und Wein auf der Terrasse. Und wenn's warm genug ist, dann Schwimmen um Mitternacht.«

Er rief zum Balkon hinauf, wo Ludwig immer noch mit seinen Zeitungen saß: »Also bis heute abend, ab zwanzig Uhr!«

Zu Hause blinkte sein Anrufbeantworter. Aber wer da Botschaften hinterließ, rief wieder an. Er wollte jetzt erst einmal notdürftig aufräumen, den Käse aus dem Kühlschrank holen und ein anständiges Tischtuch auf den Terrassentisch legen. Die Rotweingläser aus der Wohnzimmervitrine mußten abgestaubt werden, das hatte Irene immer so gehalten.

Ob Inge nochmals auf ihr Polizeireviergespräch zurückkommen würde? Herr Berger hatte abschließend gefragt, ob sie den Eindruck gehabt hätten, daß Evelyns Kindheit und Jugend glücklich gewesen sei. Inge hatte sofort geantwortet: »Mit Sicherheit nicht. Gehemmt war sie und unsicher, und bei ihren Klassenkameraden nicht beliebt.«

Er mußte länger überlegen. »Glücklich? Wessen Kindheit ist schon glücklich. Nur die Verdränger behaupten das hinterher. Sonst wären die psychologischen Beratungsstellen nicht derart überfüllt. Also insofern wohl eine normale Kindheit, mit Glück und Unglück.«

Hinterher meinte Inge: »Du bist mir in den Rücken gefallen. Wie stehe ich jetzt da? Als hätte ich das einseitig negativ gesehen. Überleg doch mal!«

»Ich denke, genau das wirfst du mir vor. Daß ich zu viel überlegt habe. Ich kann eben nicht so frei heraus und spontan urteilen wie du. Das mag eine Schwäche von mir sein. Aber es ist auch meine Stärke. Wir kannten das Mädchen ja in völlig verschiedenem Kontext. Ich glaube, Herr Berger hat gar nicht erwartet, daß wir das gleiche antworten. Insofern hat er jetzt mehr Möglichkeiten, sich Gedanken über die Hintergründe zu machen. Meiner Meinung nach hat er damit ohnehin einen zentralen Punkt angesprochen. Für die Ermittlung des Täters mag das auch von Bedeutung sein.«

»Du mit deinen Glücksüberlegungen. Jetzt denkst du schon, das ist der Angelpunkt des Universums.«

»Das denke ich wirklich hin und wieder. Überleg doch, was wir alles tun, um glücklich zu sein oder andere glücklich zu machen. Da hast du Motive ohne Ende, im positiven wie im negativen Sinne.«

Er blickte auf den gedeckten Tisch und war zufrieden. Es sah gemütlich aus, fast wie zu Irenes Zeiten. Etwas fehlte. Die kleinen, bunten Lichter, die später das grelle elektrische Licht ersetzten. Er stellte die farbigen Gläser mit den Teelichtern zwischen die Teller.

Jetzt wollte er noch ein paar Minuten seinen Schreibtisch ordnen. Und überlegen, ob Inge recht hatte mit ihrer Vermutung, daß er inzwischen alle Probleme an seiner Glück-Unglück-Theorie maß. Er tastete sich erst langsam vorwärts, war eigentlich noch beim Stoffsammeln.

›Das Glücke kommt selten per posta zu Pferde‹, hieß es bei Telemann, sondern ›Schritt vor Schritt‹.

Das aber war nur eine Seite der Ansicht. Es gab unbestritten auch das plötzliche, heftige Glück. So wie Telemann redeten die alten Leute, bei denen ohnehin alles langsam ging inzwischen. Die Jugend wollte nicht so lange warten, sie wollte das schnelle Glück. Warb nicht eine Lottogesellschaft mit diesem Jargon? Erst mit zunehmendem Alter mußte man erfahren, daß nichts mehr schnell ging.

Auch seine Arbeit hatte früher mehr System gehabt: Theorieformulierung, Literatursuche, Stand der bisherigen Forschung, Ergebnisse, die weiterführten. So übersichtlich geordnet, konnte man mit einer logischen Gliederung zügig beginnen. Jetzt aber, wo er verständlich und logisch schreiben wollte, taten sich auf einmal Hemmschwellen auf, die er früher nicht beachtet hatte. Die strenge Wissenschaft bot ein Gerüst, das man nicht ungestraft verlassen durfte, wenn man nicht riskieren wollte, plötzlich ungesichert in der Luft zu hängen. Vielleicht lag es auch daran, daß sein Thema und Wissenschaftlichkeit wenig miteinander zu tun hatten. Wer sich wissenschaftlich betätigte, baute nicht auf Glück, sondern auf Verstand, Recherche, Geduld. Niemand würde je von einem Kollegen sagen, er hätte Glück gehabt bei seiner Arbeit. In der Naturwissenschaft, da kam das manchmal vor. Man mischte im Labor bestimmte Substanzen, irrte sich vielleicht, und kam so auf etwas Neues. Von berühmten Köchen hatte er gelesen, daß sie auf extravagante Rezepte durch Irrtum oder Zufall gekommen waren. Wie stand es eigentlich mit den

Nahrungsmitteln insgesamt? Beruhte nicht alles, was man unter Genußmittel verstand, auf zufälliger Entdeckung? Wer hatte als erster eine Kaffeebohne gerieben und festgestellt, daß man daraus ein belebendes Getränk brauen konnte? Wie viele Menschen hatten ihr Leben gelassen, bis man wußte, welche Früchte und Pflanzen eßbar waren?

Die Hausglocke läutete.

Inge hatte sich umgezogen, ganz in weiß.

»Wie Lotte in Weimar!« begrüßte Bruno sie. »Kommt rein, der Rotwein ist schon offen.«

Sie genossen die Aussicht auf den See, saßen eine Weile in stiller Bewunderung. Bruno goß den Wein ein, dann holte er die Käseplatte und das Brot aus der Küche.

»Das ist heuer wirklich ein außergewöhnlicher Sommer. Schon vierzehn Tage lang fast nur Sonnenschein. Und da gibt's Leute, die fahren von hier weg in den Urlaub. Da liegen sie, Handtuch neben Handtuch, in Italien. Wie geht's den beiden Surfern am Gardasee?«

»Ich habe versucht, sie zu erreichen, aber sie hatten das Handy abgeschaltet. Wahrscheinlich waren sie Pizza essen oder tanzen.«

»Hast du auf den Anrufbeantworter gesprochen?«

»Nein, ich hab so wieder eingehängt. Ich will sie ja nicht beunruhigen. Ohnehin kommen sie in drei Tagen wieder heim. Wenn dann die Polizei von ihnen etwas will, kann sie anrufen. Sie sollen ihre Ferien genießen. Ändern kann man sowieso nichts mehr.«

Sie saßen zwar gemütlich beieinander, Wein und Käse hatten die richtige Temperatur, keiner von ihnen klagte über aktuelle Probleme. Und doch wollte die alte Fröhlichkeit und Unbeschwertheit nicht aufkommen. Das unglückliche Mädchen besetzte ihre Gedanken. Bruno sprach aus, was die beiden anderen dachten: »Was mag die Ursache für ihren Tod gewesen sein?«

»In der Zeitung standen keine neuen Erkenntnisse«, stellte Ludwig fest.

»Das wundert mich nicht. Sie sind ja erst am Anfang ihrer Ermittlungen. Wer weiß, was da noch alles ans Licht kommen wird.«

»Meinst du Drogen?« fragte Bruno.

»Ich kann nur vermuten – aber ausschließen kann man das wahrscheinlich nicht. Unsere beiden behaupteten, sie hätten auf dem Schulhof jede Droge kaufen können.«

»In Weilheim? Das kommt mir nicht wahrscheinlich vor. Zumindest Martina und Christoph haben nie etwas erzählt.«

»Weil sie euch nicht beunruhigen wollten. Ich möchte nicht wissen, welche Geheimnisse unsere Jungs mit sich rumschleppen, weil sie uns schonen wollen.«

»Jetzt übertreibst du aber«, wandte Ludwig ein. »Für solche Verdächtigungen gibt es keinen Anlaß. Sie studieren fleißig, kommen sogar am Wochenende heim und treiben Sport, das heißt, sie leben gesund.«

»Na, ja, von außen gesehen hast du ja recht«, meinte Inge. »Aber wer schaut schon in die Tiefe. Bei Stefan fällt mir in letzter Zeit so ein trauriger Zug um den Mund herum auf. Der paßt nicht zu seinen Erfolgserzählungen vom Studium. Vielleicht warte ich mal ein stilles Kaffeestündchen ab und horche ihn aus. Er wirkt auf mich älter als 22 Jahre. Und in sich gekehrter denn je.«

»Na«, meinte Ludwig, »jetzt übertreib nicht in deiner mütterlichen Fürsorglichkeit. Er war schon immer still, bedächtig und introvertiert. Warum sollte er seinen Charakter ändern, nur weil er Jura studiert.«

»Und ich frage mich«, warf Inge ein, »ob wir ihn nicht zu sehr in dieses Studium gedrängt haben. Du weißt ja, daß er es uns immer recht machen wollte. Und deine Vorlieben hast du ihm überdeutlich zu verstehen gegeben. Vielleicht ist er unglücklich mit diesem Studium.«

»Durststrecken gibt's in jedem Studentenleben. Das siehst du ja bei Tommy, der seine letzte Zwischenprüfung nicht geschafft hat.«

»Der steckt das besser weg. Außerdem kann er sie ja im Oktober wiederholen. Und wenn's drauf ankommt, dann setzt er sich schon hin und lernt, das war noch immer so. Wie geht's bei Martina und ihren beiden Jungen?«

Bruno holte einen Packen Photos von seinen Enkelkindern, und alle vertieften sich in die Bilder. Evelyns Tod war vorerst vergessen.

Als Ludwig und Inge kurz vor Mitternacht heimfuhren, räumte Bruno das Geschirr in die Küche. Er kam am Anrufbeantworter vorbei, der immer noch blinkte, und drückte auf den Knopf.

»Eine neue Antwort: Hallo, Onkel Bruno, hier ist Stefan. Ich muß unbedingt mit dir reden, möglichst noch heute. Du kannst mich auf dem Handy bis Mitternacht anrufen.« Es folgte die Nummer. »Und ich möchte mich mit dir treffen, am besten gleich morgen.«

Bruno sah auf die Uhr. Es war dreiviertel eins. Nein, beschloß er, dafür war es jetzt zu spät.

Was mochte dieser seltsame Anruf bedeuten? War Stefan nicht mit seinem Bruder beim Surfen am Gardasee? Wie wollte er da morgen früh so schnell bei ihm sein?

Bruno war zwar Stefans Firmpate. Aber in letzter Zeit hatten sie sich nicht oft gesehen. Es war Jahre her, daß Stefan bei ihm angerufen hatte.

Waren Inges Ahnungen doch begründet? Beunruhigt legte er sich schlafen.

Stefan hatte den ganzen Vormittag mit den anderen auf den Höhen von Erling gemalt. Er war angeekelt, als er sein Voralpen-Kitsch-Aquarell ansah. Und dafür habe ich den ganzen Vormittag gearbeitet, mit so einem Nichts an Ergebnis. Gerd sagte, die Technik hast du intus! Und Veronika, die zu ungeduldig war, um ihre Farben richtig trocknen zu lassen, und sich mit verwaschenen, ineinander laufenden Farbstreifen auf ihrem Papier herumquälte, blickte bewundernd zu ihm auf. »Echt super, wie du das draufhast!«

Aber er wußte bei sich, daß diese Malerei nichts wert war, nicht für ihn. Nette Bildchen waren das, zum Aufhängen bei Spießers über dem Sofa.

»Wer die Aquarelltechnik beherrscht«, tönte Gerd, »der wird als Maler nie verhungern.«

Wer das Staatsexamen hat, der erst recht nicht – das lag Stefan auf der Zunge. Aber er wollte Gerd nicht kränken, der ohnehin unter seinen minderbegabten Schülern litt.

Als es Mittag läutete von Andechs her und alle aufbrachen, um sich oben am Berg ein deftiges Essen zu bestellen, verabschiedete sich Stefan.

»Ich muß mal ein bißchen allein sein.«

»Du weißt ja, wo der Schlüssel zur Hütte liegt«, rief Gerd und winkte zum Abschied.

Stefan nahm seine Maltasche und stieg abwärts über die Wiesen bis zum Ufer. Er mußte zu einem Schluß kommen heute. Sonst würde er noch verrückt.

Er setzte sich auf den Bootssteg und holte sich eine Wasserflasche aus dem Kühlschrank. Die anderen würden sich jetzt Bier bestellen und eine zünftige Brotzeit. Beim Gedanken an fetten Leberkäs wurde ihm fast übel. Alkohol vertrug er auch nicht. Seine Eltern versuchten gelegentlich, ihm Geschmack an gutem Wein beizubringen. Aber für ihn schmeckte alles gleich, mehr oder minder nach Essig oder Beerensaft – wobei die Essigweine angeblich die guten waren. Für seinen Sommerdurst war ein Spezi das Höchste, stets belächelt von den Erwachsenen oder erwachsen Spielenden. Sollten sie doch ihre bitteren Gesöffe inhalieren. Oder ihr weißes Hummerfleisch essen, das weder nach Fisch noch nach Fleisch schmeckte.

Hummer! Da waren sie wieder, die Erinnerungsfetzen, die er endlich zusammenpuzzeln mußte.

Seit gestern, als Gerd mit der Starnberger Zeitung angekommen war, wußte er, daß Eva tot war. Sie lauschten dem kurzen Bericht, der auf der ersten Seite stand, noch ohne Bild.

Er hatte in seinen Malsachen gekramt und so getan, als hörte er nicht zu. Er merkte auch nicht, wie Gerd ihn verstohlen beobachtete.

Jetzt war die letzte Gelegenheit, seine Erinnerungen endlich zu einem Bild zusammenzufügen. Er schloß die Augen, legte sich auf sein Handtuch am Steg und atmete tief. Die Entspannungsübungen, die er in einem freien Malkurs an der Volkshochschule gemacht hatte, fingen immer so an. Tief atmen, dem ganzen Körper Aufmerksamkeit zuteil werden lassen. Vielleicht kamen dabei auch die Gedanken wieder, die bisher nur als dumpfes Gefühl da waren, wie Magenweh nach fettem Essen. Kein besonderer, sondern ein allgemeiner Schmerz, der das Gemüt beschwerte.

Er hatte doch sonst ein gutes Gedächtnis, konnte immer noch Balladen aus der Schulzeit auswendig, merkte sich sogar juristische Paragraphen. Und bei dem Abend vorgestern setzte es auf einmal aus.

Wie war er überhaupt in seinen Schlafsack gekommen?

Die Discobesucher, das wußte er, hatten sich über ihn lustig gemacht, weil er schon schlief, als sie morgens um vier Uhr ankamen.

Wer hatte ihn zum Bootshaus gefahren? Oder war er allein am Ufer entlanggelaufen?

Er mußte von vorn anfangen. Mit dem Tanzen hatte es begonnen. Joe lächelte vielsagend, als er Evas Hand auf Stefans Schulter legte. »So, ihr beiden, jetzt tanzt, damit ihr in Stimmung kommt!«

Eva flüsterte ihm ins Ohr: »Sei mir nicht böse, daß ich ihn nicht aufgeklärt habe über uns. Er hätte es mir ohnehin nicht geglaubt. Für ihn ist Sex der einzige Weg zum Glück, und deswegen kann er uns beide gar nicht anders sehen.«

Inzwischen hatte die Beschallung gewechselt. Musik im eigentlichen Sinne war es nicht, eher wie Meeresrauschen oder Wind, der Äste bewegt, von Trommeln untermalt, die den Rhythmus vorgaben. Im Wohnzimmer standen, knieten und lagen die weißleuchtenden Hemden auf dem Boden und bewegten sich tranceartig.

Stefan wurde leicht schwindelig, er schwankte auf Eva zu, und die hielt ihn fest.

»Hast auch von dem Weißwein getrunken?« hörte er sie aus der Ferne fragen. Aber sie stand neben ihm, lehnte sich an ihn und versuchte, ihn zum Tanzen zu bewegen.

Wie lange mochte das gegangen sein?

Eva steckte sich eine Zigarette an. Süßlicher Rauch stieg ihm in die Nase.

»Da, nimm auch eine.« Sie hielt ihm eine Selbstgedrehte hin und steckte sie ihm in den Mund. Alle rauchten und lagen auf dem Boden. Er konnte sich nicht erinnern, wie lange er so dalag. Evas Gesicht erschien ihm, sie sah frontal auf ihn herab. Um sie beide herum nahm er einen Kreis von weißen Hemden wahr. Die nächste Szene spielte am Ufer. Wie war er dahin gekommen?

Laternen funzelten wie Irrlichter. Er saß neben Eva auf einer Luftmatratze. Waren sie allein? Nein. Joe setzte sich zwischen beide und zog Eva auf seinen Schoß. Stefan sah das Bild vor sich wie eine Filmszene, weit weg auf einer Leinwand, als wäre er nur Beobachter gewesen, nicht aber Mitspieler.

»Bist du schon so frei, daß du zuschauen kannst, was ich mit Eva mache, du kleiner Spießer?«

Er hörte Schreie. War das Eva? Ihre Augen leuchteten weiß auf. Dann wurde alles schwarz. Er konnte doch nicht eingeschlafen sein, während Joe, ja, es war eindeutig, was Joe mit Eva gemacht hatte. Warum saß er daneben und unternahm nichts? Warum wurde auch jetzt alles schwarz vor und hinter seinen Augen?

Stefan holte tief Luft. Er mußte sich erinnern. Das war die Schlüsselszene des Ganzen. Da mußte etwas passiert sein. Aber soviel er grübelte, tief atmete und immer wieder zu dem Bild von Joe und Eva zurückging, er fand nichts mehr. Nur tief innen zitterte etwas in ihm. Aber es kam nicht nach oben.

Stefan setzte sich auf. Vielleicht sollte er schwimmen.

Er tauchte die Füße in den See, das Wasser war warm wie bei einem Fußbad. Leise ließ er seinen ganzen Körper hineingleiten. Er schwamm auf den Dießener Kirchturm zu. Da drüben schwammen vielleicht seine Eltern, oder sie besuchten Onkel Bruno, tranken Kaffee miteinander und tauschten Neuigkeiten aus. Sicher hatten sie von Evas Tod gelesen. Wenn sie nun Tommy angerufen hatten und der vielleicht schon auf dem Weg nach Hause war. Und sein Handy war die ganze Zeit abgeschaltet!

Schnell schwamm er wieder zurück und kramte in seinem Rucksack. Keine Nachrichten auf dem Handy. Aber er ließ es angeschaltet, legte es neben sich aufs Handtuch und versank wieder in seinen Erinnerungen.

War er mit Eva allein am Strand gewesen, bevor Joe zu ihnen kam? Auch als er wieder die Augen schloß, zeigten sich nur Nebelwolken unterschiedlicher Dichte, aber keine Personen. Manchmal schlief er ein, und Pyramiden von deutlich erkennbaren Gesichtern stapelten sich übereinander. Wenn er eins festhalten wollte, zerfloß es und machte einem neuen Platz, bis der Schlaf ein Ende machte.

Aber seit vorgestern waren neue Zeiten angebrochen, nicht einmal sein Einschlafrhythmus funktionierte noch. Bei dem gewaltsamen Erinnern an die Nacht in Herrsching wollten einfach keine neuen Einsichten kommen. Was nur sollte er tun? War er vielleicht an einem Verbrechen beteiligt? Und immer wieder das gleiche Rätsel: Wie war er heimgekommen? In ihm drehte sich Eva mit Joe und er mit Eva. Kaum versuchte er eine Bildeinstellung festzuhalten, schon versank wieder alles in Nacht und Schwärze.

Allein kam er nicht weiter.

Sollte er Tommy anrufen? Der wußte erst recht nicht, was zu tun wäre.

Oder seine Eltern? Das kam nicht in Frage.

Onkel Bruno? Der würde sich wundern, aber er konnte Geheimnisse bewahren. Wenn irgend jemand ihm weiterhalf, dann Bruno. Alle anderen waren entweder zu unerfahren oder, wie seine Eltern und Tommy, ahnungslos.

Er konnte Brunos Nummer auswendig. Seit über fünfzehn Jahren hatte sie sich nicht verändert.

Der Anrufbeantworter. Er sprach kurz zwei Sätze und legte dann auf. Auch wenn Bruno den Eltern davon erzählen würde, konnte man nicht daraus schließen, daß Stefan nicht mit am Gardasee war.

Wenigstens hatte er jetzt die Initiative ergriffen und konnte aufhören, allein an dem fraglichen Abend herumzurätseln. Er schlief erleichtert ein.

Den Traum wollte er beim Erwachen bewahren, er setzte sich auf, der Rücken tat ihm weh, und er schloß die Augen, um die Fortsetzung der Bilder zu erzwingen. Er war auf Kieseln gestolpert, er war ausgerutscht und aufgewacht. Der Steg lag im vollen Nachmittagslicht, während auf der anderen Seeseite das Westufer dunkler wurde.

Wie oft waren sie am Abend von Dießen über den See nach Aidenried gesegelt, um von dort den Sonnenuntergang zu bewundern. Ob seine Eltern vielleicht ganz in seiner Nähe saßen und bei einem Glas Wein darauf warteten, daß die Sonne langsam zwischen dem Gebüsch versank? Ob wohl Birgit inzwischen zu Hause angerufen hatte? Sie war mit ihrer Familie in einem Wohnwagen in Kanada unterwegs. Auf dem Handy fand sich jedenfalls keine SMS von ihr. Schon seltsam, daß sie ihm erst jetzt einfiel. Es bedurfte nur eines anderen Mädchens, und er vergaß sie einfach, mußte nicht einmal erst ihr Bild entfernen. Was war das überhaupt für eine Freundschaft? Birgit lebte in der Zukunft, in einer gemeinsamen Zukunft mit ihm, in der beide arbeiteten, sie in der Schule, er in einer Anwaltskanzlei, mit zwei Gehältern, einer großen Wohnung und in ein paar Jahren wahrscheinlich mit zwei Kindern. Jedesmal, wenn sie davon sprach, wie ihr gemeinsames Leben in ein paar Jahren aussehen würde – die Inneneinrichtung der Wohnung spielte eine Hauptrolle – schaltete er ab, wollte nichts hören von einem Leben, das so niemals sein eigenes sein würde. Zu einem Gegenentwurf konnte er sich aber auch nicht entschließen. Wenn Birgit zum Beispiel sagte: »Stell dir vor, wir kommen abends heim und kochen miteinander, zünden uns Kerzen an und hören Pink Floyd«, dann lächelte er abwesend. Wieder einmal führte ihn seine Nachgiebigkeit dazu, daß er die Vorstellung von anderen bevölkerte in einer Art Verkleidung, die ihm nicht entsprach. Was hätte er auch erwidern sollen? »Ich möchte am liebsten allein in einem alten Haus am Waldrand wohnen, oder vielleicht auf einer griechischen Insel, wo mich niemand kennt, so wie der alte Dichter aus England.« Über den hatte er einmal einen Fernsehbericht gesehen. Der war gebrechlich und bärtig und arm und hauste in einer baufälligen Hütte. Dort schrieb er Gedichte. Er aber würde malen, den ganzen Tag lang. »Ich brauche dich zum Verkaufen meiner Bilder« hätte er zu Birgit sagen können. Oder: »Wie willst du eine große Wohnung und zwei Kinder finanzieren, wenn du mit einem Maler verheiratet bist?«

Er war allein. Und er fühlte sich am wohlsten allein. Mit Birgit hatte es nicht einmal zu gemeinsamen Ferienplänen gereicht. Vielleicht lernte sie einen Kanadier kennen, in einem von den Camps, wo man abends beim offenen Feuer saß. Er hoffte, daß seine Freundin einen anderen Mann kennenlernte. Niemandem konnte man etwas derart Verqueres erzählen. Er hatte es sich ja selber noch nie so ehrlich klargemacht. Was aber, wenn sie keinen anderen traf? Da müßte er selber aktiv werden, müßte sich mit ihr auseinandersetzen und ihr klarmachen, daß er nicht zum Heiraten geschaffen war, daß er sein Jurastudium an den Nagel hängen würde. Konsequenzen ohne Ende.

Dieser Stolpertraum, der ihn zu keinem Ziel geführt hatte, zeigte um so deutlicher, wie sein Leben verlaufen war: ein Hin und Her der einsamen Argumentationen, ein Abwägen von Gesichtspunkten, die für andere wichtig waren, nicht aber für ihn. Ein Schwächling, das war er. Entscheidungsschwach. Es allen recht machen – was für eine Charakterlosigkeit. So rutschte man in Schwierigkeiten, die nicht einmal von einem selber verursacht wurden. Und jetzt, dachte er, bin ich mitten in einem Schlamassel, das irgend jemand für mich angezettelt hat.

Er mußte Olaf anrufen. Er hatte keine Wahl.

Eine weibliche Stimme in gebrochenem Deutsch war am Apparat.

»Nein, ist nicht da. Ist mit Eltern in Ferien, schon zwei Wochen, Sylt.«

»Was? Das kann nicht sein. Vorgestern war er doch noch hier, hat seinen Geburtstag gefeiert.«

»Ich nix wissen, nur saubermachen und Blumen gießen.«

Er legte auf.

Auf Sylt? Und das seit zwei Wochen? Er träumte doch wohl nicht. Vor zwei Tagen hatte Olaf eine Party veranstaltet, mit mindestens zwanzig Leuten. Die werden sich doch wohl noch daran erinnern. Nur, er konnte niemanden fragen, weil er keinen gekannt hatte. Mitglieder eines nicht eingetragenen, esoterischen Dichterclubs, dazu Verbindungskameraden, die meisten maskiert. Das war nicht seine Welt. Er hätte nicht gewußt, wen er anrufen sollte. Die konnten sich doch nicht in Luft aufgelöst haben? Und Joe? Das war nur ein Vorname. Joe und Olaf. Nur diese beiden Namen. Olaf Dirks. Und der sollte seit Tagen auf Sylt sein? Wer hatte das Wohnzimmer ausgeräumt? Das wird ja auch wohl jemand wieder eingeräumt haben. Die Putzfrau am Telephon war jedenfalls die falsche Person für Auskünfte. Ob er wohl einmal zur Villa fahren wollte? Aber vielleicht beobachtete die Polizei das ganze Terrain. Nein, das konnte er nicht riskieren. Er erschrak, weil er sich schuldig fühlte. Was war an dem Gefühl wahr?

Er konnte das allein nicht klären.

Im Dämmerlicht holte er seinen Malblock heraus, tauchte den Pinsel ins Seewasser und begann ein neues Bild, das vorerst nur aus blaugrünem Wasser bestand.

Er beobachtete, wie die Farben trockneten.

Morgen würde er weitermalen.

Stefan ging ins Haus und wickelte sich in seinen Schlafsack. Er hörte nicht mehr, wie die Tür zum Bootshaus leise geöffnet wurde und jemand vorsichtig in seiner Maltasche wühlte.

Viel später, als die anderen kamen, Spaghetti kochten und das Radio andrehten, wachte er auf und ging zu ihnen.

»Was hast du denn den ganzen Nachmittag gemacht?« fragte Gerd.

»Nichts besonderes. Ein Bild angefangen. Geschwommen. In der Sonne gelegen. Nachgedacht.«

»Und?«

Stefan sah zu Gerd, der ihn aufmerksam beobachtete.

»Warst du die ganze Zeit hier oder wieder bei deinen Freunden in Herrsching?«

»Nein, hier.«

»Komische Freunde«, meinte Gerd und schüttete Tomatensoße über den Nudelberg.

Stefan gab keine Antwort. Er hatte Gerd nur erzählt, daß er einen Schulfreund besuchte. Ja, von der Geburtstagsparty hatte er noch erzählt. Sonst aber nichts. Wie kam Gerd dazu, seine Freunde komisch zu finden?

Veronika setzte sich neben Stefan. »Morgen mußt du mir unbedingt zeigen, wie du die obere Perspektive hinkriegst, ich meine, daß man sofort sieht, du stehst oben und schaust runter auf die Landschaft.«

»Da gibt's nicht viel zu erklären. Halt malen, was du siehst.«

Veronika sah ihn an, machte einen Schmollmund. »Du willst deine Geheimnisse für dich behalten, das wissen wir schon.«

»Geheimnisse sind manchmal lebensrettend«, warf Gerd ein, sah aber nur auf seinen vollen Teller. »So, Leute, guten Appetit!«

Später holten sie ihre Blöcke heraus und diskutierten und erklärten ihre Bilder. Stefan nahm die Zeitung, die auf einer der Bänke lag und verzog sich in eine Ecke. Er brütete über den Lokalnachrichten, bis er endlich den Mut hatte, das Photo auf der ersten Seite anzuschauen. Mein Gott! Tot! Es war nicht zu begreifen. »Tot aufgefunden«. Mehr stand nicht dabei. Und melden sollte man sich, falls man sachdienliche Hinweise geben könnte.

Einfach zur Polizei gehen?

Was hätte er sagen sollen, wenn er es doch selbst nicht wußte.

Und seine Eltern? Wenn sie auf diese Weise erfuhren, daß er gar nicht surfen war!

Aber wäre das nicht eine gute Gelegenheit, ihnen endlich beizubringen, was er eigentlich studieren wollte? Nein, keine gute Gelegenheit, beschloß er. Wie lange wollte er noch warten? Auf eine wirklich gute Gelegenheit? Die gab es nicht. Es würde immer enttäuschend sein, immer das Eingestehen einer Lüge.

Hatte er sich nicht vorgenommen, nach diesen Ferien auf jeden Fall seinen Entschluß bekanntzugeben? Aber so, im Zusammenhang mit der Toten, bekam das einen doppelten Beigeschmack von Schuld. Worin bestand eigentlich seine Schuld? Im Nachgeben, in der Unsicherheit über seine Berufswahl. Es war weniger eine aktive Schuld, sondern eher eine Unterlassungsschuld. Ja-Sagen, um unangenehmen Fragen oder Argumenten zu entkommen. So gesehen, war es Feigheit, die sich durch Untätigkeit zur Schuld ausgewachsen hatte. Ein Lebensmuster? Die Sehnsucht nach Harmonie, die der Vermeidung von Schwierigkeiten dienen sollte, hatte seine Schwierigkeiten erst hervorgebracht. Wollte er wirklich etwas Wesentliches ändern, dann würde er sein ganzes Leben ändern müssen. Er müßte zu seinen Überzeugungen stehen, statt sich im Hintergrund zu halten und schweigend die Wünsche der anderen zu erfüllen.

»Ja«, hörte er Gerd sagen, »das Glück des Augenblicks, das soll in einem Aquarell leuchten.«

Stefan schaute aus seinem Winkel auf die bunten Bilder, die am Fenstersims lehnten und auf die sich die Blicke der anderen konzentrierten.

Welcher Augenblick in meinem Leben war glücklich, fragte er sich. Als das erste Mal ein Bild von ihm im Pausengang der Schule hing? Und? Birgit? Nein, definitiv keine verliebten Glücksmomente. Erleichterung, das eher. Aber auch wieder: die Eltern waren erleichtert. Endlich hatte er eine Freundin. Sie hatten sich wohl schon Sorgen gemacht. »Unser Sohn ist schwul« – das wäre ein Satz, den seine Eltern nicht über die Lippen brächten.

Nein, schwul war er nicht. Aber die Mädchen, Birgit inklusive, interessierten ihn nicht, jedenfalls nicht so, wie sie Tommy interessierten. Er fragte sich, was wohl seinen Bruder mit den vielen Kommilitoninnen verband. Die Lösung, die sich anbot, war einfach, zu einfach, fand er. Nein, auch da fand er sich nicht normal, jedenfalls nicht so, wie die meisten der jungen Männer, die er kannte.

War nicht Eva genauso uninteressiert an sexuellen Erlebnissen gewesen wie er – und war sie nicht gerade deswegen vielleicht an diesen Joe geraten, der sie zur Normalität bekehren wollte. Was ging die anderen das überhaupt an? Das waren Missionare, die andere zu ihrer eigenen Glücksvorstellung bekehren wollten. Aber warum? Fühlten sie sich dadurch selbst bestätigt? Das hieß dann, sie waren alle gleich unsicher. Stefan überlegte, wen er zu seinen Ansichten bekehren wollte. Es fiel ihm niemand ein. Er mochte nicht einmal Birgits ausgetüftelten Zukunftsplänen eine Alternative gegenüberstellen. Das Glück des Augenblicks! Dazu hatten weder er noch Birgit Talent. Sie waren sich darin ähnlich, die Gegenwart als eine Art Durchgangsstadium zu betrachten, am Ende stand dann für Birgit das gemeinsame, gut organisierte Erwachsenenleben. Er aber sah sich in seiner Zukunft immer nur allein, ohne Frau und Kinder. Längst hätte er reinen Tisch machen sollen mit dieser verlogenen Art zu schweigen.

Nichts preiszugeben von dem, was er eigentlich dachte und wollte, das war wirklich unfair.

Hatte er Angst, dann allein zu bleiben? Aber genau das wollte er ja. Es gab außer seiner Unentschlossenheit keinen Grund für sein Schweigen, auch nicht den Eltern gegenüber.

Wie er so vor sich hin brütete, merkte er, daß Gerd ihn nicht aus den Augen ließ. Wahrscheinlich fand er es arrogant, daß er sich nicht an den Bildbesprechungen beteiligte.

Also zog Stefan seinen Block heraus und stellte sein Erlinger Landschaftsbild neben die anderen Aquarelle auf der Fensterbank.

»Das ist ja total perfekt«, rief Veronika. »Das ist ja schon fast altmeisterlich!«

»So sehe ich das auch«, sagte Stefan leise, »aber ich finde es nicht so toll wie du. Kunst hat mit Perfektion nichts zu tun. Manchmal denke ich, sie ist sogar das Gegenteil davon. Und wenn du schon altmeisterlich meinst: Stimmt genau. So hätte man vor hundert Jahren auch gemalt. Nichts von der Revolution der Kunst aus den letzten Jahrzehnten ist darin zu merken. Es ist ein feiges Bild, setzt sich mit nichts auseinander, bildet perfekt ab. Ich finde es zum Kotzen.«

Die anderen schwiegen. Ein unangenehmes Schweigen. Veronika wollte etwas entgegnen, machte aber nur kurz den Mund auf, ohne einen Laut, bevor sie wieder still vor sich hin blickte.

Gerd sagte: »Für dich magst du recht haben, aber für uns bleibt es ein kleines Idealbild einer Ideallandschaft. Sei nicht so streng mit dir. Die echte Kunst braucht die Beherrschung der Technik. Nimm es einfach als Vorstufe zu dem, was du eigentlich willst.«

Stefan schwieg. Was hätte er auch sagen sollen? Gerd hatte das Problem auf den Punkt gebracht. In mehrfacher Hinsicht befand er sich auf der Vorstufe. Was ich eigentlich will? In der Kunst wußte er es, theoretisch jedenfalls. Aber im normalen Leben? Schon daß Kunst und Leben nichts miteinander zu tun hatten, war der Anfang der Misere. Von welchem Punkt auch immer er sein gegenwärtiges Leben ansah, es war verlogen. Und seine Bilder waren genauso verlogen. Er konnte vor sich keine Rechtfertigung mehr dafür finden. Er mußte ganz neu anfangen.

Die anderen redeten wieder ihr harmloses Technikgeplänkel, über ihre Perspektivenprobleme, über die Vorteile von feinkörnigem oder grobkörnigem Papier.

Er hörte nicht hin.

Andreas entkorkte wie jeden Abend die Aldi-Rotweinflaschen. Alle setzten sich auf die Biergartenbänke vor dem Bootshaus.

Auch dazu hatte Stefan keine Lust. Er konnte die oberflächlichen Scherzchen nicht mehr hören. Aber er hockte sich zu ihnen und ließ sich sogar ein Glas einschenken.

Man trank und knabberte Erdnüßchen.

Gerd saß neben ihm.

»Stefan«, sagte er ernst, »ich muß mit dir reden. Aber nicht über Kunst.«

»Worüber dann?«

»Über vorgestern abend.«

Bruno wachte von Motorengeräuschen auf. Das war sein Nachbar, der frische Semmeln holte wie fast jeden Morgen. Demnach mußte es schon gegen acht Uhr sein. Normalerweise wachte er immer zwischen sechs und halb sieben auf. »Senile Bettflucht« nannte das sein Schwiegersohn, der Mediziner. Aber er war schon immer, auch zu

Studentenzeiten, früh wach gewesen, hatte gelernt, wenn die andern noch schliefen. Er war aber auch ein Nachtmensch, ging nie vor Mitternacht ins Bett. Nur ein Mittagsmensch war er nicht. Nach dem Essen war er zu nichts mehr fähig, am schlimmsten war für ihn immer die Zeit zwischen ein und drei Uhr. Er sah zu, daß er seine Vorlesungen und Seminare entweder früh am Morgen oder spät am Abend halten konnte. Wie seine Kollegen ohne Mittagsschlaf den ganzen Tag lang durchhielten, war ihm ein Rätsel.

Er sah auf den Wecker. Halb acht. Für ihn war das spät.

Auf dem Weg zum Bad, vorbei am Telephon, fiel es ihm wieder ein. Er mußte gleich anrufen. Stefans Stimme hatte fremd geklungen, kühl und erwachsen. Es war ja auch viel Zeit vergangen, seit sie das letzte Mal miteinander telephoniert hatten. Zu früh wollte er auch nicht anrufen. Die meisten jungen Leute schliefen erheblich länger als er.

Wieder ein wolkenlos sonniger Morgen.

Vor dem Frühstück wollte er schwimmen gehen. Das Wasser lag glatt und silbrig da. Niemand war zu sehen. Paradiesisch. Wieso eigentlich empfanden die meisten Menschen ihre Artgenossen als lästig? Wenn es von irgendeiner Landschaft hieß, sie war herrlich unberührt, dann gab es keine Menschen dort. Und wenn einer von einem Geheimtipp erzählte, hieß es immer: »Da ist kein Mensch, einfach paradiesisch.«

Die Menschen wollten sich einmalig fühlen, und jeder, der Wege oder Seen mit einem teilte, zeigte, wie wenig gelungen die Menschheit insgesamt geraten war. Sie schrien, stritten, ließen Abfälle liegen, hielten sich nicht an Regeln.

Bis auf die Wochenenden konnte man sich am Ammersee fühlen wie im Paradies, nämlich allein und ungestört. Und die Landschaft erfüllte ohnehin alle Kriterien einer Idylle.

Aus dem Briefkasten holte er sich die Zeitung. Dann machte er sich Kaffee und aß zwei Marmeladenbrote.

Er fühlte sich gut.

Jetzt mußte er endlich anrufen.

Wieso schob er es immer wieder auf? Würde etwas Unangenehmes auf ihn zukommen? Was könnte am Gardasee passiert sein, daß sie ihn anriefen und nicht die Eltern? Das war schon rätselhaft.

Also, sagte er sich, gehen wir an die Lösung des Rätsels.

Bruno wählte die lange Nummer. Es läutete nur einmal, dann hörte er Stefans »Hallo«.

»Ja, ich bin's, Onkel Bruno, gestern war's schon zu spät, ich hoffe, es hatte bis heute Zeit. Was gibt's denn bei euch unten am Gardasee?«

Stefan wollte sofort und sachlich antworten. Er hatte sich ein paar Formulierungen zurechtgelegt. Aber seine Gedanken überstürzten sich, und die Wörter kamen wie Abfallprodukte seiner ausgedachten Sätze aus ihm heraus. Er stotterte: »Ich, ja, also nein, ich bin hier. Nicht am Gardasee. Ich, ja, ich, kann ich mit dir reden? Dich treffen? Aber nichts den Eltern sagen.«

Er redete, aber eigentlich gaben die Satzfetzen das Gedachte nicht wieder. Es drehte sich im Kreis und entwischte ihm, bevor er es ordentlich in Worte fassen konnte. Er wollte sein falsches Leben aufgeben, endlich, ja, falsch. Was daran war falsch? Unecht, das eher. Unehrlich, das traf es. Die Beichtformel lag ihm auf der Zunge. ›In Demut und Reue will ich meine Sünden bekennen.‹ Lächerlich. Das Leben war eine einzige Lüge. Und so sagte er: »Ich weiß auch nicht. Hast du Zeit? Jetzt gleich?«

»Sag doch schon, wo genau du bist. Ich komme mit dem Auto. Hattet ihr einen Unfall?«

»Nein, nicht so, wie du denkst. Nein, kein Unfall. Oder doch. Ich bin allein hier.«

»Und Tommy?«

»Noch am Gardasee, bis morgen.«

»Und wo steckst du jetzt?«

»Kannst du nach Aidenried kommen? Ich warte auf dem Parkplatz. Wenn's geht, jetzt gleich. Oder bald. Oder ich weiß nicht.«

»Ich ziehe mich an und fahre los. In dreißig Minuten bin ich da. Also, bis gleich.«

Bruno war nicht weniger verwirrt als sein Anrufer. Was hatte das zu bedeuten? Wieso kam Stefan nicht einfach heim zu seinen Eltern, wo er doch ganz in der Nähe war? Es mußte etwas passiert sein. Aber wenigstens waren beide Kinder am Leben.

Bruno überlegte nicht lange, ob sein blaues Hemd zu der Jeans paßte, die im Schlafzimmer über dem Stuhl hing. Er holte die Lederjacke, in der seine Papiere steckten, und hängte sie sich über die Schultern. Dann machte er sich auf den Weg durch die Birkenallee in Richtung Herrsching.

Auf dem Aidenrieder Parkplatz standen nur wenige Autos. Es war erst später Vormittag. Bald würden die Mittagsgäste nach den schönsten Tischen mit Seeblick Ausschau halten.

Bruno stieg aus und ging auf dem staubigen Gelände Richtung See. Auf den Bänken saß noch niemand, aber aus den offenen Fenstern des Gasthauses roch man schon Bratenduft, vermischt mit Sauerkraut.

Vorne am Steg sah er Stefan stehen, mit dem Rücken zu ihm. Es war ein gebeugter Rücken, wie er eher zu einem Mann in Brunos Alter gepaßt hätte. Ein Caspar-David-Friedrich-Bild: ›melancholischer Wanderer, den See betrachtend.‹

Bevor Bruno weiterging, hielt er inne und ließ das Bild auf sich wirken. Stefan mußte so unglücklich sein, daß er es gar nicht mehr verbergen wollte.

Auf dem Kiesboden knirschten Brunos Schritte, und Stefan drehte sich langsam um, nickte gequält, blieb zunächst stehen, kam aber dann langsam auf ihn zu. Die Bewegung kostete ihn so viel Energie, daß er, als er endlich vor Bruno stand, die Arme herunterhängen ließ wie ein Läufer am Ende der Aschenbahn. Das war keiner von den jungen, dynamischen Männern mit Kurzhaarschnitt aus dem Katalog, keiner von denen, die furchtlos und mit großen Augen in die Zukunft blickten.

»Mein Gott, Stefan«, entfuhr es Bruno.

Sie gaben sich die Hand.

Später erinnerte sich Bruno an diese Hände, wie sie ohne Verbindung wieder hinabsanken, als wären Gewichte daran befestigt. Der ganze Körper stand so einsam in der Landschaft, daß Bruno Mitleid bekam. Was immer er angestellt haben mochte, so ging es jedenfalls nicht weiter. Innerlich krempelte Bruno die Ärmel auf, als er energisch sagte: »Also, jetzt komm erst mal. Wir trinken Kaffee.«

Auf der Veranda, von der aus man über den jetzt hellblauen See blicken konnte, saß noch niemand.

»Hast du überhaupt schon gefrühstückt?« fragte Bruno.

»Ich mag jetzt nichts essen.«

»Vielleicht hast du später Appetit.«

Stefan schwieg, bis die Kellnerin mit dem Kaffee kam. Dann waren sie wieder allein.

»Soll ich fragen, oder willst du selber erzählen, was passiert ist?«

»Selber. Es ist so wirr, alles.«

Stefan versuchte, seine Gedanken in einen schlüssigen Bericht zu fassen. Ich bestehe, dachte er, aus zwei Personen, beide sind für mich real, aber erklären kann ich das nicht. Je nach Umgebung bin ich der pflichtbewußte Jurist, der sein Studium in Ehren hinter sich bringen will, und auf der anderen Seite steht der Maler, der fassungslos auf diesen Paragraphenspießer blickt und alles das ausklammert, was der andere wichtig findet. Und um nicht handeln zu müssen, lebe ich einmal in der, das andere Mal wieder in der anderen Vorstellung, die aber Vorstellung bleibt. Dieses weit-weg-Gefühl wie früher in der Kirche: Ich mache die Augen zu und hoffe, daß die Welt versinkt.

Laut sagte er: »Ja, da muß ich wohl von vorn anfangen. Ich bin hier auf einem Malkurs, den mein ehemaliger Lehrer abhält. Tommy ist allein zum Gardasee gefahren. Warum ich heimlich male? Das ist der Punkt, glaube ich. Das Jurastudium ist eine Farce. Bisher hatte ich keinen Mut, meinen Eltern beizubringen, daß es eben das Falsche für mich ist.«

»Du willst auf die Akademie? Das ist doch keine Tragödie. Soll ich mit Inge und Ludwig reden? Willst du das?«

»Inzwischen ist das nicht mehr das Hauptproblem.«

Stefan stand abrupt auf, stieß den Stuhl fast um. Sein Kaffee stand lau und unberührt da. Aber als wäre seine Energie mit dem Aufstehen schon wieder erschöpft, sank er gleich wieder nieder und starrte vor sich hin.

»Inzwischen gibt es ganz andere Probleme«, fing er wieder an. »Es ist etwas passiert, und, wie es scheint, bin ich schuld oder mitschuld.«

Stefan sah in die Ferne, wie ein Zuschauer, der wartet, daß sich endlich der Vorhang hebt.

Bruno zwang sich, ruhig dazusitzen. Ich muß abwarten, worauf er hinauswill. Wenn ich ein falsches Wort sage, erzählt er womöglich gar nichts mehr, dachte er.

»Ich fange jetzt mal von hinten an, so wie mein Gedächtnis noch funktioniert. Ich war auf dieser Party, wo auch das tote Mädchen war. Und ich habe mit ihr einen Teil des Abends verbracht, erinnere mich aber nicht mehr ans Ende oder daran, wie ich überhaupt heimgekommen bin. Mein Zeichenlehrer hat mir erzählt, daß er mich schlafend vor dem Bootshaus gefunden hat, weit nach Mitternacht. Immer wieder habe ich versucht, mir die Nacht ins Gedächtnis zu rufen. Aber ich erinnere mich an nichts.«

»Warst du betrunken?«

»Ich glaube schon. Aber auch noch wie betäubt. Eva meinte, und das ist so ziemlich das letzte, woran ich mich erinnere, daß sie mir irgend etwas in den Wein gemixt hätten.«

»Drogen?«

»Ja, wahrscheinlich. Keine Ahnung. Ich hab nie was genommen, deswegen wirkte es wohl so unmittelbar und stark.«

»Diese Eva, von der du redest, ist also das Mädchen, das sie tot am Herrschinger Ufer gefunden haben? Kanntest du sie denn? Bist du mit ihr zu der Party?«

»Ich kannte sie flüchtig. Ihre Schwester war mit mir im Tanzkurs. Eine Langweilerin übrigens. Eva war in Tommys Klasse.«

»Ja, ich weiß. Deine Mutter war mit mir bei der Polizei.«

»Was? Wegen Eva?«

»Ja, natürlich. Inge meinte, wir sollten sagen, was wir über sie wissen. Ich war schnell am Ende, bei mir hat sie nur am Steg gesessen und zwei mal mit mir gefrühstückt.«

»Du kanntest sie. Das ist ja komisch.«

»Wieso komisch? Sie saß am Steg, als ich schwimmen ging.«

»Heuer?«

»Nein, voriges Jahr. Ein nettes Mädchen, finde ich. Sie wollte Lehrerin werden.«

»Aber das ist doch ...«

»Jetzt willst du mir sicher sagen, daß sie nicht der Typ für eine Lehrerin war. Ich habe sie als sehr interessiert wahrgenommen. Wir haben uns sogar über Soziologie unterhalten. Ich hatte den Eindruck, sie wußte noch nicht so genau, was sie eigentlich studieren wollte. Ob sie dann Pädagogik studiert hat, weiß ich auch nicht.«

»Ich hab keine Ahnung. Davon haben wir nicht geredet.«

»Worüber denn?«

»Über ihren Workshop, dessen Abschluß sie auf der Party gefeiert haben. Da muß auch mein ehemaliger Schulfreund Olaf dabei gewesen sein.«

»Der Sohn von Professor Dirks?«

»Ja, genau.«

»Die haben mir eine Karte aus Sylt geschickt. Ich denke, Olaf hat auch unterschrieben. Ich hab mich gewundert, daß er noch mit den Eltern in die Ferien fährt.«

»Letzten Samstag war er jedenfalls nicht auf Sylt. Mit Sicherheit nicht. Da hat er seinen Geburtstag im Haus seiner Eltern gefeiert. Und nach dieser Party ist das mit Eva passiert.«

»Weiß man eigentlich schon, wie sie zu Tode gekommen ist?«

»Ich dachte, du wüßtest mehr.«

»Nein, es war in den Zeitungen nur von einem toten Mädchen die Rede, aber weder von Mord noch von Selbstmord.«

»Selbstmord halte ich nicht für wahrscheinlich. Auf der Party machte sie keinen traurigen Eindruck, im Gegenteil. Ich war überrascht.«

»Wieso?«

»Schließlich kannte ich sie nur von ein paar Mittagessen bei uns zu Hause, wo sie schweigend unglaubliche Mengen in sich reinschaufelte. Du weißt ja, wie Mama ist, da war sie in ihrem Element.«

»Und auf diesem Fest war Eva anders?«

»Ja, definitiv. Sie hat mir ja auch von dem Workshop erzählt, der als Lyrikseminar anfing und als Sexorgie endete.«

»Das mußt du mir schon genauer beschreiben.«

»Ich kann nur sagen, was sie mir erzählte und was ich selber erlebt habe. Aber da setzt es eben mittendrin aus, mitten in einer Sexszene, die sie mit dem Guru des Ganzen aufführte. Aufführen, das ist das Wort. Sie spielte und erfüllte die Aufgabe, die man ihr gestellt hatte, um nicht als prüde dazustehen. Sie sollte zeigen, was sie in dieser Woche gelernt hatte, nämlich enthemmt zu sein und öffentlich am Strand Sex mit ihrem Lehrer zu haben. Aber mittendrin setzt bei mir die Erinnerung aus. Ich sehe nur noch Eva wie eine hölzerne Gliederpuppe auf dem Schoß von Joe sitzen. Das ist mein letztes Bild von dieser Party. Es war Nacht, wir waren auf einem Uferstreifen in Herrsching, und ein paar Kerzen flackerten. Wir waren nicht allein, die andern saßen in ihren weißen Hemden im Kreis herum.«

»Weiße Hemden?«

»Ja, alle, auch die Mädchen.«

»Erinnert mich an das Outfit mancher Sektenwerber, die hin und wieder an der Tür stehen, mit Lederköfferchen und immer zu zweit.«

»Daran hab ich noch gar nicht gedacht. Daß es eine Sekte sein könnte, die auf diese Weise Mitglieder wirbt.«

»Wen kanntest du denn außer Olaf?«

»Absolut niemanden. Und frag mich nicht, ob ich mich an Gesichter erinnere. Die waren genau so uniform wie die Kleider. Irgendwie militärisch, jedenfalls der Haarschnitt. Alles kurzgeschorene Bürsten. Die meisten trugen Masken.«

»Und die Mädchen?«

»Es waren nur wenige dabei, so ungefähr fünf, schätze ich mal. Jedenfalls erheblich weniger, aber auch alle mit dunklen Röcken und weißen Hemden. Auch Eva. Ich weiß es deswegen genau, weil ich Eva noch nie in einem Rock gesehen hatte. Das war nicht ihr Stil, ich meine, sie hatte keinen, lief ständig in Jeans, T-Shirts, Pullovern und Anorak rum. Halt so ein unauffälliger Schlabber-Stil. In der Kollegstufe war sie damit ziemlich allein. Da fingen die Mädchen an, sich aufzustylen.« Stefan sprach jetzt mit fester Stimme. »Und als ich anfangs mit ihr redete, kam es mir so vor, als hätte sie Angst. Wir unterhielten uns ganz normal in der Küche, als sie auf einmal still wurde und starr zur Tür sah. Und da stand dann ihr Guru, der mich gleich als ihren Freund deklarierte. Aber wir stellten das beide nicht richtig, er überrumpelte uns. Mir war es nicht so wichtig, ich dachte sowieso, so bald werde ich Eva nicht mehr sehen. Aber im nachhinein war das schon seltsam. Der Kerl trat auf, und schon taten alle, was er wollte.«

»Du meinst, Eva stand unter seinem Einfluß?«

»Sie selber sagte, daß sie sich wie hypnotisiert fühlte von ihm.«

»Weißt du, wie dieser Mann hieß?«

»Nur, daß alle ihn Joe nannten.«

»Das bringt uns nicht weiter. Sollen wir vielleicht mal bei Dirks anrufen? Schließlich fand die Party bei ihnen statt.«

»Das habe ich gleich gemacht. Aber eine ausländische Putzfrau sagte, die ganze Familie wäre auf Sylt, und das schon seit einer Woche. Ist das nicht seltsam? Als hätte ich mir das alles nur eingebildet. Manchmal denke ich sogar, daß es so hätte sein können. Aber die tote Eva spricht dagegen.«

»Mir hat sie erzählt, daß sie einen Freund mit Segelboot in Herrsching hätte.«

»Was, Eva? Kann ich mir nicht vorstellen, absolut nicht. Die Typen mit Segelboot halten sich andere Galionsfiguren als die biedere Eva.«

»So bieder kam sie mir aber auch wieder nicht vor. Ihre Haare zumindest waren schon außergewöhnlich.«

»Aber ihr sonstiges Gehabe, wie ein dummer Teenie, so unsicher, so unbestimmt, so ein vages Gerede, nein, an der fand niemand etwas Außergewöhnliches.«

»Einen außergewöhnlichen Tod ist sie aber gestorben.«

Stefan schwieg nachdenklich.

»Wo genau«, fragte Bruno, »hast du vorige Woche gewohnt?«

»In Gerds Bootshaus, das er ausgebaut hat, gleich hier in der Nähe.«

»Und du sagst, dein Lehrer hätte dich in der Nacht, als Eva starb, vor diesem Bootshaus gefunden.«

»Ich habe ihm nur erzählt, daß ich auf einer Geburtstagsfeier in Herrsching war, viel getrunken habe und nicht mehr weiß, wie ich überhaupt vor die Hütte gekommen bin. Was die Wahrheit ist. Und mein Problem, so scheint es.«

»Vor allem haben die Dirks' ein Problem, denke ich. Sonst würden sie sich nicht auf Sylt verschanzen.«

»Auch auf dem Handy ist Olaf nicht erreichbar.«

»Das«, meinte Bruno, »ist sicher der Schlüssel zu dem Ganzen.«

»Woher kennst du denn die Eltern von Olaf?«

»Ihn habe ich einmal auf einem Kongreß in Berlin getroffen, es ging um Bioethik, und wir saßen zufällig am selben Tisch und stellten fest, daß wir quasi Nachbarn waren. Sie haben uns dann sogar noch zu einem denkwürdigen Abendessen nach Herrsching eingeladen, zusammen mit einem Nobelpreisträger aus den USA. Irene kam sich fehl am Platz vor. Diese Frau Dirks ist ja mit allen weiblichen

Wassern gewaschen. Sie hatte ein Silberkleid an, sah aus wie eine Nixe. Und das Essen kam von Käfer, ich weiß das, weil das Firmenauto vor dem Hintereingang parkte. So jemand wie diese Frau steht natürlich nicht in der Küche und macht Schweinebraten mit Knödel. Es gab exotische Häppchen und abenteuerliche Aperitifs, daran erinnere ich mich noch. Irene mochte die beiden nicht einladen. War ja klar, daß wir mit solchen Leuten nicht mithalten konnten. Aber sie waren sehr aufmerksame Gastgeber. Auch die beiden Jungen kamen artig herein und gaben Pfötchen. Aber gegessen haben sie nicht mit uns. Da waren sie beide noch in der Schule.«

»Im nachhinein«, meinte Stefan, »kommt mir sogar die Schulzeit von Olaf seltsam vor. Er kam erst in der elften Klasse zu uns, als wir schon eigentlich kein Klassenverband mehr waren, sondern auf dem Weg in die Kollegstufe, und irgendwann hat er mir erzählt, daß er in einem Schweizer Internat war und hinterher in einem Landschulheim in Oberbayern, wo er gerade die letzte Klasse wiederholt hatte. Auch bei uns war er ständig am Durchfallen, hat es aber wie durch ein Wunder jedes Mal wieder geschafft, auch das Abi. Rein notenmäßig konnte er mit denen, die auch Medizin studierten, nicht mithalten. Alle haben sich gewundert, daß er einen Studienplatz in München bekam. Er war trotz seiner Markenklamotten und dem Golf Cabrio, der neben den Lehrergolfs parkte, ziemlich isoliert. Kein Wunder, so wie er auftrat. Er kam mit dem eigenen Auto an, hatte die neuesten Turnschuhe, erzählte von Segeltouren rund um die Erde. Als er siebzehn war, hatte er praktisch schon die ganze Welt gesehen. Aber seine Mutter war immer sehr nett zu mir. Ich gab ihm so eine Art Nachhilfe in Latein und Mathe, aber er hatte solche Lücken, wahrscheinlich aus seiner Internatszeit, daß es immer nur Flickschusterei war. Mit dem Segeln war es anders. Das beherrschte er perfekt. Aber obwohl wir oft miteinander gesegelt sind, hatten wir nach dem Abi nur noch losen Kontakt. Olaf fiel mir mehr oder minder zufällig ein, als ich mich mit den anderen langweilte. Und da hat er mich zu seiner Geburtstagsparty eingeladen.«

»Eigentlich keine auffälligen Besonderheiten. Nur insgesamt ergibt sich ein zerstückeltes Bild, bei dem einiges nicht zusammenpaßt. Am seltsamsten finde ich, daß sie alle auf Sylt sein sollen. Wer hat denn an dem Abend in der Küche gewerkelt?«

»Das war nicht die Haushälterin, die ich von früher kannte, sondern eine Ausländerin, wahrscheinlich aus dem Osten, dem Akzent nach. Sie stellte die Platten aufs Büfett, und sie sammelte die Weingläser für die Spülmaschine ein. Wahrscheinlich hat sie später zusammengekehrt und gewischt und die Teppiche wieder in die Diele gelegt.«

»Sieht nach Schwarzarbeit aus«, meinte Bruno.

»Was soll ich denn jetzt machen? Wie ich es drehe und wende, es ist eine unwahrscheinliche und lückenhafte Geschichte, und wenn ich Polizist wäre, dann käme mir bei so einer Erzählung ein massiver Verdacht – gerade weil ich mich an nichts erinnern kann.«

»Wer weiß denn davon, daß du auf der Party warst?«

Stefan dachte nach. »Alle, die auch dort waren – aber die werden bestimmt nicht zur Polizei laufen. Sonst nur noch Gerd, der mich mitgenommen und dann in der Nacht vor der Hütte aufgesammelt hat. Mit ihm habe ich schon geredet. Er wirkte skeptisch, sagte aber nichts. Er meinte, ich sollte der Polizei von meinem Ausflug erzählen.«

»Das zöge natürlich einen Rattenschwanz von Konsequenzen nach sich«, meinte Bruno nachdenklich. »Deine Eltern ...«

Stefan holte tief Luft. »Genau das ist der Punkt. Meine Eltern. Oder vielmehr ich und meine Feigheit. Ich hatte schon lange vor, ihnen meinen Entschluß mitzuteilen Aber du weißt ja, wie das ist. Nie paßt es. Und die Angst, sie zu enttäuschen, daß sie denken, ich hätte sie irgendwie hintergangen.«

»Manche Menschen brauchen eben länger, bis sie wirklich wissen, was sie wollen. Wenn ich mich recht erinnere, warst du schon immer so.«

»Neben Tommy kam ich immer als Langweiler raus. Mama sagte, ich erinnerte sie an ihren Vater, den ich ja nicht mehr kennengelernt habe.«

»Er ist in den letzten Kriegstagen in Berlin verschollen, wenn ich mich recht erinnere.«

»Mama hat immer gehofft, daß er irgendwann einmal wieder auftaucht. Nur meine Oma war sicher, daß er nicht mehr lebt. Eine verrückte Geschichte, er soll irgendwas mit dem Geheimdienst zu tun gehabt haben.«

»Das würde natürlich manches erklären«, sagte Bruno.

»Erklären, wieso?«

»Daß jemand so einfach verschwindet, einen Monat vor Kriegsende. Für wen auch immer er gearbeitet hat, es wäre ein Risiko gewesen, ihn am Leben zu lassen.«

»Davon hat Mama nie was gesagt. Gegen jede Vernunft fuhr sie als junges Mädchen nach Friedland, wenn ein Transport angekündigt wurde.«

»Ja, das klingt nicht logisch. Schließlich war dein Großvater weder in der Armee noch in Rußland. Und von ihm hast du deine Veranlagung zur Langsamkeit? Was sagst du dazu: Zum Langsamen kommt das Glück schnell.«

»Ach, Glück. Davon merke ich nichts. Zum Glückhaben gehört auch Veranlagung. Und die fehlt mir mit Sicherheit. Im Gegenteil: man bringt mich eher mit dem unglücklich verschwundenen Geheimdienstler in Verbindung. Wenn das nicht typisch ist.«

»Zum Glück gehört auch eine gewisse Intelligenz, nämlich zu merken, wenn es da ist.«

»Auch da Fehlanzeige«, murmelte Stefan. »Übrigens, Glück. Eva erklärte den Sinn des Workshops ungefähr so: man sollte lernen, das Glück des Augenblicks zu erfahren. Davon hat sie bestimmt nichts mitgekriegt. Sie war wohl ähnlich veranlagt wie ich, mit Null Talent zum Glücklichsein.«

»Aber«, wandte Bruno ein, »du und Tommy, ihr habt doch wirklich eine glückliche Kindheit gehabt – jedenfalls, soweit ich das aus der Nähe beobachtet habe. Und eure Eltern leben beide noch.«

Er dachte daran, wie Martina und Christoph unter dem Tod ihrer Mutter gelitten hatten. Das unglückliche Ende einer glücklichen Kindheit auch bei uns. Zu Stefan sagte er: »Übers Glücklichsein sollte man nicht nachdenken, jedenfalls nicht in deinem Alter. Es ist wie beim Pilzesuchen. Wenn du am wenigsten verbissen suchst, findest du am ehesten was. Wie geht's eigentlich deiner Freundin Birgit? Hast du mit ihr telephoniert?«

»Nein, sie ist mit ihrer Familie in Kanada. Abenteuerurlaub für Spießer im Wohnwagen.«

»Das klingt aber ungut. Verstehst du dich nicht mehr mit ihr?«

»Auch das ist ein wunder Punkt, von meiner Feigheit verursacht. Eine Vernunftehe, aber von Ehe kann keine Rede sein. Sie malt sich eine Zukunft aus mit mir, weil es keine Gegenwart mit mir gibt. Sie lebt auf einem anderen Stern, und als mir das aufging, hatte sie dort für mich schon ein gemütliches Heim eingerichtet. Auch da hab ich alles schleifen lassen, war einfach zu lasch, um Schluß zu machen.«

»Wenn ich das richtig sehe, mußt du ziemlich schnell ein paar Dinge klären. Einmal deinen Eltern reinen Wein einschenken, dann dein Studium ändern und schließlich mit Birgit reden. Sonst ziehst du noch andere mit in deinen Schlamassel.«

»Ist schon passiert. Eva ist tot.«

»Da kann ich jetzt kcinen Zusammenhang feststellen. Sie ist, soweit ich das sehe, nicht durch deine Schuld gestorben.«

»Wenn ich mich nur erinnern könnte.«

»Es hat jetzt keinen Sinn, das xmal zu wiederholen. Pack erst mal das Naheliegende an. Am besten, ich rufe gleich bei euch daheim an. Wir machen das jetzt sofort. Ich denke, es wird am besten sein, die Diskussion auf neutralem Boden zu führen, also bei mir zu Hause.«

Stefan sank in sich zusammen.

Bruno zahlte und ging voraus zum Auto. Sie stiegen beide ein und fuhren schweigend in Richtung Birkenallee. Sie waren in Gedanken und achteten nicht darauf, daß ihnen in gleichbleibendem Abstand ein dunkelblauer Mercedes folgte.

Als sie bei Bruno ankamen, meinte er zu Stefan: »Es bleibt gerade noch Zeit für eine Runde im See. Schwimmen ist jetzt das beste für dich. Ich telephoniere einstweilen und gebe dir Bescheid.«

Er sah, wie Stefan langsam über den Steg schlurfte, seine Jeans auszog und in der Unterhose in den See stieg.

Inge war am Telephon. »Ja, was gibt's?«

»Es gibt was. Ruf bitte mal Ludwig.«

»Aha, was Wichtiges unter Männern. Wart einen Moment, er gräbt ein Rasenstück um für ein neues Rosenbeet.«

Ludwig grummelte unwirsch: »Was mußt du mir denn unbedingt sagen, du Geheimniskrämer? Ist doch kein Geburtstag in Sicht.« Dann aber schwieg er, hörte zu und sagte schließlich: »Ja, wir kommen sofort.«

Bruno räumte sein Frühstücksgeschirr in die Maschine und holte vier Gläser aus dem Schrank. Auf die Terrasse? Er entschied sich dagegen. Im Freien sollte man wichtige Gespräche nicht führen. Die Nachbarn waren nicht weit genug entfernt.

Er machte die Flügeltüren des Wohnzimmers auf, stellte Saft und Sprudel auf den Tisch. Von draußen war leises Motorsummen zu hören. Aber als er auf die Terrasse trat, sah er gerade noch, wie ein dunkler Mercedes auf dem Seeweg links in Richtung Schwimmbad abbog. Er suchte mit den Augen den See nach Stefan ab, aber im spätvormittäglich ruhigen Wasser war kein Schwimmer zu entdekken. Wahrscheinlich war er schon auf dem Weg durch den Garten.

Bruno setzte sich auf seinen Platz, wo er vor ein paar Stunden noch ahnungslos gefrühstückt hatte. Seine Überlegungen zum Glücksgefühl der jungen Generation kamen ihm jetzt blutleer und hoffnungslos theoretisch vor im Angesicht des unglücklichen Stefan. Da saß er am Schreibtisch und blätterte in seinen Definitionen. Und um ihn herum waren die Menschen wirklich unglücklich.

Er würde heute versuchen, das Unglück der drei, die gleich bei ihm erscheinen würden, zu verringern. Das war wichtiger als alle Schreibtischarbeit.

Bei Inge und Ludwig wollte er um Verständnis für Stefans neue Berufswahl bitten. Beide hatte er als verständnisvolle Eltern kennengelernt. Wieso sie nicht längst in Stefans Pläne eingeweiht waren? Vielleicht kannte er sie doch nicht so gut, wie er gedacht hatte. Aber unter intelligenten Leuten durfte das kein Problem sein. Wie hätte er selber wohl in der gleichen Lage reagiert? War es ihm wichtig, daß seine beiden Kinder Brotberufe hatten? Er konnte sich an keine Diskussion zu diesem Thema erinnern. Damit hatte sich in erster Linie Irene abgeplagt. Es fiel ihm ein, wie sie ihm manchmal ihr Leid geklagt hatte über Martinas Schulunlust. Aber er hatte das immer abgetan, ja abgeschüttelt mit dem Hinweis, daß Intelligenz sich auf Dauer durchsetzen würde. Irenes resignierter Ausdruck fiel ihm ein, ihr Achselzucken, ihr Türenschließen. Letztendlich hatte er ja recht behalten, denn Martina bestand das Abitur und fing auch gleich mit dem Studium an. Recht behalten, das schon. Aber sein Verdienst dabei? Er wußte auch heute noch nicht mit Sicherheit, was in Martina vorging, wenn sie abends nach den langwierigen Einschlafritualen ihrer beiden Söhne mit ihm vor dem Fernseher saß. Sie kommentierten beide sarkastisch die gleichen Politiker, sie lachten über die Pointen der Kabarettisten – unisono –, aber Bruno wäre es nicht eingefallen, seine Tochter zu fragen, ob sie jetzt das Leben lebte, das sie sich erträumt hatte. Dafür wußte er zu wenig von ihren Träumen. Hieß das nicht auch, daß er keine Ahnung davon hatte, was sie glücklich machte? Daß er im Grunde seine Tochter gar nicht kannte?

Und sollte es Ludwig und Inge nicht ähnlich mit ihrem Sohn gehen? Daß sie auch zu wenig von ihm wußten, daß sie froh waren, ihn durch die Gefahrenzone der Jugend geschleust zu haben? Anders war wohl nicht zu erklären, daß Stefan sich zuerst an ihn gewandt hatte.

Wo er nur blieb?

Bruno ging hinunter durch den Garten, überquerte die kleine, asphaltierte Seestraße und ging hinaus auf den Steg. Da lagen Stefans Kleider und sein kleiner Rucksack. Also mußte er irgendwo da draußen noch herumschwimmen. Die Sonne brannte, und es flimmerte vor Brunos Augen.

Als er ein Auto halten hörte, kehrte er auf die Straße zurück. Ludwig und Inge stiegen aus, beide in Jeans und T-Shirts. Sie waren offensichtlich direkt von der Gartenarbeit ins Auto gestiegen.

»Sag mal, ist was passiert? Dein Telephonanruf klang beunruhigend mysteriös.«

»Jetzt kommt erst mal rein.«

Schweigend setzten sie sich an den Wohnzimmertisch.

»Ich hatte eigentlich gehofft, Stefan würde auch da sein. Um ihn geht es.«

»Das mußt du schon erklären. Wieso sollte er da sein, wo er doch am Gardasee beim Surfen ist?« Inges Stimme war heiser vor Aufregung.

»Beruhigt euch, ihm ist nichts passiert, er schwimmt schon seit einer halben Stunde im See. Gleich wird er hier sein. Er wollte euch hier bei mir treffen.«

»Also sind sie zurück, ohne uns was zu sagen? Das verstehe ich nicht.« Ludwig sah Bruno fragend an.

»Nein, sie sind nicht beide hier, nur Stefan. Er war nämlich gar nicht mit Tommy surfen.«

Inge und Ludwig sahen sich an.

»Was soll denn das schon wieder?« raunzte Ludwig unwirsch.

»Ich versuche euch das jetzt mal aus meiner Sicht zu erklären. Bitte hört mir erst mal zu. Also Stefan hat einen Malkurs hier bei seinem ehemaligen Lehrer gemacht, drüben am Westufer.« Bruno bemühte sich, ruhig zu bleiben.

»Gerd Niederwieser? Ich weiß, daß er dort ein ziemlich großes Bootshaus hat.«

»Ja, dort fand ein Malkurs statt, genauer, ein Vorbereitungskurs für die Aufnahme in die Akademie.«

»Wieso macht er aus einem Malkurs so ein Geheimnis?«

»Soweit ich verstanden habe, wollte er euch nicht kränken. Ich habe den Eindruck, er will Jura schmeißen und sich ganz auf die Akademie konzentrieren.«

»Da ist er ja wieder mal reichlich spät dran, zwei Jahre glatt verschwendet«, meinte Ludwig bitter.

»Das kann man auch positiv sehen. Er hat auf jeden Fall guten Willen gezeigt. Aber es scheint so, als hätte er endlich seine Berufung entdeckt.«

»Das ist es also. Ich dachte schon, es hinge mit Birgit zusammen. Er war in letzter Zeit noch stiller als sonst, wirklich beunruhigend ruhig. Ich wußte nicht, daß es so ernst war.«

»Wenn jemand seine Studienrichtung ändern will, ist das so ernst eigentlich auch wieder nicht. Es hat ihn die letzte Zeit arg umgetrieben, und er wußte wohl nicht, wie er es euch beibringen sollte.«

»Und da hat er sich den alten Patenonkel als Verbündeten gesucht. Wie originell, und wie wenig schmeichelhaft für uns.« Ludwig seufzte. »An mir geht sowieso alles vorbei, nie wußte ich, was bei uns daheim so läuft. Dafür ist ja immer und überall die Mutter zuständig. Wenn ich mal was erfahren wollte, hieß es nur, wir haben es schon geklärt. Nur zum Geldverdienen, da habt ihr mich noch gebraucht. Sonst aber saß ich allein da, und ihr habt die Entscheidungen getroffen, ohne mich. Da sieht man ja, wohin das geführt hat. Jetzt bin ich nämlich der Volltrottel, der zwei Jahre Studium finanziert hat, völlig für die Katz.« Ludwig stand auf, während er sich immer mehr in Rage redete. Er sah hinaus auf den See. »Und jetzt warten wir auf den Herrn Sohn, bis er endlich geruht, aus dem Wasser zu steigen, um uns gnädigst mit seinen Entschlüssen bekanntzumachen.«

Inge stand auch auf und trat zu Ludwig. »Du hast mich völlig mißverstanden. Nie hast du was gesagt, immer nur genickt und geschwiegen, wenn wir mal erwartet hätten, daß du wenigstens einen Kommentar abgibst, zu Schulnoten, zu Sportunfällen, zu Berufsentscheidungen und so weiter. Und jetzt wirfst du mir vor, daß ich dich nicht am Familienleben beteiligt habe. Du selber hast dich nicht interessiert, und ich hatte nie den Eindruck, daß dich das gestört hätte. Du hast müde abgewunken, wenn ich am Abend mit meinen Problemen zu dir kommen wollte, und die Müdigkeit war immer dein stärkstes Argument, dich in Ruhe zu lassen. Ich habe nur versucht, dich aus den alltäglichen Schwierigkeiten herauszuhalten. Deswegen brauchst du mir nicht auch noch Vorwürfe zu machen. Ja, mit Irene konnte ich wirklich reden, schließlich ging es ihr genauso. Die bedeutenden Herren Professoren und Direktoren, die ständig ihren großen Gedanken nachhängen und ihre weltumspannenden Entscheidungen treffen müssen – wie könnte man von denen verlangen, in die Niederungen des banalen Familienlebens hinabzusteigen? Ganz egal, ob es Martinas Abtreibung war oder Tommys Drogendealerei – ihr habt nichts gemerkt, auch nichts merken wollen. In eurer ach so wichtigen Arbeit wolltet ihr nicht behindert werden. Und jetzt, wo ich jahrelang allein alles organisiert und die Dreckarbeit gemacht habe, jetzt, wo du wirklich mal Verständnis zeigen könntest – jetzt fällst du mir in den Rücken mit haltlosen Vorwürfen und stiehlst dich wieder aus der Verantwortung. Mir reicht's!«

Inge ging zur Tür und schlug sie kräftig zu. Die zwei Männer waren allein. Keiner von ihnen sagte etwas.

Bruno war wie versteinert. Seine Martina. Eine Abtreibung! Wann sollte das denn gewesen sein? Er konnte sich nicht erinnern, außer Thomas jemals einen Jungen bemerkt zu haben, der näher mit Martina befreundet war. Ein Klassenkamerad? Aber welcher?

Und Irene hatte das ohne ihn geregelt, die beiden Frauen in jahrelangem Schweigen verbündet. Er konnte es nicht glauben. Sein erster Impuls war: ich muß Martina zur Rede stellen. Ich will wissen, was damals passiert ist. Sollte das der Grund für die Reise gewesen sein, die Irene und Martina überraschend miteinander unternommen hatten, in das Ferienhaus am Meer in Holland, als Martina immer über Magenschmerzen klagte und nichts mehr essen wollte. »Die Seeluft wird ihr wieder Appetit machen!« Von wegen Seeluft. Wie hatte Irene ihm das antun können?

Bruno hatte ganz vergessen, weswegen er sich mit Inge und Ludwig getroffen hatte. Er schrak auf, als Ludwig sich schwer neben ihm aufs Sofa fallen ließ.

»Verstehe das, wer will. Ich nicht. Ich geb's auf«, seufzte er.

»Ja, Ludwig, wir Männer stehen draußen. So viel ist klar. Aber jetzt sollte Stefan allmählich auftauchen. Er weiß ja, daß ich euch angerufen habe.«

Sie gingen beide auf die Terrasse und schauten auf den Steg. Da stand Inge gebückt über Stefans Sachen. Von Stefan selber keine Spur.

»Was soll denn das jetzt wieder? Hat er Manschetten gekriegt, der Jurist und Malermeister?«

Ungeduldig lief Ludwig zur Tür. »Ich gehe jetzt mal da runter, nach dem Rechten sehen. Wie lange sollen wir denn hier noch warten?«

Inge saß da, den Rucksack auf dem Schoß. Sie weinte. In der Hand hielt sie ein Päckchen, das sie den beiden entgegenhielt. »Sind das Drogen? Ich kenne die Verpackung. Nie hätte ich das von Stefan gedacht. Das erklärt natürlich einiges.«

»Tag der Überraschungen, kann ich nur sagen«, murmelte Ludwig.

»Dabei habe ich euch das Wichtigste noch gar nicht erzählt.« Bruno setzte sich mühsam zu Inge auf die Holzbretter.

»Der Grund, weswegen Stefan mich angerufen hat, ist, ja, ist das tote Mädchen.«

»Das wird ja immer besser, ich setz mich lieber gleich hin.« Ludwig ließ sich umständlich nieder.

»Ob er etwas mit ihrem Tod zu tun hat, weiß ich nicht. Er weiß es selbst nicht, weil er sich an keine Einzelheiten mehr erinnert.«

»Kein Wunder, wenn er Drogen nimmt«, meinte Inge.

»Da tun sich Abgründe auf.« Ludwig saß starr da und sah hinaus auf den See.

»Von Drogen hat er nichts erzählt, er meinte, der Wein auf der Dirks-Party sei präpariert gewesen.«

»Dirks? Der Klinikchef?«

»Ja, das scheint der Schlüssel der ganzen Verwirrung zu sein. Stefan war dort auf einer seltsamen Party. Aber angeblich waren alle Dirks' – samt Sohn Olaf – zur fraglichen Zeit auf Sylt.«

»Ja, der Olaf, dieses verwöhnte Bürschchen, den kenne ich. Von dem halte ich gar nichts. Die paar Mal, wo er bei uns war, hat er sich als arroganter Schnösel erwiesen. Jedes Mal, wenn er vorm Haus parkt, tutet er, bei Tisch grinst er unverschämt, wenn wir unsern Werktagseintopf essen, hat nix als Fünfer und Sechser, erreicht aber irgendwie immer wieder das Klassenziel, und jetzt studiert er Medizin. Das wird mal ein Arzt, vor dem sollte man die Menschheit schützen.« Inge hatte sich in Wut geredet. »Da helfen keine Nachhilfestunden, wenn einer meint, er wäre schon klüger als alle, weil er so einen Schlaukopf als Vater hat. Widerlich, diese ganze Familie.«

»Aber die Frau war doch ganz nett damals, als sie Stefan abholen kam.«

»Ja, typisch, das gefällt dir, diese aufgetakelte Ziege, dieses dürre Gestell, von oben bis unten mit teuren Klunkern behängt ..., ach, was red ich. Du verstehst sowieso nichts.«

Nach diesem Ausbruch schwiegen sie.

Sie sahen auf den See, der ruhig in der Mittagshitze dalag. Kein einziger Schwimmer war zu sehen.

»Also«, meinte Bruno, »da stimmt was nicht. Stefan sollte längst wieder am Ufer sein. Er wollte nur mal kurz schwimmen, seine Sachen hat er ja auch alle hiergelassen. Wenn er sich hätte drücken wollen, dann doch nicht in Unterhosen. Alle seine anderen Kleider liegen hier, und sein Malerrucksack auch. Vielleicht sollten wir mal ...«

»Du meinst, die Polizei?«

»Eher zuerst mal die Wasserwacht. Die haben ja auch ein Boot, und eine Menge Rettungsschwimmer treiben sich immer im Bootshaus von Sankt Alban herum. Ich rufe da gleich mal an. Ich bin wirklich beunruhigt.«

Bruno ging ins Haus und ließ die beiden allein am Steg zurück.

Der Anrufbeantworter blinkte.

»Hallo, Onkel Bruno. Sie wollen Geld.« Stefans Stimme.

Ein unbekannter Baß: »Wir rufen wieder an, auch bei den Eltern.«

Keine Hintergrundgeräusche. Die Stimmen hallten wie in einem Saal oder Keller. Wohin konnte man Stefan in so kurzer Zeit gebracht haben? Sollte er Inge und Ludwig überhaupt davon erzählen? Natürlich mußte er das, sie würden ja später auch selbst noch angerufen.

Eine Entführung? Bruno lächelte. Trotz des offenbaren Ernstes fand er das Ganze irgendwie lächerlich. Wann entführte man einen Erwachsenen? Ein Kind, das wäre etwas anderes gewesen, aber ein junger Mann?

Bruno trat auf die Terrasse und rief zum Steg hinunter: »Bitte kommt mal schnell herauf!«

Dann ließ er den Anrufbeantworter noch einmal sprechen. Inge und Ludwig wurden ganz starr.

»Das gibt's doch nicht, wir sind doch gar nicht reich. Bei uns ist nichts zu holen. Da sind nur noch die 150.000 von Omas Wohnung.«

Ludwig wurde bleich.

»Ich muß dir was sagen. Also, das Geld ist nicht mehr da. Ich war ein paar Mal in Bad Wiessee, wollte was dazugewinnen, ist mir aber nicht gelungen.«

»Das gibt's nicht!« schrie Inge. »Du hast mein ganzes Geld verspielt! Und ich dachte, du fährst zum Arzt wegen deiner Bronchien.«

»Da war ich schon auch. Das mit dem Geld ist schon länger her, es war im Frühjahr, als ich zur Kur dort war.«

»Das kommt ja immer besser. Da regst du dich auf, wenn dein Sohn nur das Studium wechseln will, und du verspielst mein Erbe, und seins auch! Und überhaupt!«

Inge schnappte nach Luft.

»Wir sollten jetzt lieber unsere Strategie erörtern«, sagte Bruno so sachlich wie er konnte. »Ich meine, ob wir die Polizei anrufen oder warten, bis Stefan sich wieder rührt.«

Inge und Ludwig saßen am Tisch, beide hielten die Hände vor das Gesicht.

»Ich begreife nichts, nichts. Das ist der reinste Alptraum. Wenn ich daran denke, daß ich noch vor einer Stunde überlegt habe, ob ich heute mittag Fisch oder Gulasch machen soll! Ich fasse es nicht. Nein, ich begreif's nicht.« Inge schluchzte hemmungslos.

Ludwig schwieg.

Bruno war klar, daß er allein eine Entscheidung treffen mußte. Auf die beiden konnte er nicht zählen. Er überlegte.

Ein Kollege aus der juristischen Fakultät, mit dem er sich bei diversen Professorenessen gut unterhalten hatte, fiel ihm ein. Ob er den konsultieren sollte? Ein Freund war er nicht, und vielleicht konnte er sich gar nicht mehr an ihn erinnern. Vielleicht könnte der ihm was raten? Auf jeden Fall wollte er es versuchen.

Er suchte im Telephonbuch nach seiner Nummer und rief an. Der Anrufbeantworter. Sicher war der Kollege im Urlaub.

Sonst kannte er keinen Rechtsanwalt. Er wunderte sich immer, wenn es in Filmen hieß: ›Rufen Sie Ihren Anwalt an.‹ So als würde man sagen, nennen Sie mir den Namen Ihres Hausarztes! Noch nie im Leben hatte er einen Rechtsanwalt gebraucht. Was für ein Glück, sagte er sich. Sonst war von Glück heute nicht viel zu spüren gewesen. Der ganze Tag ein einziges Unglück. Und seine beiden Freunde, von denen er nur die glückliche Oberseite kannte, ihre Gastfreundschaft, ihr liebenswürdiges Zuhören, ihre Teilnahme.

Dieses Bild hatte heute erhebliche Risse bekommen.

Es blieb also nur die Polizei. Der nette Herr Berger – wie weit seine Nettigkeit wohl reichte? Und ob man Stefan damit nicht doppelt in den Rücken fiel? Zum einen käme dann heraus, inwieweit er mit Evas Tod zu tun gehabt hatte, und zum anderen könnten die Entführer in Rage geraten. In den Krimis drohten sie immer: Keine Polizei, wenn euch das Leben des Entführten lieb ist! Aber am Telephon hatten sie nichts gesagt. Wahrscheinlich nahmen sie an, es wäre ohnehin im Sinne des Entführten, die Polizei nicht zu informieren. Das würde bedeuten, daß Stefan wirklich etwas mit dem Tod des Mädchens zu tun hat. Wie er es drehte und wendete, er kam zu keinem Schluß.

»Kennt ihr eigentlich einen Rechtsanwalt? Ich habe gerade versucht, einen Kollegen anzurufen, aber er meldet sich nicht. Vielleicht einen aus früheren Zeiten?«

Inge sah auf und schneuzte sich.

Ludwig erwachte aus seinem Brüten. »Mir fällt nur der alte Dr. Schlotfeger ein, aber der hat uns schon damals nichts gebracht. Nein, sonst fällt mir keiner ein, Gott sei dank haben wir seither nie mehr einen gebraucht. Ich bin auch nicht überzeugt, daß uns jetzt einer helfen kann. Da bin ich eher für die Polizei.«

»Aha, gleich die Polizei! Wohl, weil sie nichts kostet. Du hast ja alles verspielt, da können wir uns nicht mal mehr einen Rechtsanwalt leisten. Ludwig, ich begreif dich nicht. Daß du so etwas fertiggebracht hast.«

Bruno griff ein. »Sei es, wie es wolle, das ist jetzt vorbei und hilft uns nicht weiter. Was spricht denn dafür, daß wir noch einmal zu Herrn Berger gehen?«

»Wie stehen wir denn da? Wie Idioten. Oder auch wie Betrüger. Da plaudern wir harmlos mit ihm und hinterher stellt sich heraus, daß wir in einen Mord verwickelt sind.«

»Also, Inge, jetzt bleib auf dem Teppich«, wandte Bruno ein. »Niemand hat bis jetzt von Mord gesprochen, nicht einmal in der Zeitung stand das. Mach es nicht dramatischer, als es ist. Ich finde, wir müssen jetzt erst mal Stefan helfen. Ich kann mir gar nicht vorstellen, wer ein Interesse an seiner Entführung haben könnte. Da gibt es wirklich reichere Leute als euch hier am Ammersee.« Er dachte an Dirks'. Bei denen wäre eine Entführung mit Sicherheit lukrativer. »Es muß mit Evas Tod zusammenhängen. Sonst gibt es keine Erklärung. Im übrigen bin ich sicher, daß Stefan keine Drogen nimmt. Er war der Meinung, sie hätten ihm auf der Party was in den Wein gemixt. Eva übrigens auch. Und das werden sie bei der Obduktion garantiert feststellen.«

»Aber was sollen dann die Pillen in seinem Rucksack?«

»Bevor wir ihn verdächtigen, können wir ja mal annehmen, jemand hat sie dort ohne sein Wissen reingesteckt, um uns auf eine falsche Fährte zu locken. Und die Polizei auch. Wahrscheinlich rechnen sie fest damit, daß wir in Panik die Polizei anrufen. Dann aber müßten wir auch von Stefans Teilnahme an der Party erzählen, das wäre unvermeidlich, und auch von seinen ganzen Lügen, was Gardasee und Malkurs betrifft. Damit wäre er für die Polizei schon mal, wenn nicht schuldig, so doch verdächtig. Ja, ich glaube, so rechnen sich die sogenannten Entführer unsere Reaktion aus. Deswegen haben sie auch gar nicht gesagt, daß wir uns von der Polizei fernhalten sollen. Sie glauben fest, daß wir das tun. Und damit stünde Stefan automatisch als Hauptverdächtiger fest.«

»Du kombinierst ja um ein paar Ecken. Aber einigermaßen schlüssig kommt es mir schon vor«, meinte Ludwig.

»Also keine Polizei? Aber was sonst? Wir können doch nicht hier untätig rumsitzen und auf den nächsten Anruf der Entführer warten.« Inge stand auf und ging auf die Terrasse.

»Wohin mögen sie ihn nur so schnell gebracht haben? Ihr seid ja erst kurz vorher aus Aidenried zurückgekehrt. Hast du gemerkt, daß euch ein Auto gefolgt ist?«

»Daran habe ich nicht gedacht, keine Sekunde. Wir sind ja hier nicht in Chicago. Aber wenn ich überlege, muß es so gewesen sein. Und während ich in der Küche war, haben sie Stefan auf irgendeine Weise aus dem See geholt.«

»Das muß aber dann jemand gewesen sein, den Stefan kannte. So mir nichts, dir nichts schwimmt er nicht ans Ufer und läßt sich in ein fremdes Auto verfrachten.«

»Oder sie haben ihn mit einem Boot weggeschafft. Das wäre ja auch noch möglich.«

»Nein«, erwiderte Bruno, »das hätte ich gemerkt. Sie werden ja nicht gerade im Ruderboot am hellichten Tage eine Entführung bewerkstelligen. Und ein Motorboot war nicht zu hören, mit Sicherheit nicht. Da fällt mir ein, daß ich einen Automotor gehört habe, als ich das erste Mal den See nach Stefan abgesucht habe. Es war ein dunkles Auto, das auf dem Seeweg nach Riederau fuhr. Schwarz oder dunkelblau. Sonst weiß ich nichts. Aber eher ein größeres Auto, kein Golf, kein Lupo.«

»Ein großes Auto, und dann eine Geldforderung. Paßt das zusammen? Sind nicht Entführer immer irgendwie Zukurzgekommene, die sich an den Reichen rächen wollen? Bei uns sind sie an der falschen Adresse. Die haben sich doch bestimmt vorher informiert, was wir auf dem Konto haben. So ins Blaue plant man doch keine Entführung. Das ist ganz und gar unlogisch«, meinte Inge.

»Wenn wir das Entführungsmuster aus x Filmen nehmen, dann hast du recht. Aber vielleicht geht's hier nur pro forma um Geld. Die wollen eben etwas ganz anderes ..., die wollen einen Verdächtigen, besser noch einen Schuldigen. Das sind bestimmt Leute, die irgendwie mit Eva zu tun hatten, die mehr über sie und ihren Tod wissen und den Verdacht von sich ablenken wollen.«

»Was sie wohl tun, wenn sie merken, daß wir nicht zur Polizei gelaufen sind?«

»Daran will ich lieber gar nicht denken«, seufzte Inge.

»Wie heißt eigentlich der ehemalige Kunsterzieher, dieser Gerd sowieso?«

»Niederwieser«, sagte Inge sofort. »Ich verstehe gar nicht, wieso Stefan so begeistert von ihm ist. Ein eingebildeter Schönling, aufgeblasen und von sich eingenommen, aber wenn man mit ihm redet, versteht man fast nichts, weil er so leise redet. Mir war er nie sympathisch.«

»Ich weiß schon, warum«, meinte Ludwig. »Du hast ihn immer insgeheim verdächtigt, daß er schwul ist.«

»Naja, das stimmt. Er hat so eine weiche Art. Er schleicht durchs Leben.«

»Ich suche jetzt mal nach seiner Nummer, sie wird ja wohl im Telephonbuch stehen.«

»Ich glaube nicht, daß er in seinem Bootshaus einen Telephonanschluß hat. Die jungen Leute telephonieren doch alle mit Handy.«

»Hat Stefan eigentlich ein Adreßbuch in seinem Rucksack?«

»Laß mich mal nachsehen.« Inge kramte weiter in Stefans Sachen, schließlich schüttete sie den ganzen Inhalt auf die Holzbank. Der kleine Aquarellblock lag aufgeklappt da. Alle schauten auf die Wasserskizzen.

»Das ist gekonnt«, meinte Ludwig anerkennend.

Ein Notizbuch war nicht unter den Pinseln und Stiften.

Inge blätterte in den Skizzen, hielt plötzlich inne. »Da ist eine lange Nummer, eine Handynummer vermutlich. Vielleicht ist das Gerds Nummer.«

Bruno nahm den Block, ging zum Telephon und wählte.

Nach einmaligem Läuten eine junge Stimme: »Hallo?«

Und Bruno fragte: »Ist das die Telephonnummer von Gerd Niederwieser?«

Daraufhin wurde es still, und das Handy wurde abgeschaltet.

»Sehr seltsam«, meinte Bruno, »das war nicht der Zeichenlehrer. Als ich nach ihm gefragt habe, wurde sofort aufgelegt.«

»Dafür ist jetzt deine Nummer auf seinem Handy. Paß auf, gleich wird er anrufen. Melde dich auf keinen Fall unter deinem Namen«, sagte Inge.

Und tatsächlich, das Telephon läutete.

Bruno hob ab: »Hallo, wen wollen Sie denn?«

Dann legte er auf.

»Genauso, wie du gesagt hast, Inge. Er wollte wissen, wer ich bin. Da hab ich gleich die Gegenfrage gestellt – mit dem Ergebnis, daß er aufgelegt hat. Jetzt könnten wir die Polizei gebrauchen bei der Suche nach dem Handybesitzer.«

»Was für eine Stimme war das denn, wenn du sicher bist, daß es nicht der Zeichenlehrer war?«

»Eine junge Stimme, keine alte Flüsterstimme jedenfalls. Wessen Nummer könnte sich Stefan auf seinem Block notiert haben? Mit wem hatte er Kontakt außer mit seinen Malerfreunden?«

»Da fällt mir nur Olaf ein. Sonst war er ja mit niemandem beisammen.«

»Olaf, der angeblich mit seinen Eltern Urlaub auf Sylt macht.«

»Am besten, wir rufen mal bei Dirks in Herrsching an. Vielleicht kriegen wir aus der Haushälterin was raus. Aber du kannst doch nicht nach Stefan fragen, das wäre zu auffällig.«

»Doch, kann ich schon. Ich sage, daß er endlich kommen soll, weil wir mit dem Essen auf ihn warten.«

»Naja, klingt nicht besonders einfallsreich.«

»Oder, daß seine Freundin gekommen ist, aus Kanada.«

»Schon besser.«

»Ich tue einfach so, als hätte Stefan gesagt, er würde Olaf besuchen.«

»Und wenn seine Eltern beteiligt sind, dann können wir gespannt sein auf ihre Reaktion.«

»Ich rufe jedenfalls jetzt da an«, sagte Inge entschlossen.

»Hier Inge Hellmer. Könnte ich mal mit Stefan sprechen. Er wollte Olaf besuchen, aber inzwischen ist seine Freundin aus Kanada gekommen, ganz überraschend. Wir wollen ins Seehaus zum Mittagessen. Ach so, ja, ich warte.«

Die beiden Männer blickten gespannt auf Inge. Sie winkte ab.

»Ja, wundert mich auch. Vielleicht kommt er ja doch bald. Vielen Dank jedenfalls, auf Wiederhören.«

»Das war die Gnädigste höchstselbst. Also sind sie zurück von Sylt. Sie hat nach Olaf gesucht, aber in seinem Zimmer war er nicht. Sie sagt, er sei mit Papas Auto unterwegs, sie wüßte aber nicht, ob er sich mit Stefan getroffen hätte.«

»Aha«, meinte Bruno nachdenklich, »da haben wir allerhand Möglichkeiten zum Kombinieren. Einmal, das Auto. Wahrscheinlich war das Olaf in Papas Mercedes. Ich weiß, daß er einen dunkelblauen Benz fährt. Unvorstellbar, daß Olaf Stefan entführt. Nein, unmöglich. Und doch ist Stefan mit ihm mitgefahren. Wahrscheinlich ist er sogar freiwillig ins Auto gestiegen, fragt sich nur, was Olaf ihm erzählt hat.«

»Du meinst, Stefan würde das Entführungsspiel mitspielen?«

»Ich will nichts behaupten, ich meine nur, der Schluß ist naheliegend. Haben nicht die Dirks' auch ein Bootshaus?«

»Ja, ich weiß sogar, wo das ist«, sagte Inge. »Ein kleines Stück südlich von ihrem Grundstück. Einen neuen Steg durften sie nicht bauen, da gab's irgendwelche Vorschriften. Aber das Bootshaus haben sie vom Fischer Moosbichl gemietet, das weiß ich. Eine horrende Miete. Seither fährt der alte Franz fast nie mehr raus, nur noch vor Festzeiten. Recht hat er, warum soll er's nicht nehmen, wenn sie es ihm in den Rachen werfen.«

»Ich überlege, ob wir da nicht mal vorbeifahren sollen. Vielleicht hocken sie beide da, oder Stefan kann uns endlich erzählen, wieso sie dieses Theater veranstalten.«

Ludwig stand auf. »Kann aber auch sein, daß alles ganz anders ist. Ich bin für die Polizei. Da wüßten wir gleich, woran wir sind. Wenn noch irgendwelche Verbrecher an dem Ganzen beteiligt sind – denen wären wir doch ohnehin nicht gewachsen. Das Räuber-und-Gendarm-Spielen habe ich noch nie gemocht.«

»Damit wir vier nicht länger untätig herumsitzen, schlage ich vor, ihr fahrt jetzt heim, unternehmt vorerst noch gar nichts, und wir warten ab, ob sich Stefan oder sein Entführer noch mal meldet, bei euch oder bei mir. Ich rufe euch dann sofort an.«

Bruno begleitete die beiden zur Tür.

Ludwig und Inge fuhren heimwärts.

Bruno stellte sich vor, wie sie schweigend oder streitend im Auto saßen. Wie hätte wohl Irene reagiert? Und er? Nein, es hatte keinen Sinn, heute noch Martina zur Rede zu stellen. Sie war offensichtlich glücklich mit ihrem Thomas. So sollte es bleiben. Die Vergangenheit ging ihn nichts mehr an. Er fühlte sich als Randfigur in der eigenen Familie. Ob ihn Irene für zu schwach gehalten hatte? Ob sie ihm Schwierigkeiten ferngehalten hatte, weil sie dachte, er sei ihnen nicht gewachsen? Oder wollte sie einfach nur, daß er unbehelligt und glücklich an seinem Schreibtisch saß? – Ein Glück, das darin bestand, vom Unglück der anderen nichts mitzukriegen. Und wenn er aufmerksamer gewesen wäre? Hatte er nichts bemerkt, weil er nichts bemerken wollte? Sein persönliches Glück, das darin bestanden hatte, alle äußeren Hindernisse um seiner inneren Ausgeglichenheit willen zu umschiffen. Ein ziemlich simples Glück, das Glück eines Egoisten, mußte er sich eingestehen.

Mehr oder minder bewußt war er Aristoteles gefolgt, der das wahre Glück des Menschen nicht im Handeln sah, sondern im Beobachten, in der Kontemplation.

Immer stellte sich die Ruhe des Gemüts, sein seelischer Friede, dann ein, wenn er allein am Schreibtisch saß und seinen Gedanken folgen konnte. Natürlich bezog man die Theorien historischer und gegenwärtiger Literatur in seine Überlegungen ein – aber Artikel und Bücher basierten darauf, wie man die Vordenker in seine Gedanken herüberholte oder sie widerlegte. So kreiste der Schreibende doch immer wieder um sich selbst. Wieso war ihm das noch nie aufgefallen? Wo hatte er all die Jahre wirklich gelebt?

Er wußte weder von Martinas Schwierigkeiten noch von den Ursachen der Schweigsamkeit seines Sohnes. Und wenn sie jetzt zu Besuch kamen, beredete man Alltagssorgen, die meist schon gelöst waren, wenn sie zu ihm vordrangen. Von den Ehen seiner Kinder wußte er so gut wie nichts, nur, daß alles in Ordnung war – so sagten sie selber am Telephon auf seine Frage, wie es denn gehe.

Und wie ging es ihm? Hatte ihn die stoische Ruhe gegenüber der Geschäftigkeit seiner Familie wirklich glücklich gemacht? Er hielt es mit Kant, für den Glück kein Lebensziel darstellte.

Was aber war dann sein Ziel gewesen?

Er kam zu keinem Schluß, und deswegen stagnierte auch seine Schreibtischarbeit. Vielleicht mußte er zuerst etwas tun, damit sein Leben wieder Hand und Fuß bekam und er mit seinem Buch Fortschritte machen konnte.

Wie mochte es in Stefan aussehen, wenn schon er sein Leben als chaotisch und unbewältigt empfand?

Das war seine Aufgabe. Schließlich hatte Stefan sich ja auch zuerst an ihn gewandt. Ob er sich auf die Suche nach ihm machen sollte? Es war hellichter Tag, und bis zur Bootshütte kam er in einer halben Stunde. Was würde ihn wohl dort erwarten? Wen könnte er als Unterstützung mitnehmen? Es wurde ihm bewußt, wie allein er seit Irenes Tod war. Keiner der Nachbarn stand ihm besonders nahe, mit niemandem hatte er mehr als unverbindliche Gartenzaungespräche geführt. Und seine Kollegen? Mit einigen hatte er fachliche Kontakte, sie trafen sich in der Halle der Staatsbibliothek, aber schon in die Cafeteria ging er nie mit einem, den er zufällig traf. Er kannte von niemandem seine Lebensgeschichte, und auch sie wußten nichts von ihm. Nicht einmal seine nächsten Freunde hier, Inge und Ludwig, kamen mit ihren Problemen zu ihm, wie sich heute gezeigt hatte. Da mußte so etwas Schwerwiegendes passieren wie der Tod eines Mädchens oder die Entführung ihres Sohnes, daß er von Ludwigs Spielleidenschaft erfuhr.

Er konnte es nicht begreifen. Ludwig, den er stets für einen besonnenen Geschäftsmann und besorgten Familienvater gehalten hatte. Ging der einfach her und verspielte das Erbe seiner Frau!

Zum ersten Mal hatte er heute mehr erfahren als sonst, wenn sie über Politik oder Musik sprachen.

Er mußte jetzt handeln. Was hatte er schon zu verlieren? Ein einsamer, alter Mann, der am Schreibtisch seinen Gedanken nachhing, von denen nichts mehr abhing, keine Beförderung, keine Erwähnung in einem wissenschaftlichen Blatt. Zum ersten Mal nach Irenes Tod machte er sich klar, daß auch seine Zeit fast abgelaufen war. Was machte es da aus, wenn er etwas riskierte und allein zum Bootshaus fuhr.

Er zog seine Lederjacke über, in der Geld und Papiere steckten, und stieg hinunter zur Garage.

Bruno parkte auf dem Schotterparkplatz des Andechser Bräu direkt am See. Einige Busladungen Münchner Senioren bevölkerten den Biergarten. Die lauten Stimmen erinnerten ihn an das Sommeritalien, das er aus dem Urlaub kannte. Wenn er sich nur auch hätte unbeschwert an einen Tisch setzen können mit einem Andechser Weißbier und einer Brezn. Wie lange war das her, daß er am Nachmittag in einem Biergarten gesessen hatte?

Er ging den Uferweg in Richtung des Dirksschen Anwesens. Auf einigen Stegen lagen Frotteetücher. Er fragte einen jungen Mann, der sich sonnte, nach dem Moosbichler Bootshaus. Das dritte von hier.

Ein leerer Bootssteg. Die Tür zur Hütte war angelehnt, und zuerst sah Bruno nur in eine dunkle Höhle, seine Augen, ans Licht gewöhnt, meldeten nur Schwärze.

Er stieß die Tür weit auf. Und da sah er ihn, in der hintersten Ekke, ein zusammengekauertes Häufchen Elend. Aber Stefan lebte, er hob leicht den Kopf, sackte aber gleich wieder zusammen. Seine Augen blieben starr auf einen Punkt gerichtet, irgendwo zwischen den Balken.

»Stefan! Was ist mit dir?«

Bruno versuchte, ihn aufzurichten.

»Wie konntest du uns so einen Schrecken einjagen? Deine Eltern sind ganz verzweifelt. Wir haben schon überlegt, ob wir zur Polizei gehen sollen.«

Keine Reaktion. Stefan hockte immer noch so da, wie er ihn angetroffen hatte, die Augen wieder geschlossen.

»Sag mal, geht's dir nicht gut? Hast du Schmerzen? Haben sie dir was getan? Bitte, Stefan, gib mir Antwort.«

Aber es blieb still in der Ecke. Stefan rührte sich nicht.

Bruno versuchte, ihn hochzuziehen. Aber er rutschte ihm gleich wieder nach unten. Weder war er ansprechbar noch zu irgendeiner Bewegung fähig.

Jetzt war Bruno am Ende seiner Weisheit. Allein schaffte er es nicht, diesen lethargischen Sack von Stefan von der Stelle zu bewegen.

Was sollte er tun?

Die Dirks' rufen?

Wer weiß, zu welchen Erklärungen und Komplikationen das wieder führen würde.

Die Polizei?

Das wollte er Ludwig und Inge nicht antun.

Er trat hinaus in die Sonne. Da fiel ihm der junge Mann auf dem Bootssteg ein. Er lief zu ihm hinüber.

»Können Sie mir mal kurz helfen? Meinem Neffen ist schlecht geworden, wahrscheinlich Sonnenstich, er ist so gut wie ohnmächtig. Allein bringe ich ihn nicht zum Auto.«

»Ja, natürlich.«

Der junge Mann zog sich ein T-Shirt über und folgte Bruno.

»Wenn Sie mir nur helfen, ihn aufzurichten. Die paar Schritte zum Auto wird er vielleicht schon schaffen.«

Es war leichter, als Bruno es sich vorgestellt hatte. Kaum hatten sie Stefan auf seine Füße gestellt, da ging er wie ein Automat zwischen ihnen bis zum Parkplatz.

»Den hat's ganz schön erwischt«, meinte der jugendliche Helfer.

»Ich bring ihn lieber gleich zum Arzt«, antwortete Bruno.

Sie verstauten Stefan wie ein Paket auf dem Rücksitz, Bruno bedankte sich und fuhr gleich weiter Richtung Dießen.

Stefans Augen blieben geschlossen, bis Bruno vor der Praxis seines Hausarztes hielt. Er kannte Michael Kallo schon mindestens fünfzehn Jahre, seit der Zeit, als Martina ein paar Mal mit ihm in die Disco nach Peißenberg gefahren war. Zwei Jahre vor seiner Tochter hatte er Abitur in Weilheim gemacht, gleich Medizin studiert und allmählich die Praxis seines Vaters übernommen. Bruno staunte immer wieder, wenn er sah, daß hier die Söhne und Töchter in die Betriebe der Eltern einstiegen, manchmal trotz anderweitiger Studiengänge. Der Sohn des größten Malerbetriebs zum Beispiel hatte Chemie studiert, die Söhne eines Bauunternehmers Betriebswirtschaft, und die Tochter und jetzige Geschäftsführerin im Installationsgeschäft des Orts war Germanistin und hatte sogar ein paar Jahre unterrichtet, bis sie zu Hause gebraucht wurde.

Bruno hatte Michael als gewissenhaften Arzt kennengelernt, der regelmäßig Hausbesuche bei Irene gemacht hatte. Es war sicher besser, Stefan erst einmal hierherzubringen statt ins Krankenhaus.

»Kannst du aufstehen, Stefan?«

Keine Antwort.

So schloß Bruno das Auto ab und ging allein hinauf in die Praxis. Dort waren die Helferinnen schon im Aufbruch.

»Ja, Sie haben Glück. Der Herr Doktor ist gerade am Weggehen.«

Bruno erklärte kurz, wen er draußen im Auto hatte. Michael kam mit hinaus. Zu zweit hievten sie Stefan ins Sprechzimmer.

»Vielleicht warten Sie besser, bis ich ihn untersucht habe.«

Bruno blätterte in den Illustrierten, die schon ordentlich aufgereiht auf dem kleinen Tischchen ausgebreitet lagen.

Er sah auf die Uhr. Mittag war längst vorbei. Er hatte gar keinen Hunger verspürt wie sonst, wenn es gegen zwölf Uhr ging. Auch jetzt, in dem leeren Wartezimmer, war ihm eher flau im Magen, aber nicht nach essen.

»Du trinkst zu wenig«, nörgelte sein Schwiegersohn. »Alte Leute muß man zum Trinken zwingen. Du wirst sehen, wenn du mehr trinkst, steigert sich deine Merkfähigkeit.«

Ein Kaffee wäre jetzt gut gewesen.

Was nur Michael so lange mit Stefan anstellte?

Bruno wandte sich den Hochglanzzeitschriften zu, die in den Wohnungen und Häusern der Reichen herumstöberten, ihre Möbel und Teppiche photographierten und von Hochzeiten in Königshäusern, von Scheidungen prominenter Politiker, von Gattinnen in eleganten Roben und von Gartenpartys auf englischem Rasen berichteten. Die Langeweile des Reichtums.

Er wollte die Zeitschrift schon weglegen, als er zwischen Modephotos ein Familienbild entdeckte, dessen Protagonisten ihm bekannt waren. ›Was aus ihnen geworden ist‹, hieß die Serie. ›Eine Revue unserer Models vor zwanzig Jahren‹. Und in voller Größe die Dirks' mit ihrer eleganten Mama und Gattin in der Mitte. Das Photo, vor der Treppe zu ihrem Anwesen aufgenommen, zeigte die ganze Familie, Herrn und Frau Dirks in der Mitte, flankiert von den beiden Söhnen. Die Männer trugen schwarze Anzüge mit Fliege, und Frau Dirks, der strahlende Mittelpunkt von Familie und Photo, präsentierte sich in ihrer reifen Vollkommenheit: perfekte dunkle Lockenpracht, die tadellose Figur in einem dunkelblauen Samtkleid, weit ausgeschnitten und eng anliegend.

Bruno dachte an Photos seiner eigenen Familie, und unwillkürlich mußte er lachen. Das hier waren Vorlagen für die Phantasie der Leser und Betrachter, ihr vollkommenes Erscheinungsbild vor dem Hintergrund einer Märchenkulisse konnte mit jedem königlichen Ambiente mithalten.

Und was stand geschrieben von der vorbildlich erhaltenen Schönheit inmitten ihres sichtbaren Glücks?

Von ihrem erfolgreichen Gemahl war die Rede, von den studierenden Söhnen, und von ihr, die immer noch von Zeit zu Zeit vor der Kamera stand, nämlich dann, wenn es galt, Mut zu machen, ja, genauso stand es da, Mut, älter zu werden und immer noch schön zu sein. Bruno fragte sich, was das alles kosten mochte, dieser geballte Mut, nicht alt zu werden, wie viele Schönheitsfarmen, Fitneßcenter und vielleicht gar Chirurgen von diesem Mut profitierten. Vorsichtig trennte Bruno die Seite heraus und versteckte sie gefaltet in seiner Jackeninnentasche.

Hinter den gepolsterten Türen des Sprechzimmers war es still. Wie würde die Diagnose lauten? Hatte er vielleicht Drogen genommen? Bruno fiel sonst keine Erklärung ein für Stefans Apathie und geistige Abwesenheit.

Er überlegte, ob er Ludwig und Inge anrufen sollte. Nein, entschied er, ich warte erst ab, was Michael sagen wird. Zum Durchblättern der Zeitschriften hatte er keine Lust mehr. Längst wäre sein Mittagsschlaf fällig gewesen und danach das Schwimmen im See und ein kurzer Spaziergang, bevor er die zweite Hälfte des Tages am Schreibtisch in Angriff nahm.

Die Tür zum Sprechzimmer ging auf. Aber Michael kam allein heraus.

Bruno stand auf und ging zu ihm hin.

»Ich kann das nicht auf sich beruhen lassen«, sagte er. »Meiner Meinung nach hat man ihn mit K.o.-Tropfen gefüttert. Irgend etwas stimmt nicht. Ich muß das weiterleiten, so ungern ich das tue.«

»Sie meinen, er ist unter Drogen gesetzt worden?«

»Davon gehe ich aus. Ich werde einen Sanka rufen und ihn erst einmal in eine Klinik einliefern lassen.«

»In welche Klinik?«

»In die Uniklinik. Sie werden ihn überwachen und seine Reaktionen testen, wenn er wieder zum Bewußtsein kommt. Es kann sein, daß sie sich dann verpflichtet fühlen, Meldung zu machen.«

»Bei der Polizei?«

»In Fällen von Fremdverschulden muß das sein. Die Eltern sollten wir auch verständigen. Soll ich das machen?«

»Nein«, sagte Bruno, »das übernehme ich.«

Der Arzt schrieb Name und Adresse der Klinik auf einen Zettel und reichte ihn Bruno. »Jetzt rufe ich den Krankenwagen.«

Bruno machte sich auf den Weg. Er ließ das Auto stehen und ging die paar Schritte zu Fuß zum Haus von Ludwig und Inge.

Als er läutete, bellte Milva, trappelte die Treppe hinunter und blieb an der Haustür stehen.

»Na, mach schon auf«, rief ihr Bruno zu, weil er wußte, daß Milva mit einem Pfotentritt auf die Klinke die Tür öffnen konnte. Aber soviel Milva auch hochsprang, die Tür blieb zu.

»Na, dann komme ich später wieder.«

Milva bellte noch eine Weile hinter ihm her, und Bruno schaute zu den Fenstern nach oben. Alles geschlossen. Wo sie nur sein mochten? Sie hatten ihm doch gesagt, sie würden heimfahren und auf einen Anruf der mutmaßlichen Entführer warten.

Ludwig und Inge hatten die gleiche Idee wie Bruno, nur kamen sie später zu ihrem Entschluß, weil sie sich gegenseitig erst davon überzeugen mußten, Stefan in Herrsching bei den Dirks' zu suchen.

Eine Stunde nach Bruno gingen sie denselben Weg zum Moosbichler Bootshaus, fanden aber niemanden mehr. Sie spazierten daraufhin zum Dirksschen Anwesen und läuteten, aber niemand öffnete.

Bruno machte sich daheim erst einmal einen starken Kaffee, schmierte sich ein Butterbrot und streute Zucker darauf. Seine Kindheitsseligkeit, ein Zuckerbrot. Immer noch mochte er es lieber als Torte oder Kuchen: der herzhafte Brotgeschmack, die Zuckerkristalle, die man zwischen den Zähnen spürte. Er legte das Telephon neben sich und setzte sich in den Terrassenstuhl.

Arbeiten würde er später.

Mit seinem Glück stand es momentan nicht gut, weder theoretisch noch praktisch. Und auch in seiner unmittelbaren Umgebung entdeckte er keine Spur von Glück, eher das Gegenteil. Er hatte sich eingemischt, ganz entgegen seinem Lebensmotto, auch seiner Lebenserfahrung, und bisher sah er nicht, daß er damit etwas bewirkt hatte, jedenfalls nichts Gutes. Auf der ganzen Linie Mißerfolg. Seine Freunde hatten ihm gegenüber Schwächen gezeigt, die es schwierig machen würden, weiter befreundet zu sein, jedenfalls nicht auf die bisherige, unbeschwerte Art. Bei jeder Begegnung, bei jedem Satz schwelte künftig ein Unterton mit, der Schatten einer Schuld, und wie könnte man so die alte Art der Freundschaft wieder zurückgewinnen?

Nein, gestand sich Bruno ein, das war vorbei.

Entweder sie fanden eine neue Art des Miteinander, oder die jahrelange Beziehung zu Inge und Ludwig würde sich auflösen.

Dann, das sah er deutlich, wäre er ganz allein.

Was nur sollte er tun, um seine Freunde nicht zu verlieren? Dazu kam jetzt, daß er schuld war an Stefans Einlieferung in die Klinik. Wie sollte er ihnen das erklären, ohne daß sie ihn dafür verantwortlich machten?

Wo sie nur steckten? Es paßte nicht zu ihnen, daß sie ihr Versprechen, daheim auf einen Anruf zu warten, nicht einhielten.

Bruno wählte die Nummer, die er seit Jahren auswendig wußte.

Ludwig nahm ab.

»Na, endlich, wo warst du denn die ganze Zeit?« fragte Bruno.

Keine Antwort.

»Hallo, Ludwig, bist du noch dran?

»Ja.«

»Was ist mit dir los? Hat jemand bei dir angerufen?«

»Nein.«

»Weißt du was«, kürzte Bruno das Gespräch ab, »ich habe Neuigkeiten, aber die sind nichts fürs Telephon. Ich setz mich ins Auto und bin in zehn Minuten bei euch.«

»Ja.«

»Also bis gleich.«

Bruno fuhr los, beunruhigt durch Ludwigs Einsilbigkeit.

War das die neue Distanz, die künftig ihre Freundschaft kennzeichnen würde? War das der Anfang vom Ende ihrer Beziehung?

Jetzt kam es darauf an, vorsichtig zu erklären, um die beiden nicht vor den Kopf zu stoßen.

Der kleine Fiat parkte neben Ludwigs Mercedes. Ach, Tommy! Den hatte er ganz vergessen. Heute war der offizielle Rückkehrtag.

Als Bruno läutete, lärmte Milva laut auf der Treppe und stieß dann mit den Pfoten die Türklinke auf.

Von oben, aus dem Wohnzimmer, kamen laute Stimmen.

»Was hast du dir dabei gedacht?« hörte er Ludwigs aufgebrachte Stimme. »Bringst sie gleich mit! Du weißt doch, was das bei den Italienern bedeutet!«

»Ich war doch auch bei ihren Eltern!« schrie Tommy, »und die haben sich gefreut, waren höflich und nett zu mir – im Gegensatz zu euch. Statt euch zu freuen, daß ich endlich die Liebe meines Lebens gefunden habe! Aber das ist euch natürlich egal. Da wird nur an den guten Ruf gedacht, an die Leute in Dießen und Pähl. Ist ja total ätzend.«

»Du hättest an Vanessa denken sollen, das wäre in deiner Verantwortung gewesen!« brüllte Ludwig zurück. »Man geht nicht jahrelang mit einem Mädchen, macht Zukunftspläne mit ihr, um sie dann von heute auf morgen sitzenzulassen, mit einer Urlaubsbekanntschaft! Das ist der eigentliche Skandal!«

Bruno war oben angekommen.

»Hallo, Tommy! Wieder vom Surfen zurück?«

Ludwig und Tommy standen schweigend da, im Hintergrund saß ein Mädchen am Eßtisch und weinte. Auch die Tränen taten ihrer Schönheit keinen Abbruch. Schwarze, lange Locken umrahmten ein Madonnengesicht.

Bruno reimte sich die Geschichte zusammen.

Er ging auf das junge Mädchen zu. »Hallo, ich bin Bruno. Willkommen in Deutschland!«

Und zu Ludwig sagte er: »Mensch, reiß dich zusammen! Mach keine Szene. Sie ist jetzt mal da, und ihr arrangiert euch. Man schämt sich ja.«

Tommy starrte ihn ungläubig an. Er kannte Bruno als netten, stillen Gast der Familie, der sich nie in Streitigkeiten einmischte und von seinen Kindern ›Der Harmonisierer‹ genannt wurde.

»Danke, Onkel Bruno«, war alles, was er herausbrachte.

»Kann sie deutsch?«

»Fast nichts. Wir haben uns immer auf Englisch unterhalten. Sie studiert Englisch in Bologna.«

Bruno setzte sich zu der Italienerin an den Tisch. »Nice to meet you.«

»Ich bin Maria.« Sie hatte auf Englisch geantwortet.

Bruno wandte sich zu ihr. »Hier gab es schlimme Vorkommnisse. Sie müssen das alles entschuldigen. Tommys Bruder wurde entführt, ist aber jetzt in Sicherheit.«

»Was redest du da?« Ludwigs Empörung war noch nicht verraucht. »Welche Sicherheit? Was weißt du Neues?«

»Wenn mir mal einer von euch Streithanseln zuhören würde, dann könnte ich euch von Stefan erzählen.«

Tommy und Ludwig setzten sich an den großen Tisch, in einigem Abstand.

»Wo ist eigentlich Inge?«

»Sie hat sich hingelegt.«

»Am hellichten Tag? Geht's ihr nicht gut?«

»Das kann man sagen. Es war zu viel für sie.«

Die äußerliche Ausgeglichenheit seiner Freunde, die er immer insgeheim bewundert hatte – um wie viel aufgeregter hatte Irene auf die alltäglichen Schwierigkeiten reagiert, von Martina ganz zu schweigen – kam ihm auf einmal wie eine Maske vor, die allen inneren Zwiespalt verdeckte. Nur scheinbar ruhig floß das Leben von Ludwig und Inge dahin, an der Oberfläche hatten sie immer so harmonisch gewirkt.

Sollte das alles jahrelange Verstellung gewesen sein, die sich nur aufrecht erhalten ließ, wenn das Leben geruhsam dahinglitt?

Jetzt aber sah er in die Tiefe der Probleme, die sich bei Ludwig und Inge zeigten. Wo war auf einmal das Glück der späten Jahre, von dem Ludwig manchmal resigniert gesprochen hatte?

Ein Mensch war gestorben, unter rätselhaften Umständen, und im Gefolge geriet das Leben so vieler anderer Menschen in Unordnung.

Bruno wandte sich an Tommy. »Du könntest jetzt Spaghetti für uns kochen. Maria hilft dir sicher.«

Und auf Englisch sagte er zu ihr: »Ich liebe die italienische Küche, und vor allem die Italienerinnen, die so gut kochen.«

Maria lächelte, und sie und Tommy machten sich an die Essensvorbereitung. Inges Vorratskammer war so reichhaltig, daß sie nur noch die Zutaten aus den Regalen holen mußten.

»Wir sollten jetzt mal nach Inge sehen. Das gefällt mir gar nicht, daß sie sich mitten am Tag ins Bett legt.« Bruno stand auf.

Ludwig brummelte: »Wieso denn, sie hat gesagt, daß sie müde ist.«

»Trotzdem«, insistierte Bruno, »jetzt geh halt schon! Sag ihr, daß ich da bin und daß es bald was zu essen gibt.«

Ludwig erhob sich mühsam. Auch an ihm waren die letzten Stunden nicht spurlos vorübergegangen. Er schlurfte zum Schlafzimmer.

Vom Eßtisch aus sah Bruno den beiden Verliebten beim Kochen zu. Es wirkte, als spielten sie Kochen, wie sie Wasser aufsetzten, sich anfaßten, beratschlagten, wie viele Nudeln sie aus der Packung schütten sollten. Tommy schälte Zwiebeln und Knoblauch, Maria tat Öl in die Pfanne, Tommy schüttete die Zwiebelringe hinein, faßte mit der Linken um Marias Taille, rührte mit der Rechten in der Pfanne. Bruno konnte sich nicht erinnern, jemals so innig in gleichem Tun mit Irene am Herd gestanden zu sein. Er und kochen! Er und Zwiebeln schneiden! Irene hätte ihn bestenfalls ausgelacht. »Je schneller du aus der Küche verschwindest, desto schneller kriegst du was zu essen!«

Das hier war eine andere Generation. Sie nahm das Kochen und wahrscheinlich auch das Leben nicht so ernst wie sie früher.

Aber Brunos Überlegungen wurden gleich korrigiert.

Auf einmal stand Vanessa in der Küchentür. Sie war durch die offene Haustür nach oben gestiegen, in der Hand einen Rosenstrauß aus dem Garten, und jetzt sah sie fassungslos auf Tommy und Maria, die ihr den Rücken zugewandt hatten und damit beschäftigt waren, in Pfanne und Spaghettitopf zu rühren – und damit, sich zwischendurch anzufassen und zu küssen, so oft es ging.

Vanessa trug ein grünes Leinenkostüm, ihre schwarzen Haare lagen wie ein Helm um ihr hübsches Köpfchen. Allerdings verzerrten sich ihre Züge immer mehr, je länger sie schweigend dastand und den beiden zusah.

»Try to find the tomato sugo«, rief Maria und rührte konzentriert in den Zwiebeln.

Tommy drehte sich um.

In diesem Moment warf ihm Vanessa den Rosenstrauß ins Gesicht. Die Dornen hinterließen feine, rote Streifen auf Tommys Wangen, einer blutete leicht.

»Bist du wahnsinnig?« schrie Tommy und hielt sich beide Wangen. Die Rosen lagen verstreut in der Küche.

»Du bist wahnsinnig!« brüllte Vanessa zurück, griff nach dem Telephonbuch, das links auf dem Tischchen lag und haute es Tommy ins Gesicht.

»Du gemeines Stück! Du fieser Lügner! Bringst sie auch noch mit heim! Drum hast du die ganze Woche nicht angerufen, du Feigling!«

Tommy war dem Telephonbuch ausgewichen, und das lag jetzt zwischen den Rosen auf dem Fußboden.

Bruno roch angebrannte Zwiebeln.

Maria hatte sich umgedreht, die beiden Frauen sahen einander an. Im Hintergrund verschmorten die Zwiebeln.

Vanessa sprang wutentbrannt auf Tommy los und schlug ihm ins Gesicht, immer wieder. Es dauerte eine Weile, bis er reagierte. Dann faßte er mit einer Faust ihre beiden Hände an den Knöcheln und hielt sie gefesselt.

»Hör jetzt auf, du wilde Furie!«

Rauch verbreitete sich vom Herd zum Eßtisch.

Bruno stand auf und drehte das Gas ab. Auf dem Weg zurück geriet er zwischen die Gefechtsstände und wurde von Tommy so angerempelt, daß er der Länge nach auf den Boden fiel.

»Um Gottes Willen, Bruno!«

Inge erschien in der Tür, leichenblaß. »Was geht hier eigentlich vor? Habt ihr alle den Verstand verloren?«

»Der Verlust bei Tommy würde sich in Grenzen halten«, meinte Ludwig sarkastisch und schaute verächtlich auf Tommy.

»Da schau dir deinen Sohn an, das hast du davon, daß du ihn jahrzehntelang verhätschelt hast. Das ist jetzt das Ergebnis. Du kannst wirklich stolz sein auf deine Erziehung!«

Bruno rappelte sich langsam wieder hoch, gestützt von Tommy und Inge. Er setzte sich wieder an den Eßtisch. Und leise sagte er: »Bitte, setzt euch jetzt alle zu mir, ich muß euch etwas Wichtiges erzählen. Und hört mit dem blöden Geschrei auf. Es geht um Stefans Leben.«

»Es ist mir egal, euer Leben!« schrie Vanessa. »Genauso egal wie ich euch bin. Keine Sekunde bleibe ich länger in diesem Irrenhaus. Mama hatte recht, sie hat mich gewarnt. Ihr seht mich hier nie wieder, und mein Hotel baue ich allein, dazu brauche ich niemanden. Und das ist schon mal sicher: Ihr habt Hausverbot bei mir, jawohl, Hausverbot!«

Inge wollte Vanessa am Arm fassen, aber sie machte sich los und rannte die Treppe hinunter, gefolgt von Milva, die wild hinterherbellte. Die Haustür fiel zu, man hörte den Motor des Lupo aufheulen, dann war es auf einmal ganz still.

Inge stand immer noch in der Mitte der Küche. Sie griff sich ans Herz.

Bruno stand auf. »So, Inge, jetzt setz dich erst mal. Wenn wir alles bereden, wird sich schon eine Lösung finden.«

Schließlich saßen alle an dem großen Holztisch.

Wie oft hatten sie hier gefeiert und bis in die Nacht hinein geredet.

Jetzt saß jeder für sich und war mit seinen Gedanken beschäftigt. Es war unvorstellbar, daß sie aus der großen Salatschüssel Portionen auf ihre Teller holten, daß sie Bemerkungen über Olivenöl oder die Qualität der Tomaten machten. Es war unvorstellbar, daß sie jemals wieder lustig und hungrig an diesem Tisch sitzen würden.

Bruno brach das Schweigen.

»Ich muß euch das Neueste von Stefan erzählen. Das wollte ich schon die ganze Zeit, kam aber nicht dazu.«

Als er zu Ende geredet hatte, senkte sich wieder das bedrückte Schweigen auf alle.

Tommy hatte Maria um die Schultern gefaßt. Ihre Augen waren erschrocken aufgerissen. Sie versuchte sich einen Reim auf das zu machen, was da in einer fremden Sprache gesprochen wurde.

Tommy schwieg und übersetzte nicht.

»Was sollen wir nur tun?«

Inge weinte haltlos.

Ludwig sah vor sich hin, machte keine Anstalten, sie zu trösten.

»Ich hatte ja keine Ahnung«, stotterte Tommy. »Das ist vielleicht eine verfahrene Geschichte. Stefan ist aber auch ein seltener Idiot. Wann wird der mal was kapieren!«

Inge schluchzte. »Ich will sofort zu ihm! Wer weiß, was die im Krankenhaus alles mit ihm machen. Nein, da hole ich ihn raus, sofort!«

Bruno beruhigte sie. »Ich glaube, Michael hat das gut überlegt. Er meint, es wäre gut, wenn er erst einmal allein bleibt und niemand aus seiner Familie ihn besucht. Laßt ihn erst mal zur Ruhe kommen. Ihr könnt ihn besuchen, wenn sich alles eingependelt hat.«

»Was soll sich denn einpendeln? Er ist doch nicht verrückt, nur weil er mit Drogen vollgestopft wurde. Und es ist ja wohl ein Unterschied zwischen einem Drogenabhängigen und einem Opfer, einem Entführungsopfer noch dazu.«

»Das mit der sogenannten Entführung ist ja mit seiner Beteiligung passiert. Gut, daß wir nicht gleich zur Polizei gerannt sind.«

Ludwig sprach jetzt ruhig: »Ich bin Brunos Meinung. Wir sollten uns zuerst mit dem Arzt besprechen, bevor wir vielleicht irgendein Unheil anrichten.«

Und Inge sagte: »Zumindest sollten wir ihm versichern, daß wir hinter ihm stehen, in allem, auch in seiner Studienentscheidung.«

»Ach«, meinte Tommy, »das war ja klar. Im letzten Jahr hat er Tag und Nacht nur noch gemalt.«

»Und du hast es nicht für nötig gehalten, uns darüber zu informieren?« Ludwig klang bitter.

»Ihr erwartet doch nicht, daß ich petze wie in der Schule? Außerdem hätte ich nicht mit euerm Verständnis gerechnet. Da mußten schon halbe Katastrophen passieren, bevor ihr mal ...«

Tommy hielt inne.

Seine Eltern starrten ihn an.

»So also schätzt du uns ein? Haben wir nicht ständig Verständnis gezeigt?«

»Ja, wenn es in eure Pläne paßte, dann schon. Aber so einer wie Stefan, der es euch immer nur recht machen will, der weiß am Ende nicht mehr, was er selber will.«

Bruno wollte nicht mehr zuhören.

Warum sollte Stefan nicht zaudern und träumen, bis ihm seine Träume den Weg zum Glück wiesen? Sein Lebensglück hatte sich von den Vorstellungen der Familie entfernt.

Euer Gott, dachte Bruno in jäher Erkenntnis, ist die Effektivität, eure Richtlinie der Zweck. Sie warfen Stefan Wirklichkeitsferne vor – oder gar Wirklichkeitsflucht. Was aber war ihre Wirklichkeit? Ein verkleideter Popanz, der das Leben auf Existenz und die Existenz auf Gelderwerb reduzierte.

Nahm man Tommy seine Aussichten auf wirtschaftlichen Erfolg – was von seinem Studium hätte dann noch Bestand? Und welchen Sinn sahen Ludwig und Inge wirklich in ihrem Leben?

Bruno sank hinab in die Einsamkeit seiner Gedanken.

Inge, die ihm gegenüber saß, sah seine Gesichtszüge erschlaffen. Seine Backen hingen grau herab wie bei einem Kranken. Unter den geschlossenen Augen falteten sich traurige Augensäcke.

Wir haben ihn in unser Unglück hineingezogen, dachte sie voller Schuldbewußtsein. Noch gestern waren wir so fröhlich, als wir miteinander im Seehaus saßen.

Über ihr Leben war ein Sturm hinweggezogen, und jetzt lagen die abgeholzten Bäume auf den Gehsteigen, und Zweige und Blätter stapelten sich vor der Tür. Es war kein Fortkommen möglich. Sie kam sich auch vor wie so ein zufällig hingestürztes Holz, und jetzt lag sie da, und die anderen stolperten über sie hinweg.

Wohin soll das alles führen, sinnierte sie weiter. Ludwig hat mich betrogen. Ja, es ist nur Geld. Aber vielleicht ist es nicht nur Geld? Woher soll ich wissen, was er auf seiner Kur sonst noch gemacht hat?

Kannte sie ihn überhaupt noch? Wann hatten sie das letzte Mal beisammen gesessen und wirklich miteinander geredet, so wie früher?

In ihrem Haus war immer etwas los.

Da brachten die Jungen Freunde und Freundinnen mit, kamen Austauschschüler, wurden Praktikanten verköstigt und beherbergt, kam die Markgräfler Verwandtschaft an Weihnachten und Ludwigs Cousins und Cousinen aus dem Allgäu, fuhren sie mit den Golfern nach Tirol in den Skiurlaub, mit Freunden im Sommer ans Meer, wo andere Freunde kleine Häuser vermieteten. In ihrem Haus und in ihrem Leben war ein ständiges Kommen und Gehen, Telephonieren und Verabreden.

Die einsamen Abende mit Ludwig gab es nicht mehr – seit wann eigentlich?

Sie dachte zurück.

Als Stefan geboren wurde, hatten sie eine finanzielle Krise, und Ludwig hockte Tag und Nacht im Büro, bis die Gefahr gebannt war. Dann kam auch schon Tommy auf die Welt, und ihre hinfällige Mutter war zu ihnen gezogen. Inge teilte ihre Stunden zwischen Babywickeln, Kindergartenfahrten und Sorgen für die Mutter. Das war die Zeit, als die Geschäfte florierten.

Und damals begann, was sie später als das Auseinanderdriften ihrer beider Welten begriff. Ihre Tage waren so ausgefüllt mit Pflichten, mit gelegentlichen Geschäftsessen und Betriebsausflügen. Dann rutschte sie irgendwie mit ins Geschäft hinein, vertiefte sich in die Buchhaltung und war Vormittage lang in Ludwigs Büro, wenn er auf Geschäftsreisen war. Die Zeit der Au-pair-Mädchen begann, und Inge lebte in der ständigen Hetze, zu Hause wichtige Dinge zu versäumen, während sie im Geschäft Telephondienst machte. Zu Hause aber fühlte sie schmerzlich ihre Entbehrlichkeit, wenn Monique oder Jana oder Carmen mit den Jungen spielte.

Den Anstoß für eine Änderung gab eine Szene, als Tommy weinte, weil sie und nicht das Au-pair-Mädchen ihn am Abend ins Bett brachte.

Inge hatte die ganze Nacht wachgelegen. Mit Ludwig darüber zu reden, gab sie gleich auf, als er sie auslachte: »Bist wohl eifersüchtig? Da könnte ich ständig eifersüchtig sein. Kinder sind eben so, sie verteilen ihre Sympathie nach Lust und Laune.«

Aber Inge wußte, daß das nicht stimmte. Kinder liebten den, der sich um sie kümmerte. Am nächsten Tag kündigte sie Ludwig ihre Mithilfe im Geschäft auf. »Und außerdem bin ich ja keine gelernte Buchhalterin.«

Ludwig war erst beleidigt, fand sich aber nach einigen fruchtlosen Diskussionen mit ihrem Entschluß ab. Inge blühte auf, machte Ausflüge mit Oma und den zwei Jungen und hatte wieder Freude am Kochen und Backen. Inzwischen ging Stefan in die Schule und

Tommy in den Kindergarten, und die Vormittage gehörten ihr. Sie freundete sich mit Irene an, machte Töpferkurse bei ihr, ging in Volkshochschulkurse für Italienisch und traf sich hinterher mit ihren Kolleginnen. Ludwig gefiel das nicht, aber weil das Familienleben insgesamt wieder mehr Ordnung aufwies, das Essen auch deutlich besser war als zu Zeiten der Au-pair-Spaghetti, sagte er nichts, jedenfalls nicht direkt. Spöttische Bemerkungen über Inges getöpferte Blumenvasen konnte er sich nicht verkneifen, wenn sie über dem Eßtisch im Regal standen.

Inge war tief gekränkt und stellte ihre Vasen ins Gästezimmer, das sie so nach und nach zu ihrem eigenen Zimmer umfunktionierte. Sie stellte die Erinnerungsstücke aus ihrer Kindheit auf die Kommode, ihren alten Bären, ein paar Aquarelle aus dem Haushalt der Großeltern, ein paar Parfümfläschchen. Schon wenn sie dieses Zimmer betrat, fühlte sie sich wirklich daheim. Die Dinge, die für sie allein Wert und Bedeutung hatten, führten ein Eigenleben, das nur sie kannte. Es war das Museum ihrer eigenen Geschichte, und sie wollte niemanden darin herumführen. Den stummen Zeugen ihrer Kindheit und Jugend fühlte sie sich verbunden.

Nein, mit Bruno sollte das nicht so werden, dachte sie voller Angst.

Als sie aufsah aus ihren Gedanken, merkte sie, daß Bruno ihr zulächelte, als ob er ahnte, was ihr durch den Kopf gegangen war.

»Wir sollten uns ein bißchen ausruhen und unsere Nerven schonen. Wer weiß, was noch kommt.«

Bruno stand auf und winkte den anderen zu, die schweigend am Tisch saßen. »Und, bitte, versprecht mir, daß ihr Stefan erst mal in Ruhe laßt. Ich treffe mich noch mal mit Michael. Er weiß besser als wir, was in der nächsten Zeit zu tun ist. Ich bin sicher, wir werden eine Lösung finden. Sobald ich was Neues weiß, rufe ich an. Also, bitte, unternehmt vorerst nichts.«

Er stieg die Treppen zur Haustür hinunter. Milva, sonst heftig bellend, schlich hinter ihm her, als hätte sie verstanden, daß lustiges Schwanzwedeln jetzt nicht zur Familienstimmung paßte.

Daheim machte Bruno sich einen starken Kaffee und setzte sich an den Schreibtisch. Beim Durchblättern seiner anfänglichen Glücksnotizen hielt er inne. Seit diesen Aufzeichnungen war eine neue Zeit angebrochen. Das hatte er geschrieben, als er noch ein anderer gewesen war. Glück? Immer weiter hatte sich das Problem in den letzten zwei Tagen verschoben. Seine theoretischen Überlegungen kamen ihm jetzt hohl vor. Das klang alles immer noch hoffnungslos akademisch, blutleer und lebensfern.

Er mußte sein Konzept ändern, die Theorien erst später aufstellen. Aber vorher? Interviews! Lebendige Menschen mußte er befragen nach ihren Glücksvorstellungen, und zwar alte und junge – und dann die Verschiedenheit ihrer Lebenskonzepte einander gegenüberstellen.

Mit wem sollte er beginnen? Mit seinen Kindern? Ob die wohl ihm gegenüber so offen sein würden, wie es eine solche Arbeit erforderte?

Er wollte es auf jeden Fall versuchen.

Martinas Telephonnummer wußte er auswendig.

»Hallo?«

Es war ihm neu, daß sie ihren Namen nicht nannte.

»Martina?«

»Ja, Papa.«

Er merkte ihr Erstaunen, daß er zu einer so ungewöhnlichen Tageszeit anrief. Im Hintergrund war Kindergeschrei zu hören.

»Bei dir ist allerhand los, stimmt's?«

»Ja, ich hab heute insgesamt vier Kinder hier, sie toben wie Tiger im Käfig.«

»Magst du nicht mit ihnen zum Schwimmen herauskommen?«

»Das wäre natürlich eine Idee. Aber ich muß erst versuchen, Petra zu erreichen, ob sie damit einverstanden ist, daß ich ihre beiden mitnehme.«

»Ihr könnt auch über Nacht bleiben, morgen wird sicher wieder Badewetter.«

»Das ist ein ganz lieber Vorschlag, Papa. Thomas kann uns dann morgen abend abholen. Ich rufe dich zurück, wenn ich alles geklärt habe.«

Martina klang fröhlich und geschäftig. Er hatte sie aus einem anstrengenden Nachmittag herausgeholt.

Für sein Anliegen war gar keine Zeit gewesen. Wenn die Kinder schliefen, würden sie in Ruhe über das Interview sprechen – und vielleicht noch über Stefan und alle damit zusammenhängenden Probleme.

Bis Martina wieder anrief, wollte er selber noch einmal in den See, der jetzt am Nachmittag leicht bewegt und dunkelgrün vor ihm lag.

Im Bademantel überquerte er die Straße und ging den Steg entlang, auf dem vor ein paar Stunden noch Stefans Kleiderbündel gelegen hatte. Die alltäglichen Wege wurden mit zunehmendem Alter zu historischen Pfaden, besetzt mit allerlei Gegenständen und kostümierten Personen.

Aber jetzt mochte er an nichts anderes mehr denken als an das kühle Gefühl des Körpers, der ins Wasser taucht.

Als er sich später im Liegestuhl ausruhte, rief Michael an. Stefan ginge es besser, die Klinik werde die Polizei nicht benachrichtigen. Er solle die Familie beruhigen. Morgen werde er wieder anrufen.

Bruno sah auf die Uhr.

Es war zwei Uhr am Nachmittag, eine Zeit, zu der er normalerweise schlief. Nicht einmal gegessen hatte er heute.

Erstaunt stellte er fest, daß er keinen Hunger hatte. Zum Schlafen fehlte ihm entschieden die Ruhe. »Regelmäßigkeit!« predigten die Ärzte den Senioren. Nein, das war nichts für ihn. Wieso sollte er ohne Appetit essen, nur weil es Zeit war? Ihm bekam stets am besten, was er mit Lust und Leidenschaft unternahm. Aus Pflichtgefühl essen, was für ein Widersinn. Und doch wußte er, daß es in vielen Haushalten Gesetz war, zu bestimmten Zeiten bei Tisch zu erscheinen. Irene war da flexibel gewesen, sie richtete sich nach den Schulzeiten der Kinder. Einmal aß man um zwölf, am nächsten Tag um zwei. Ihm war es recht gewesen, wenn er es vorher gewußt hatte. Seit er allein lebte, hatte er sich mehr Regelmäßigkeit angewöhnt. Thomas meinte besorgt: »Du solltest deinem Tag ein festes Gerüst geben.« Taktvoll hatte er sich den Folgesatz verkniffen: ›Damit du nicht vergammelst wie so viele alleinstehende, ältere Männer.‹

Gott schütze mich vor mir selbst! Dieses spanische Sprichwort paßte auf seine Situation. In der Routine der vergangenen Jahre war wenig Platz gewesen für Überraschungen und spontane Entschlüsse.

War er dafür nicht zu alt?

Nichts mehr zu hoffen, nichts Außergewöhnliches mehr zu erwarten, keine Sehnsüchte mehr zu haben – das war bereits der Anfang vom Ende. Der heutige Tag hatte seine Altmännergewohnheiten jedenfalls kräftig durcheinandergewirbelt. Da lag er, wußte nicht, was er am besten als nächstes tun sollte, und seine Gefühle lagen mit ihm auf dem Boden, auf dem Rücken wie wehrlose Tiere.

Langsam hievte er sich aus seinem Liegestuhl. So wollte er nicht auf die Entscheidungen anderer warten.

Er ging zum Telephon.

Inge nahm ab.

»Wie geht's dir jetzt?« fragte er.

»Ach, Bruno, der heutige Tag hat mich geschafft. Ich lag gerade im Garten.«

»Von Michael soll ich dir ausrichten, daß es Stefan besser geht. Bei mir will die Polizei am Abend vorbeischauen. Herr Berger rief an deswegen. Ich glaube, sie wollen sich anschauen, wo Eva damals übernachtet hat. Was macht Ludwig?«

»Ich weiß nicht. Er ist mit dem Auto weggefahren, ich habe ihn nicht gefragt, wohin.« Und nach einer Pause: »Es ist mir auch egal.«

Bruno suchte nach einem aufmunternden Satz, aber es fiel ihm nichts ein. Schließlich sagte er: »Martina will mit den Kindern am Spätnachmittag zum Schwimmen kommen. Hast du Lust, bei mir vorbeizuschauen? Oder, am besten, komm doch gleich. Wir machen uns Kaffee oder Tee, wie du willst. Sicher hast du auch noch nicht zu Mittag gegessen.«

»Mir ist der Appetit vergangen. Mir ist überhaupt ...« Inges Stimme verschwand. Der Hörer blieb stumm.

»Inge? Bist du noch da?«

»Ich komme gleich.« Der Hörer wurde aufgelegt.

Niemals vorher hatte Inge derart schroff reagiert. Keine verbindliche Floskel, kein Gruß. Kein Wunder, sie waren sich ja bisher stets in angenehmem Kontext begegnet, hatten sich vielleicht gegenseitig Eigenschaften zugeschrieben, die mit einem Male fragwürdig geworden waren. Sie kannten sich, aber ihr Kennenlernen war stehengeblieben an der Stelle, wo sie sich gut verstanden hatten, im Urlaub, beim gemeinsamen Abendessen oder Theaterbesuch. Die Brille der

Freundschaft hatte sie geschützt vor allzu deutlicher Wahrnehmung. Ob er an Ludwigs Verhalten schon früher Ansätze jenes Egoismus bemerkt hatte, wie es heute nur allzu deutlich geworden war? Sicher hätte er das sofort abgewehrt, es auch nicht so genau wissen wollen.

Wie war er wohl den beiden erschienen? Als der weltfremde Wissenschaftler, der sich bei ihnen von seinen Gedankenflügen ausruhte? Als der ahnungslose Familienvater, an dem vorbei sich das Leben entwickelte? Wahrscheinlich hatte seine eigene Voreingenommenheit auch seine Freunde beeinflußt, und so hatten sie ihn – so wie er sie – im verklärenden Licht von Urlaub und Familienfeiern gesehen. Er konnte sich nicht erinnern, daß Inge und Ludwig jemals gestritten hatten. Inge lächelte milde zu Ludwigs Sarkasmen, dic er hin und wieder auf sie münzte. Sie hatte gelächelt und war zu einem anderen Thema gewechselt.

Das ging jetzt nicht mehr.

Unversehens war er Zeuge geworden, wie sich die Harmonie auflöste. Was er darunter entdeckte, war ein Abgrund.

Wie sollte er sich Inge gegenüber verhalten? So wie immer, freundlich, mitfühlend, Abstand wahrend?

Unsinn! Seit wann legte er sich Verhaltensweisen zurecht? Das war ein Rückfall in die Pubertät. In seiner Jugend übte er Dialoge mit echten und erdachten Leuten, weil er meistens unsicher war, was er sagen sollte.

Was hatte ihn, den alten Mann, so verunsichert?

Bruno zog sich ein frisches Hemd an und schlüpfte in seine Jeans. Dann setzte er Kaffee auf.

Da läutete es auch schon. Von der gepflegten Inge, wie sie gestern mit ihm im Seehaus gesessen hatte, war nicht mehr viel übrig. Ihre Haare hingen wirr in die Stirn, sie trug ihre uralten, schwarzen Leinenhosen und hatte sich eine grüne Wolljacke übers T-Shirt geworfen. Ihr Auto parkte schräg in der Einfahrt.

Milva kam müde hinter ihr her getrottet und legte sich gleich auf die kühlen Küchenfliesen.

Aber trotz der äußerlichen Unordnung wirkte Inge jünger als gestern, unzivilisierter und ursprünglicher. Ihr Gesicht war vom Weinen noch gerötet.

Bruno umarmte sie.

Aber anders als sonst schluchzte sie auf und klammerte sich an ihn. Er fühlte ihren Kopf auf seiner Schulter und streichelte ihre Haare.

Von Irene kannte er diese Art, den Kummer zu zeigen. Aber das war nicht Irene, es war Inge, die Frau seines Freundes.

Er schob sie sanft von sich und sagte: »Jetzt trinken wir erst mal Kaffee. Und dann sehen wir weiter.«

Inge schniefte und wischte mit der Hand über ihre Nase. Er holte ein Taschentuch – und auch das erinnerte ihn an Irene.

Inge schneuzte sich, setzte sich an den Küchentisch und sank auf ihre Arme. Man sah nur noch ihre blonden Haarsträhnen. So war sie noch nie an seinem Tisch gesessen.

Bruno holte die Kaffeekanne und zwei Tassen und goß den Kaffee ein. Dann setzte er sich neben sie. Ihr Kopf lag immer noch da wie nach vorne gefallen. Bruno legte die Arme um sie.

»Bitte, Inge. Nimm einen Schluck.«

Langsam hob sie ihren Kopf, und er sah ihr verzweifeltes Gesicht, das sich gar nicht mehr darum bemühte, ordentlich oder gepflegt zu wirken. Ihm kam es so vor, er sehe sie zum ersten Mal richtig, ohne Anstrengung, ihre Gefühle zu verbergen.

»Ich bin am Ende«, flüsterte sie. »Ich hätte nie gedacht ...« Sie schluchzte wieder.

Bruno legte seine Wangen an ihre.

»Nein, das bist du nicht.«

Er streichelte ihre verrutschte Frisur und redete beruhigend auf sie ein.

Sie hörten nicht, wie unten ein Auto hielt und die Terrassentür, die nur angelehnt war, vorsichtig geöffnet wurde.

Martina stand in der Tür. Hinter ihr lärmte es.

Die beiden am Tisch sahen auf.

Da kamen auch schon Martinas Söhne mit ihren Freunden hereingestürmt. Martina stand immer noch am selben Platz.

Bruno zog die beiden Enkel zu sich auf den Schoß und rief Martina zu: »Schau mal in den Gefrierschrank, da müßte noch Steckerleis sein.«

Und schon rannten sie in den Vorratsraum, und Martina verteilte das Eis.

»Wir setzen uns mal auf die Terrasse«, meinte sie taktvoll.

»Nein, bleib hier. Wir haben etwas Wichtiges zu erzählen.«

Inzwischen hatte Inge ein paar Mal an ihrem Kaffee genippt und sich geschneuzt. Sie war so zusammengesunken und rot geweint, daß Martina sich neben sie setzte und ihre Hände streichelte. »Tante Inge, was ist denn passiert?«

Und als hätte diese Frage ein Tor geöffnet, schluchzte Inge laut und hoffnungslos vor sich hin.

Bruno erzählte in groben Zügen, was sich seit gestern ereignet hatte.

Als er aufhörte, weinte Inge weiter. »Das ist noch nicht alles. Ludwig hat ...« Hier konnte sie nicht weiterreden.

»Ja«, ergänzte Bruno, »Ludwig hat eine Menge Geld verspielt auf seiner Kur in Bad Wiessee.«

»Das ist immer noch nicht die ganze Wahrheit.« Inge setzte sich auf.

»Er hat ...« Wieder entstand eine Pause.

»Eine andere, stimmt's?« ergänzte Martina.

»Woher weißt du denn das?«

»Naja, wir haben ihn heuer im Frühjahr an den Osterseen zufällig gesehen, mit einer jungen Frau. Sie waren aber so miteinander beschäftigt, daß sie uns nicht bemerkt haben. Wir sind dann auch schnell weitergegangen und waren mit den Jungen am Ufer Steine sammeln. Ich hab mir damals gedacht, na, Onkel Ludwig, der ist jetzt auch in dem Alter, ihr wißt schon, Hormone und so. Ich wollte nichts aufbauschen und hab's für mich behalten. Wie hast du es denn erfahren?«

»Erst heute. Eine Frau rief an und sagte, daß Ludwig vergessen hat, für die Putzfrau zu bezahlen. Sie wollte ihn nur daran erinnern, weil er ja sonst immer pünktlich überwiesen hatte. Ich habe ihn zur Rede gestellt. Er hat nur einen Teil des Geldes verspielt, den anderen hat er dazu verwendet, sein Zweitleben zu finanzieren. Jedesmal, wenn er zur Nachuntersuchung oder dergleichen fuhr, ging er eigentlich in diese Wohnung, in der seine Freundin wohnt. Sie studiert in München, man kann sich ausrechnen, wie alt sie ist.«

Bruno war wie vor den Kopf geschlagen.

»Was? Also ...« Er wußte nicht, was er sagen sollte.

Eine Weile saßen alle schweigend da.

Schließlich meinte Martina sachlich: »Das hat auch wieder sein Gutes. Da weiß er, wo er hin kann, wenn du ihn rausschmeißt.«

»Er ist ohnehin gleich weggefahren. Jetzt weiß ich wenigstens, wohin.«

»Und was wirst du jetzt machen, ich meine welche Konsequenzen ...«

Bruno suchte nach Worten.

Inge zuckte mit den Schultern. »Wenigstens das Haus ist abbezahlt.«

»Du mußt jetzt gleich für klare Verhältnisse sorgen«, meinte Martina. »Du mußt ihm eiskalt zeigen, was er alles zahlen muß, wenn er sich scheiden läßt.«

»Ich weiß ja noch gar nicht, ob ich ...« Inge schluchzte wieder auf.

»Mach nicht den Fehler, den die meisten Frauen machen. Sei hart und gib nicht klein bei. Hinterher tut es dir ein Leben lang leid.«

Martina stand auf und sah nach den Jungen.

»Ich wundere mich, wie Martina urteilt, so kalt. So kenne ich sie gar nicht. Auf der anderen Seite – wahrscheinlich hat sie recht. Ich selber wüßte nicht, was ich dir raten sollte. Ich kann es immer noch nicht glauben.«

Bruno goß sich Kaffee ein.

Inge saß wortlos da, starrte durchs Fenster.

»Und dann Stefan, und Tommy und Vanessa, und die Italienerin, und die tote Eva. Ich kann's nicht glauben, daß ich das bin, der das alles passiert. Das ist wie ein Alptraum, nur weiß ich, daß es kein Traum ist. Es ist mein Leben, das heute aufgehört hat, lebenswert zu sein. Nein, ich kann nicht mehr. Ich will nicht mehr. Wozu denn?«

»Inge, jetzt hör aber auf. Nur weil Ludwig dich betrogen hat, mußt du noch nicht die Flinte ins Korn werfen. Es gibt immer noch deine beiden Söhne, und so wie ich das sehe, brauchen sie dich im Moment besonders. Also gib nicht auf. Ich helfe dir, wenn du willst. Ich bin, um es genau zu sagen, ganz auf deiner Seite.«

Er faßte ihre Hand und zog sie aus dem Stuhl hoch.

»Und jetzt hilfst du mir, ein schönes Abendessen zu machen. Wir haben ja heute noch nichts Richtiges gegessen. Und wenn die Kinder vom Schwimmen heimkommen, haben sie sicher Hunger. Also, wir sehen mal nach, was noch alles im Eisfach ist.«

Martina schaute zur Tür herein. »Wir gehen zum Steg vor. Und über Nacht bleiben wir auch. Petra war einverstanden. Aha, ihr macht was Gutes für heute abend! Wunderbar!«

Sie lief über die Straße zum See, die vier Kinder hinter ihr her.

»Wenn du heute nicht daheim allein schlafen willst – du weißt, mein Gästezimmer steht dir immer offen. Tommy kommt schon allein zurecht. Ich rufe ihn an, wenn du magst. Aber wir inspizieren erst mal meine Vorräte.«

Bruno fand tiefgefrorenen Kabeljau, und sie kochten Reis dazu.

Brunos Frage »Wie kochst du denn diesen Fisch?« löste bei Inge eine Geschäftigkeit aus, die er noch vor einer Viertelstunde für unmöglich gehalten hatte.

»Am besten schmeckt er, wenn wir ihn vorher in einer Brühe mit Milch und Gemüse dünsten, bevor er, mit Käse bestreut, zusammen mit der Soße in den Ofen zum Überbacken kommt. Hast du Milch, Brühe, Karotten oder Zucchini oder beides, und Zwiebeln?«

Sie kramte alles zusammen, was sie finden konnte. Bruno schälte Zwiebeln und Karotten, während Inge die Soße aufs Feuer stellte. Auf der zweiten Flamme köchelte der Reis. Als sie die Fischplatte, mit Emmentaler bestreut, in den Ofen gestellt hatten, wischte sich Bruno die Hände ab und meinte: »Wir haben uns einen Aperitif verdient.«

Er holte eine Flasche Rivesaltes aus dem Regal und goß die golden schimmernde, ölige Flüssigkeit in die Gläser mit den dicken Böden, die sie einmal von einem Urlaub aus Dänemark mitgebracht hatten.

»Prost, Inge, auf unser Abendessen.«

Inge lächelte müde und trank einen großen Schluck.

»Das schmeckt wie in Südfrankreich. Und – Bruno, ich danke dir. Ich weiß nicht, was ich heute ohne dich getan hätte.«

Mit den Gläsern setzten sie sich auf die Terrasse. Draußen auf dem Steg tobten die Jungen, sprangen ins Wasser, bespritzten Martina – so, wie es immer gewesen war. Für einen Moment schloß Bruno die Augen. Hinter den Lidern tanzten die Silhouetten und lösten sich langsam auf. Trotz der Aufregungen des Tagen empfand er so etwas wie Frieden. Als er die Augen öffnete, sah er, daß Inges Gesicht nach unten gesunken war. Sie war eingeschlafen. Er erhob sich leise und sah nach dem Essen, richtete Teller und Besteck auf dem Küchentisch her. Später würden sie dann draußen zu Abend essen. Aber vorerst wollte er Inge noch ausruhen lassen.

Gerade als er sich wieder leise auf seinen Liegestuhl schleichen wollte, läutete es. Herr Berger, der Polizist! Den hatte er ganz vergessen.

»Sie wollten sich das Gartenhaus anschauen?« fragte Bruno.

»Ja, darum hatte ich Sie gebeten. Wir haben sonst wenig Anhaltspunkte.«

»Auch was das Gartenhaus betrifft – es ist ja schon lange her, daß Eva da einmal über Nacht war.«

Sie gingen hinunter, den Steinweg entlang, dann auf einem Trampelpfad durch die Wiese.

»Ich hatte da im Sommer immer Matratzen für die Kinder, und weiter hinten ist Platz für den Rasenmäher und die Gartengeräte. Aber wie gesagt, ich glaube nicht, daß Eva Spuren hinterlassen hat. Sie schlief ja sogar in ihrem eigenen Schlafsack.«

»Haben Sie damals etwas von Drogen bemerkt?«

»Keinesfalls. Aber ich habe nur am nächsten Morgen mit ihr gefrühstückt, und dann war sie wieder verschwunden. Heuer ist sie gar nicht bei mir aufgetaucht.«

Herr Berger inspizierte das Gartenhäuschen, drehte die zwei Matratzen um, griff in ein paar Holzritzen und wandte sich wieder zum Ausgang.

»Haben Sie vielen Dank.«

»Gibt es schon Ergebnisse über die Todesursache?« fragte Bruno.

»Das dauert immer lange, bis alles durchgecheckt ist«, meinte Herr Berger unbestimmt.

Sie verabschiedeten sich am Gartentürchen.

Bruno fühlte sich flau. Hatte er gelogen oder nur Tatsachen verschwiegen? Ob man ihn deswegen belangen konnte? Er wollte weder Stefan noch die Dirks' erwähnen, bevor er sich nicht Gewißheit verschafft hatte. Schließlich wußte er nicht, was an Stefans Geschichten wahr und was dem Drogenrausch zuzuschreiben war.

Nein, gelogen hatte er nicht, soviel stand fest.

Er ging hinauf in sein Arbeitszimmer, betrat es aber nicht, sondern schloß es gleich wieder hinter sich. Heute gab es Wichtigeres als seine Überlegungen zum Glück. Er mußte dafür sorgen, daß einige Menschen nicht im Unglück versanken. Waren nicht Menschen überhaupt wichtiger als der ganze theoretische Kram, dem er sein Leben verschrieben hatte?

Schon an seiner Familie war das offensichtlich. Während Irene jeden Tag für ihn und die Kinder sorgte, schrieb er seine Abhandlungen, hielt Seminare und korrigierte Prüfungsarbeiten. Wer von den Kollegen und Studenten war denn übriggeblieben? Konnte man überhaupt so aufrechnen? Ein paar Sekunden lang zogen die Jahrzehnte an ihm vorüber, und er spürte ein großes Bedauern. Für vieles war es zu spät, aber einiges konnte er vielleicht noch in Ordnung bringen.

Inge saß noch in ihrem Liegestuhl, schlief aber nicht mehr. Sie drehte sich um, als sie ihn kommen hörte und lächelte ihn an.

»Setz dich noch einen Moment zu mir.«

Beide sahen auf den Steg, wo Martina mit den Kindern auf den Holzplanken lag und sich sonnte.

Ein Bild von Ferien und Frieden.

»Ich weiß gar nicht, wo Tommy mit seiner Freundin geblieben ist. Ich glaube, sie waren schon nicht mehr im Haus, als ich zu dir gefahren bin.«

»Die werden sich schon bemerkbar machen, wenn sie was brauchen.«

»Arme Vanessa, ich finde, Tommy hat sich schäbig benommen. Meinst du, ich soll sie anrufen?«

»Nein, Inge, du kannst da gar nichts bewirken, höchstens beide gegen dich aufbringen. Sie müssen das miteinander regeln, jeder andere wäre da nur ein Hindernis. – Wie geht's dir denn jetzt? Besser?«

»Du siehst ja, ich habe sogar geschlafen. Ja, ich denke, ich kann wieder klar denken.«

»Und mir helfen, den Tisch zu decken für uns alle?«

Martina war beim Essen aufgedreht und erzählte Anekdoten aus dem Kindergarten. Die Jungen aßen schweigend. Sie hatten sich beim Schwimmen schon ausgetobt. Zur Nachspeise gab es noch Eis für die Kinder, dann verschwanden sie mit Martina nach oben. Man hörte die Dusche, dann wurde es bald still und Martina kam barfuß die Treppe herab. Sie sah die beiden bei Kerzenschein auf der Terrasse sitzen, und es gab ihr einen Stich. Wie oft hatte sie ihre Eltern da miteinander sitzen sehen. Und wie beruhigend war es immer gewesen, sie vereint zu wissen. Die Sicherheit ihrer Kindheit. Aber sie war kein Kind mehr, und statt ihrer Mutter saß jetzt Tante Inge neben ihrem Vater. Noch vor ein paar Wochen hatten sie gemeinsam überlegt, wie man Bruno mehr unter die Leute bringen könnte, und ob sich wohl noch eine geeignete Partnerin für ihn finden würde. Vielleicht, dachte Martina, sind ihnen ihre geheimen Wünsche verborgen geblieben, und es brauchte äußere Anlässe, um sie ins Bewußtsein vordringen zu lassen.

Sie betrachtete die beiden, die so selbstverständlich nebeneinander saßen, mit Hoffnung und Wehmut gleichzeitig.

Stefans kleines Zimmer glich einer Mönchszelle. Das Bett, auf dem er lag, nahm die ganze Längsseite ein, und gegenüber stand nur noch ein Holztischchen und ein einfacher Küchenstuhl. Nichts Überflüssiges gab es hier, nicht einmal Bilder hingen an den kahlen Wänden. Der Tisch war völlig leer. Ein Nachtkästchen gab es nicht.

Er hatte Durst.

Langsam versuchte er, die letzten Stunden zu rekonstruieren. Sofort überfiel ihn wieder eine Müdigkeit, die sich erst im Gehirn und dann in den Muskeln ausbreitete.

Sein Magen knurrte. Aber er hatte keinen Hunger. An Essen wollte er schon gar nicht denken. Er erinnerte sich an Übelkeit und Erbrechen. Aber wann war das gewesen?

Das hier mußte ein Krankenhaus sein. Es gab einen roten Knopf »Notruf«. Aber er hatte kein Bedürfnis nach Gesellschaft.

Es war gut, daß er allein war. So blieb ihm Zeit zum Nachdenken.

Bevor er wieder im schläfrigen Vergessen versank, mußte er sich die letzten Stunden und Tage ins Gedächtnis rufen. Er versuchte es chronologisch, der Reihe nach. Zuerst die Party, die Unterhaltung mit Eva, das Auftauchen von Joe. Da begann sich wieder der Nebel auszubreiten. Eva und Joe am Ufer. Dunkel, Schluß. Mit Onkel Bruno kam wieder Licht in seine Erinnerung. Er war gekommen, hatte ihn mitgenommen, seine Eltern angerufen. Dann war er im See geschwommen, als Olaf ihn vom Ufer aus rief und wild mit den Armen fuchtelte. Es klang wie ein Hilferuf. Dann saß er naß und frierend in Olafs Auto, trank den heißen Tee aus der Thermoskanne, und schon setzte es wieder aus.

»Du mußt mir helfen, du bist der einzige, der das kann.«

Das war in einem dunklen Zimmer gewesen, und Olaf hielt ihm das Handy an den Mund. »Komm, jetzt sag's schon. Nur den einen Satz: Sie wollen Geld!«

Hatte er das gesagt?

Wo war das gewesen?

Es blieb alles schwarz.

Er sollte Olaf helfen, aber wobei? Mit Geld? Geld hatten die Dirks' doch eher als er. »Ein Segeltörn, Nordsee.« Was war das gewesen? Olaf auf einem Segeltörn? Was hatte das mit ihm zu tun?

Und Joe! Der Name war gefallen. »Ich kann Joe nicht erreichen.« Aber inwiefern sollte er ihm da helfen? Er kannte ja nicht einmal Joes Familiennamen. »Eva!« Ja, Olaf hatte von Eva gesprochen. »Du hast doch neben ihr gesessen!"

Es ging also bei Olaf auch um den fraglichen Abend. Eva und Joe. Eva war tot, und Joe war nicht zu erreichen.

Wieder versanken die Personen und wurden zu Menschenschatten. In dem Schwarzweißfilm gingen Schubladen auf und zu, aber er konnte nicht erkennen, wer sie zog und was sie enthielten.

Er blickte in leeres Dunkel.

Eva. Er versuchte, sich ihr Bild ins Gedächtnis zu rufen, das letzte Bild von ihr. Sie und Joe.

Und wieder Nacht.

Er fand den Schlüssel nicht, mit dem er die Dunkelkammer hätte aufsperren können.

Olaf hatte ihn angefleht, mit ihm zu fahren. Auf welche Weise war er hier in diesem Krankenzimmer gelandet?

Onkel Bruno!

Wieso tauchte der plötzlich auf? War er denn wieder mit ihm gefahren?

Brauchten die Leute nur kommen und zu ihm sagen: Fahr dahin, mach das, ich brauche dies und jenes von dir – und schon funktionierte er?

Wieder hatte er anscheinend getan, was andere von ihm wollten.

Und am Ende hatten sie ihn hier abgeliefert.

Es klopfte an der Tür.

»Herein«, sagte er und wunderte sich über den festen Klang seiner Stimme.

Ein Mann im weißen Kittel trat ein, ein großer, breitschultriger, dunkelhaariger Marokkaner oder Tunesier.

»Sie sind schon aufgewacht.« Stefan hatte diese sanfte Stimme nicht erwartet. Kein Akzent, süddeutsche Einfärbung.

»Darf ich mich zu Ihnen setzen?«

»Bitte. Sind Sie Arzt?«

»Ja, ich bin Doktor Sadre.« Er rückte den Stuhl ans Bett.

»Wo bin ich hier?«

»In der Uniklinik.«

»Und was fehlt mir?«

»Von Fehlen kann man eigentlich nicht sprechen. Eher hatten Sie zu viel K.o.-Tropfen im Blut. Man hat Sie im Sanka hergebracht, ich glaube gern, daß Sie keine Erinnerung mehr daran haben. Sie waren ganz schön hinüber. Wie fühlen Sie sich jetzt?«

»Leicht vernebelt, aber mir tut nichts weh.«

»Der Nebel sollte sich so allmählich etwas lichten. Wie weit reicht denn Ihre Erinnerung?«

»Das genau ist mein Problem.«

»Haben Sie Drogen eingenommen?«

»Ich weiß von keinen Drogen.«

»Wissen Sie noch, was Sie zuletzt getrunken haben?«

Stefan schwieg.

»Alkohol?«

»Nein, nicht, soweit ich weiß. Ich glaube, es war heißer Tee aus einer Thermoskanne.«

»Und von wem haben Sie den Tee bekommen?«

»Von einem Freund, es war im Auto, mir war kalt, und ich hatte nichts an außer einer Unterhose.«

»So sind Sie auch hier angekommen: in der Unterhose und mit einer Decke um die Schultern. – War das ein guter Freund?«

»Nein, eher nicht.«

»Sie müssen mir nicht antworten. Aber es wäre schon ratsam, ein bißchen Klarheit in die Geschichte zu bringen – in Ihrem eigenen Interesse.«

»Das versuche ich ja schon die ganze Zeit.«

»Sie erinnern sich an nichts?«

»Nur an einzelne Bilder, die unvermittelt auftauchen. Wenn ich den Zusammenhang erkennen möchte, dann verschwinden sie wieder.«

»Wollen Sie sich denn daran erinnern?«

»Ja, unbedingt.«

»Wir könnten vielleicht in einer Art Hypnose herausbekommen, was mit Ihnen passiert ist – natürlich nur, wenn Sie einverstanden sind.«

»Nachdem ich stundenlang vergeblich versucht habe, mich selbst zu hypnotisieren ...«

»Die Frage ist, ob Sie sich einem Psychologen anvertrauen wollen.«

»Psychologie?«

Stefan schluckte. War er hier in der Psychiatrie? »Bin ich hier in einer geschlossenen Abteilung?«

»Na, ganz so schlimm ist es nicht. Wir haben ja erst einmal eine Entgiftung in die Wege geleitet. Und nachdem wir keine Einstiche festgestellt haben, sieht es gut aus für Sie. Wenn Sie mir jetzt noch beschreiben, wie sich Ihre Hände anfühlen und Ihr Kopf. Am besten, Sie erzählen mir, so genau es geht, wo Sie Schmerzen haben oder sich anders fühlen als normalerweise.«

»Ungewohnt schlapp, würde ich sagen. Ohne Energie. Leichtes Kopfweh, kein Appetit. Aber Durst. Und Gliederschmerzen wie nach einem 1000-Meter-Lauf. Muskelkater in den Beinen. Und, was die Erinnerung betrifft, immer noch leicht benebelt. Im Großen und Ganzen wie nach einer überstandenen Krankheit. Man wacht auf und weiß, das Schlimmste ist überstanden, und man will nur noch ausschlafen.«

»Klingt gut«, lächelte der Arzt. »Sollen wir es dabei bewenden lassen? Wenn Sie Anzeige erstatten wollen gegen diesen Freund, dann allerdings wäre es gut, wenn Sie sich erinnern könnten. Sonst werden Sie damit keinen Erfolg haben.«

»Auch ohne Anzeige will ich Bescheid wissen, soweit es möglich ist.«

»Gut, ich werde mit unserer Psychologin sprechen. Vielleicht hat sie Zeit, noch heute bei Ihnen vorbeizuschauen. Wir haben Ihre Eltern verständigt, damit sie sich keine Sorgen machen.«

»Danke.«

Nach einer Blutdruckmessung und einer neuerlichen Blutabnahme setzte sich der Arzt an den Tisch und trug seine Visite in eine Liste ein.

»Herr Doktor?«

»Ja?«

»Kommt es oft vor, daß Patienten eingeliefert werden, die voll mit Drogen sind, ohne daß sie selbst dafür verantwortlich gewesen wären?«

»Das ist eher selten.«

Stefan sank wieder zurück in seine Kissen. Er fühlte sich so müde und zerschlagen, daß ihm die Augen zufielen, obwohl der Arzt noch in seinem Zimmer stand.

Als Bruno nach kurzer Nacht hinunter in die Küche ging, um die Kaffeemaschine anzuwerfen, hörte er Geschirrklappern. Er sah auf die Uhr. Es war gerade halb acht, eine Zeit, zu der Martina sicher noch nicht auf war. Er öffnete die Tür und sah Inge die Geschirrspülmaschine ausräumen.

Sie lächelten sich an.

Milva wedelte lebhaft um beide herum.

»Ich war schon Gassi mit ihr, und auf dem Rückweg habe ich gleich Semmeln mitgenommen. Stell dir vor, Bruno, ich habe so tief geschlafen wie sonst selten, und das, obwohl ich gestern so völlig am Boden war.«

»Irene hätte gesagt, das Haus mag dich. Und ich, ich mag dich auch, das sollst du wissen.«

»Ja«, meinte Inge leise und drehte sich zum Besteckkorb um. »Das weiß ich besonders seit gestern. Ich kann mich nicht erinnern, jemals in meinem Leben so unglücklich gewesen zu sein.«

»Und jetzt?«

»Jetzt geht's mir viel besser. Zuversichtlicher. Und ohne Angst. Vielleicht verstehst du das als Mann nicht so, diese Existenzangst, wenn man in allen Bereichen vom Mann abhängig ist, Krankenkasse, Versicherungen, Rente. Ich habe ja immer nur so pro forma im Betrieb mitgearbeitet, quasi auf Putzfrauenbasis.«

»Die Gesetze sind heute nicht mehr so wie früher. Wenn ihr euch trennt, muß Ludwig bezahlen. Du brauchst dir keine Sorgen zu machen. Und, wenn ich recht informiert bin, gehört das Haus euch beiden. Finanziell wird das alles zu regeln sein, denke ich.«

»Vielleicht kommt es dir komisch vor, daß ich von den Finanzen rede, wenn es so viele andere ungelöste Probleme gibt.«

»Verstehe ich vollkommen, nach Ludwigs Eskapaden.«

Bruno öffnete die Tür zur Terrasse. Wieder einer dieser makellosen Sommertage mit hellblauem, wolkenlosem Himmel.

»Hättest du Lust, vor dem Frühstück noch schwimmen zu gehen?«

»Ich werde erst mal meinen Badeanzug holen und für Milva ihr Hundefutter. In zwanzig Minuten bin ich wieder da. Geh ruhig schon voraus.«

Inge und ihr Hund liefen zum Auto, das noch schräg in der Einfahrt stand. Bruno staunte, wie flink und energisch Inge dahinging. Er hörte den Motor starten und zog seinen Bademantel an.

Als er an seinem Arbeitszimmer vorbeikam, hielt er einen Moment inne. Sollte er nicht wenigstens noch einmal durchlesen, was er bisher geschrieben hatte? Er nahm aber statt dessen ein neues Blatt und notierte, eingedenk des gestrigen Tages. »Unglück bringt Glück« und steckte es in den Ordner für unsystematische Einfälle. Gab es eigentlich so ein Sprichwort? Er wußte nicht, wie er darauf kam. Es war im Grunde widersinnig. Und doch: Erweiterte nicht das erlebte Unglück das Bewußtsein für Glück? Worin bestand sein Glück in diesem Unglück, in das er seit vorgestern verwickelt war?

Er setzte sich auf den Stuhlrand, erschrocken über diesen Gedanken. Nein, er wollte keinen Vorteil aus dem Unglück seiner Freunde ziehen. Wieso nur war ihm dieser Gedanke gekommen?

Und weil er nicht weiterdenken wollte, legte er die Mappe weg. Er würde erst wieder über das Glück schreiben können, wenn das Unglück seiner Freunde abgewendet war.

Wieder einmal schloß er die Tür zum Arbeitszimmer. Aber diesmal kamen keine Schuldgefühle auf, im Gegenteil. Er war zuversichtlich, daß er bald weiterschreiben würde.

Der See lag glatt und silbrig glänzend vor ihm. Kein Windhauch war zu spüren. Er glitt ins Wasser wie in sein eigentliches Element, und augenblicklich fühlte er sich leicht.

Als er hinter den Bojen umdrehte, stieg Inge vom Steg ins Wasser. Sie schwamm auf ihn zu, und auch ihr Gesichtsausdruck war gelöst und zeigte keine Spuren der gestrigen Katastrophe. Es war, als hätte das Wasser das Unheil abgewaschen.

Gemeinsam schwammen sie zurück. Milva lag auf den warmen Planken und wedelte ihnen Willkommen.

Sie deckten fürs Frühstück auf der Terrasse, als hätten sie das schon immer miteinander gemacht. Wahrend Inge das Geschirr aus dem Schrank holte, erhitzte er die Milch.

Im oberen Stockwerk hörte man Getrampel, und nach und nach kamen die vier Jungen die Treppe heruntergepoltert, zum Schluß eine ausgeschlafene und fröhliche Martina. Sie ging auf Bruno und Inge zu und umarmte sie gleichzeitig. Mehr als viele Worte drückte Martina so aus, was sie alle fühlten: Sie gehörten zusammen, sie würden den heutigen Tag mit allem, was er im Gefolge der wirren Ereignisse bringen mochte, gemeinsam durchstehen.

»Meinst du, wir können heute in der Klinik anrufen und uns nach Stefan erkundigen?«

»Gleich nach dem Frühstück telephoniere ich«, versprach Bruno.

»Soll ich mal Thomas anrufen? Er ist zwar gerade in Berlin, aber vielleicht kann er uns beraten.« Martina sah ihren Vater fragend an.

»Gute Idee«, meinte Bruno. »Wie lange dauert denn seine Tagung noch?«

»Bis übers Wochenende.«

»Hm.« Bruno wollte etwas sagen, hielt aber inne.

Martina lachte. »Ich kann Gedanken lesen! Ja, ich möchte gerne noch ein paar Tage bleiben, muß aber meine Freundin anrufen, ob sie einverstanden ist, daß ihre beiden noch so lange mit hierbleiben. Mach ich gleich!«

Sie stand auf und lief zum Telephon.

»Petra ist einverstanden. Sie holt ihre Jungen heute abend ab. Wir drei bleiben aber gerne noch länger.«

Die vier Kinder rasten nach oben, kaum hatten sie Brote und Kakao verschlungen.

Und wenig später zogen alle zum Steg und tobten im Wasser herum.

Inge und Bruno lasen Zeitung, sahen zwischendurch zum See und tranken Kaffee.

»Ich habe das Gefühl, als säße ich immer schon hier.«

»Schön, daß du es sagst. Ich fühle auch so.«

»Bruno, ich bin dir so dankbar.«

»Jetzt hör aber auf.«

»Mir geht's so gut, daß ich es gar nicht verstehe. Gestern noch ..., aber ich glaube, daß ich jetzt klar sehe, weswegen Ludwig ständig mißgelaunt war, ständig blöde Witze gemacht hat und mit nichts zufrieden war, weder mit den Kindern noch mit mir.«

»Sicher hat ihm sein schlechtes Gewissen zu schaffen gemacht. Wir kennen ihn ja beide als zuverlässigen Menschen.«

»Weißt du, was seltsam ist? Ich empfinde keine Wut mehr – so wie gestern. Ich denke sogar, es ist gut, daß ich endlich Bescheid weiß. Und was das Praktische betrifft: Wir können das Haus verkaufen und uns das Geld teilen. Ich hätte nie gedacht, daß ich so einen Satz einmal aussprechen würde. Das Haus verkaufen, in das wir so viel Arbeit gesteckt haben. Aber es ist eben ein Teil meines Lebens mit Ludwig, und das ist jetzt wohl zu Ende. Mit den Jungen wird es sicher noch schwierig werden, es ist ja das Haus ihrer Kindheit. Aber sie sind inzwischen erwachsen, und sie werden nicht nur mit dieser Entscheidung leben müssen.«

Bruno nickte.

Was sollte er auch dazu sagen?

Man erschuf sich selbst ein Glück, so wie man seine eigene Sicht des Lebens schuf.

Oder waren das nur altmodische Gespenster einer längst ad acta gelegten Ansicht? Immer weniger neigten die Hirnforscher dazu, dem Willen und der eigenen Verantwortung Bedeutung beizumessen. Wer aber war der Mensch, wenn Chemie und Gene allein den Ausschlag gaben für Glück und Erfolg? Bruno mußte den Kopf geschüttelt haben, denn Inge fragte besorgt: »Habe ich was Falsches gesagt? Womit bist du nicht einverstanden?«

»Es hat nichts mit dir zu tun – ich habe nur den alten Überlegungen von Vorbestimmung und freiem Willen nachgehangen. Ich fürchte, ich bin so unmodern, daß mich niemand mehr lesen wird. Ich kann mich nicht daran gewöhnen, daß ich offenbar nur ein Batzen Schleim in einem warmen Moor bin – ein Gedanke, über den wir uns früher schon aufgeregt haben. Heute aber ist die Mehrzahl damit einverstanden, von Neuronen und dergleichen getrieben zu sein.«

»Davon verstehe ich nichts«, antwortete Inge. »Aber ich stehe zu meinen Entscheidungen. Lange Jahre habe ich so dahingelebt, bequem, ich geb's zu, und habe einfach das Leben so genommen, wie ich dachte, daß ich mir's eingerichtet hätte. Die Heirat, die Kinder, das Haus, die Firma. Mein Leben war zwar nicht besonders aufregend, aber das wollte ich auch nicht. Zufrieden sein, die Kinder gut aufs Leben vorbereiten, gute Sachen kochen, Freunde bewirten, hin und wieder mal in Urlaub fahren und was Neues sehen. Aber sogar solche bescheidenen Wünsche sind nicht selbstverständlich, das ist mir klargeworden. Ich werde in vielem wieder von vorne anfangen müssen. Damit meine ich nicht nur die Finanzen. Stefan zum Beispiel: ihn habe ich in der letzten Zeit vernachlässigt. Ich habe ihn zwar beobachtet, aber irgendwie von außen, weil ich dachte, er ist erwachsen und braucht meinen Rat nicht mehr. Vor lauter Vorsicht, mich nicht einzumischen, habe ich nur noch zugeschaut. Das werfe ich mir wirklich vor. Ich wußte im Grunde, daß er unglücklich war. Aber ich war zu feige, mal mit ihm zu reden. Und daß mir Tommys Leichtfertigkeit nicht gefällt, ist schon lange ein Konfliktpunkt zwischen Ludwig und mir. Der Kleine war immer sein Liebling, ein Sunnyboy, der anscheinend keine Probleme hat und überall so durchwutscht. Seltsamerweise hat sich Ludwig derart untypisch über seine neue Liebe ausgelassen. Ob das in erster Linie wegen Vanessa war, oder weil Tommy und er sich so ähnlich sind?«

»Ja«, sagte Bruno, »da sehe ich gewisse Parallelen.«

»Wahrscheinlich ist es, was Ludwig sich selbst wünschte, und was er an Tommy so mag: die Leichtigkeit, sich elegant über Konventionen hinwegzusetzen. Bei Ludwig sieht das nicht ganz so elegant aus. Er tut mir leid, so seltsam das jetzt klingen mag. Das zeigt mir auch, wie weit wir uns in den letzten Jahren voneinander entfernt haben. Ich muß wieder lernen, allein zu leben.«

»Das ist manchmal nicht einfach.«

»Ich weiß. Ich habe dich sehr bewundert, wie du nach Irenes Tod dein Leben wieder organisiert hast.«

»Dabei hatte ich es einfacher. Der Tod ist endgültig und eindeutig. Das ist eine Scheidung nie, und besonders dann nicht, wenn man gemeinsame Kinder hat.«

»Mir scheint es so, als käme ich selbst von außen und sagte verwundert: wo warst du nur all die Jahre? Die Antwort wäre: im Garten, in der Küche, beim Einkaufen. Aber nicht bei mir selbst.«

Bruno fragte sich, ob denn das offensichtlich so tätige Leben, das geruhsam an der Oberfläche dahinglitt, eine Lüge war, eine gnädige Verbrämung des untergründigen Unglücks.

Laut sagte er: »Ich war schon versucht zu sagen, mir geht es genauso wie dir – wenn ich nicht genau wüßte, daß so ein Satz nie stimmt. Leben kann man weder vermischen noch vergleichen.«

Inge sah ihn aufmerksam an, als würde sie in seinem Gesicht eine Antwort auf ihre Fragen suchen.

Ein Gesicht, das ihr vertraut war, aber nicht nahe. Jetzt betrachtete sie Bruno zum ersten Mal mit den Augen der alleinstehenden Frau. Er war immer noch groß, hielt sich aufrecht, war schlank geblieben, obwohl er außer Radfahren und Schwimmen keinen Sport betrieb. Seine braunen Augen sahen sie ruhig an. Und es war diese Ruhe, die sich auf sie übertrug.

Ohne daß er ein Wort gesagt hätte, fühlte sie sich getröstet und verstanden.

»Und jetzt rufe ich in der Klinik an. Gibst du mir die Nummer?«

Inge ging mit dem Telephon ins Wohnzimmer.

Bruno trank zwei große Gläser Orangensaft, während er Inges Gesicht durch die Terrassentür beobachtete.

»Es geht ihm besser. Er schläft sich gesund. Deswegen habe ich nicht mit ihm sprechen können. Aber gegen Abend könnten wir schon vorbeischauen, meinte die Schwester. Ich frage mich ...«

»Du fragst dich, ob wir ihn nicht lieber in Ruhe lassen sollen.«

»Ich kann mir vorstellen, daß er sich freut, wenn du ihn besuchst. Du wolltest ja schon lange mit ihm reden. Das wäre eine gute Gelegenheit. Ich fahre dich hin, wenn du magst. Aber zu ihm gehe ich nicht mit. Ihr zwei sollt euch mal aussprechen.«

»Du hast recht. Aber ich hab auch ein bißchen Angst davor, was mich erwartet.«

»Kann ich verstehen – aber Stefan war so besorgt, ihr könntet ihm böse sein wegen seines geschmissenen Jurastudiums, daß er schon froh sein wird, wenn er von dir keine großen Widerstände erfährt. Du wirst das schon richtig machen, da bin ich sicher.«

»Du weißt genau, wie man jemandem Mut macht. Ich spüre förmlich, wie meine Angst weniger wird. Aber ich wollte noch etwas mit dir besprechen. Es geht um die Dirks', die ja irgendwie mit dem ganzen verwickelt sind. Sollten wir nicht Kontakt mit ihnen aufnehmen? Ich möchte schon gerne wissen, ob die Eltern eine Ahnung davon haben, was sich in ihrem Haus abgespielt hat, und ob sie diesen Guru kennen, und was Olaf ihnen erzählt hat. Sie können nicht ewig die Ahnungslosen spielen.«

»Ich überlege das auch schon die ganze Zeit. Ob es klug ist, ihnen alles zu erzählen, was wir inzwischen wissen, oder, falls sie in irgendeiner Weise beteiligt sind, ob wir ihnen nicht ungewollt Munition liefern, Stefan bei der Polizei anzuschwärzen. Ich nehme an, das war Olafs Hintergedanke bei diesem Entführungsspiel.«

»Was können sie Stefan schon anhaben? Wenn wir von der Entführung wissen, werden sie sich hüten, zur Polizei zu gehen. Der alte Dirks hat schließlich einen Ruf zu verlieren. Sein Name im Zusammenhang mit einem toten Mädchen! Darauf wird er es nicht ankommen lassen.«

»Wir rufen bei ihnen an und vereinbaren ein Treffen, das wird das beste sein«, meinte Bruno abschließend und griff zum Telephon. Inge hatte sich abgewandt und schaute zum Steg, wo die Kinder herumtobten. Es war noch gar nicht lange her, daß sie mit ihren kleinen Kindern am Nachmittag dort gesessen und mit Irene Kaffee getrunken hatte. Als wäre es gestern gewesen, sah Inge ihre Freundin vor sich, in ihrem Rieser Kittel, vor der Töpferscheibe, mit Glasuren hantierend, über die unverschämten Standgebühren bei den Handwerkermärkten klagend. Irene war ihr bei den Kinderproblemen immer voraus gewesen, hatte die Leiden an der Pubertät ein paar Jahre vor ihr durchgemacht und war gelassener, wenn Inges Kinder mit ähnlichen Problemen nervten.

»Ja, kenne ich«, grinste sie dann, nahm Inge mit in die Küche, wo sie Kochrezepte ausprobierten und die Kinder mit exotischen Gerichten überraschten, daß sie für einige Zeit Ruhe gaben. Was hätte Irene ihr wohl jetzt geraten? Sie spürte die Gegenwart der Freundin körperlich, drehte sich um, aber da stand Bruno, den Hörer noch in der Hand. »Ich habe sie erreicht. Sie kommen her. Ich dachte, du hättest keine Lust, in ihren herrschaftlichen Gemächern zu wandeln. Sie fahren jetzt gleich weg. Er war ungewöhnlich freundlich. Haben wir noch Saft im Kühlschrank?«

Sie deckten den Frühstückstisch ab, füllten die Spülmaschine, und die gemeinsame Arbeit ging ihnen so leicht von der Hand, als hätten sie ein Leben lang miteinander im Haushalt gewerkelt.

»Es wundert mich, daß sie sofort losfahren, um hierherzukommen. Das bedeutet doch wohl, daß sie etwas wissen, oder daß sie Angst haben. Wie wollen wir denn vorgehen?« fragte Inge.

»Wenn sie nicht von sich aus anfangen, dann werde ich sie fragen, ob sie von der Party wissen, von dem Guru und von den Drogenmixgetränken. Auf die tote Eva kommen wir dann von alleine.«

»Und Stefans Entführung?«

»Ich denke, die erwähnen wir vorerst nicht. Das war ja auch zu blöde ausgedacht. – Hast du vorhin Tommy zu Hause angetroffen? Das wollte ich dich schon die ganze Zeit fragen.«

»Sein Auto stand vor der Tür, aber die beiden waren offenbar noch nicht wach. Im Bad standen die Sachen seiner neuen Freundin. Früher war ich immer dagegen, daß die Jungen mit ihren Mädchen daheim übernachteten. Heute war mir das völlig egal, es hat mich gar nicht mehr gestört. Auf einmal war alles so weit weg – auch das, was mich früher so aufgeregt hat. Wenn ihm Vanessa auf ewig böse ist, kann ich auch nichts machen. Zum ersten Mal habe ich das Gefühl, als ginge mich Tommys Leben nichts mehr an.«

»Eltern müssen halt auch lernen, erwachsen zu werden«, meinte Bruno lächelnd. »Mit Martina fällt mir das heute noch schwer, ich gebe es zu. Es hat immer etwas Gewaltsames, mich nicht einzumischen.«

Sie setzten sich auf die Terrasse und warteten. Jeder hing seinen Gedanken nach. Auf dem Seeweg hielt ein dunkelblauer Mercedes.

Bruno ging nach unten und öffnete die Tür. Wieder staunte er, als er die beiden sah. Sie waren so elegant gekleidet, als sollte eine Gartenparty stattfinden. Madame trug ein dunkelgrünes Seidenkleid, wadenlang und hochgeschlitzt, mit kurzen Ärmeln und einem U-förmigen Ausschnitt. Ihr Make-up, der Jahreszeit entsprechend sonnenbraun, wirkte golden. Später entdeckte Bruno, daß tatsächlich goldene Puderpartikel auf ihren Wangen glitzerten. Der Herr Professor, naturgebräunt und schlank, trug ein weißes Polo-Shirt zu schwarzen Leinenhosen. Lächeln und Kleidung hätten für ein Photoshooting besser gepaßt als für ein Gespräch unter Bekannten am Spätvormittag. Als er die beiden photogenen Gestalten in ihrer Perfektion an seinem Gartentor stehen sah, mußte er unwillkürlich lächeln. So ein Theater, dachte er bei sich und freute sich über seine ausgebeulten Cordhosen und das verwaschene T-Shirt. Was hatte Inge eigentlich an? Er versuchte sich zu erinnern, aber er kam nicht darauf.

Unter Komplimenten für seine Rosen stiegen die Dirks' zur Terrasse hinauf. Inge kam ihnen entgegen. Jetzt sah Bruno, daß sie ganz ähnlich gekleidet war wie er, in Jeans und einer hellblauen Bluse. Ihr ungeschminktes Gesicht war ernst. Neben dem professionellen Anheben der Mundwinkel von Frau Dirks und der gewandten Verbeugung ihres Mannes wirkte Inge wie aus einem anderen Jahrhundert.

»Sie kennen ja Frau Hellmer. Es geht auch um ihren Sohn Stefan. Bitte nehmen Sie Platz.«

Frau Dirks wollte keinen Saft, auch kein Mineralwasser. »Nur Leitungswasser, bitte. Wir haben ja hier das beste Wasser weit und breit.«

Bruno ließ das Wasser aus der Leitung erst kalt laufen, dann füllte er ein großes Glas. Herr Dirks nahm eine Apfelsaftschorle.

Sie tranken, und dann war es plötzlich sehr still.

»Ich nehme an«, sagte Bruno in das Schweigen, »Sie wissen, worüber wir uns unterhalten müssen.«

»Ja?« lächelte Frau Dirks in Brunos Richtung.

»Hm«, brummelte Professor Dirks.

»Sie wollen also von mir hören, worum es geht. Ich will mal bei Ihrem Urlaub auf Sylt anfangen. War Ihr Sohn Olaf mit Ihnen da oben?«

»Ja«, sagte Dirks, »die ganze Zeit.«

»Naja«, schränkte sie ein, »fast die ganze Zeit.«

»Wie soll ich das verstehen?« Dirks sah seine Frau an.

»So wie ich es gesagt habe«, gab sie spitz zurück, »genau so.«

»Wo soll er denn sonst gewesen sein?«

»Erinnere dich an deinen Kongreß in Berlin, zu dem du ja unbedingt fahren mußtest. Du warst drei Tage weg.«

»Sei nicht nachtragend, das hat sich eben erst nach der Urlaubsplanung ergeben. Ist das immer noch ein Thema?« Herr Dirks klang ungehalten.

»Daß du Urlaube prinzipiell für Kongreßbesuche unterbrichst, weiß ich inzwischen. Ich wollte dich nur daran erinnern, daß auch du nicht die ganze Zeit auf Sylt warst.«

»Und was hat das mit Olaf zu tun?«

»Er hat die drei Tage genutzt, um mit seinen Freunden zu feiern. Es war gerade sein Geburtstag – aber Familiendaten hast du dir ja noch nie gemerkt.«

»Ich glaube nicht, daß das hier der Ort ist, wo wir so etwas erörtern sollten. Ich bitte dich!«

Dirks war rot angelaufen, und auf einmal sah er aus wie jemand, der mit Bluthochdruck, Cholesterin und Herzinfarktrisiko zu tun hatte. Seine Stirn war schweißnaß.

Er zog ein gefaltetes Baumwolltaschentuch aus der Hosentasche und tupfte sich ab.

»Kein Grund, dich so aufzuregen. Man darf ja wohl noch Tatsachen aussprechen.« Frau Dirks schwieg beleidigt.

»Aber nun zur Sache, wenn ich bitten darf!« Herr Dirks hob die Stimme.

»Du wirst schon merken, daß es absolut zur Sache ist!«

Bruno sah aufmerksam zu den beiden hin. Wie dringend sie die perfekte Schale brauchten, wurde ihm klar. Das waren zwei, die keine Konflikte austrugen, oder es zumindest nicht gewöhnt waren, Meinungen abzugleichen.

Frau Dirks nippte an ihrem Wasser.

»Ja«, meinte Bruno, »ich habe den Eindruck, es geht genau um diese drei Tage, die Ihr Sohn hier in Herrsching mit seinen Freunden gefeiert hat. Wissen Sie denn, was das für Freunde waren?«

Frau Dirks wollte antworten, aber er schnitt ihr das Wort ab.

»Sehen wir so aus, als kontrollierten wir unseren erwachsenen Sohn?«

»Bitte, Rudolf, sei kooperativ. Wir wollen doch alle hier, daß Mißverständnisse gar nicht erst entstehen.«

Frau Dirks lächelte in Brunos Richtung. Auch ihre Haltung zeigte, daß sie mit Inge nichts zu tun haben wollte, sie drehte ihr halb den Rücken zu.

»Das Hauptproblem«, fing Bruno wieder an, »ist das Mädchen, das zuerst in Ihrem Haus auf Olafs Party war und später tot am Ufer, nicht weit weg von Ihrem Grundstück, aufgefunden wurde.«

»Sie wollen doch nicht behaupten, daß unser Sohn etwas mit dem Tod dieses Mädchens zu tun hatte, das ist ja die Höhe!«

Herr Dirks hatte sich kaum noch unter Kontrolle. Er schüttete sein Glas Apfelsaftschorle auf einen Zug hinunter.

»Ich habe nichts dergleichen behauptet«, sagte Bruno ruhig. »Meine Frage bezog sich auf Olafs Freunde.«

»Einer davon ist jedenfalls Stefan, Ihr Sohn.«

Herr Dirks wandte sich das erste Mal an Inge.

»Was auch immer passiert ist, er war dabei.«

»Sie gehen also davon aus, daß auf der Party etwas passiert ist. Was genau wissen Sie?« Inges Stimme klang sachlich kühl. Bruno kannte sie nicht von dieser Seite.

»Ich weiß gar nichts«, verteidigte sich Herr Dirks. »Sonst würde ich nicht hier mit Ihnen nutzlose Diskussionen führen.«

»Ob nutzlos oder nicht, das wird sich erweisen«, sagte Bruno. »Vorderhand wäre schon viel gewonnen, wenn wir zusammenarbeiten würden, statt Gegensätze aufzubauen. Schließlich sind beide Söhne beteiligt, Ihrer genauso wie Stefan.«

»Übrigens, das tote Mädchen. Tot, mehr stand nicht in der Zeitung. Es ist ja noch nicht mal die Rede davon gewesen, daß sie ermordet wurde. Todesursache vorerst noch unbekannt. Oder stand etwas anderes in der Zeitung?« fragte Frau Dirks.

»Nein«, sagten Bruno und Inge wie aus einem Munde.

»Was hat Olaf Ihnen von der Party erzählt? Und wer hat hinterher saubergemacht? Putzfrauen haben für gewöhnlich scharfe Augen. Hat sie Ihnen etwas berichtet?« fragte Bruno.

»Die Frau kenne ich nicht. Olaf hat sie von einer Firma angeheuert, übrigens die Serviererin auch. Das Büfett kam von Käfer, ich habe die Rechnung gesehen. Da werden wir nicht viel erfahren«, meinte Frau Dirks.

Ihr Mann kaute auf seinen Wangen herum.

»Das ganze ist in höchstem Maße unerfreulich und kränkend für mich. Hinter meinem Rücken mein Haus für Parties zu mißbrauchen! Und ich kann erstens alles bezahlen und zweitens dann auch noch ausbaden, was die Familie so anstellt.«

»Hinter deinem Rücken, daß ich nicht lache! So ziemlich das ganze Familienleben hat sich bisher hinter deinem Rücken abgespielt, und bisher fandest du das immer in Ordnung. Wir taugen für das silbergerahmte Photo auf deinem Schreibtisch, nicht mehr. Was weißt du denn schon von deinen Söhnen? In deiner Gegenwart sagen sie zu allem ja und amen, und ich kann's dann wieder geraderücken, was diese Ja-Sagerei mit ihnen anstellt. Du hast ja keine Ahnung. Ich wundere mich überhaupt, wie lange das so einigermaßen hingehauen hat. Aber daß Olaf jemals Arzt wird, das steht doch stark zu bezweifeln. Keinen einzigen Schein hat er in den zwei Jahren Studium geschafft. Außerdem hat er gar keine Lust, Leichen zu fleddern oder Lebendige aufzuschlitzen.«

»Ach, so siehst du den Arztberuf? Ist ja wirklich aufschlußreich.«

»Das ist hauptsächlich Olafs Sicht. Ich bin, wie du ja weißt, weder befugt noch kompetent genug, auch nur einen Hauch von Urteil zu fällen.«

»Wenn ich noch einmal an unser gemeinsames Problem erinnern darf«, wandte Bruno ein, »es wäre von Nutzen, die Namen einiger Partygäste zu kennen, um sie zu befragen, was sie gesehen haben.«

»Da muß ich passen«, murmelte Herr Dirks, »ich habe keinen blassen Schimmer, in welchen Kreisen sich dein Sohn herumtreibt.«

»Aha, man höre: mein Sohn! Er ist immer noch unser gemeinsamer Sohn, auch wenn du bisher weit von seinem Leben entfernt warst. Und wegen seiner neuen Freunde hatte ich schon jede Menge Auseinandersetzungen mit ihm. Das sind allesamt seltsame Figuren, die Hälfte davon aus dieser Studentenverbindung, in der du auch schon warst. Da wird nur gesoffen und mit Schwertern herumgefuchtelt.«

»Schwerter! Daß ich nicht lache! Florettfechten nennt man das, und es ist sogar eine olympische Disziplin, meine Liebe! Mit Sicherheit ist das Trinken nicht mehr so exzessiv wie zu meiner Zeit. Die jungen Herren Füchse sind halt gesundheitsbewußter als wir das waren – und sie halten auch nicht mehr so viel aus, das nebenbei. Eine verweichlichte Generation, die aus Feigheit auf der Gesundheitswelle schwimmt.«

»Deine medizinische Sicht der Dinge teile ich nicht«, gab Frau Dirks spitz zurück. »Eine für einen Arzt recht fragwürdige Sicht, übrigens. Das solltest du mal in einem deiner Vorträge so ausbreiten. Also, seine sogenannten Freunde und Saufkumpane findest du genau in dieser Studentenverbindung, von deren Mitgliedschaft angeblich so viel abhängt. Der andere Teil macht mir fast noch mehr Sorgen. Diese Typen kennt er seit seinem letzten Jahr am Gymnasium, und was die genau treiben, weiß ich immer noch nicht. Da ist auch ein älterer dabei, der die ganze Truppe irgendwie zusammenhält. Dichterclub oder so ähnlich. Aber Olaf hat mit Sicherheit noch nie ein Gedicht geschrieben oder in einem Lyrikband geblättert. Was das Ganze so suspekt macht, ist, daß sie einen Schwur abgelegt haben, niemandem etwas zu erzählen, was sie in den Gruppenstunden so tun. Das Mädchen war auch dabei, das weiß ich, weil Olaf so schlecht über sie geredet hat, als sie einmal mit den anderen segeln war. Ich habe sie vom Fenster aus beobachtet, sie sah nicht besonders attraktiv aus, hatte abgewetzte, billige Sachen an. Aber ihre Haare waren auffällig schön, ein goldenes Rot, und Locken. Trotzdem hatte sie keinen Erfolg bei den Jungen. Vielleicht ist sie ja deswegen diesem Club beigetreten, damit sie Kontakt mit Jungen hat. Ich weiß auch nicht ...«

»Wahrscheinlich ist dieser Club der Schlüssel zu dem ganzen«, meinte Inge. »Es muß doch möglich sein, den wirklichen Namen herauszufinden, oder den Namen des Leiters. Wer war denn noch alles in diesem Dichterclub?«

»Das weiß ich auch nicht«, antwortete Frau Dirks, die sich jetzt Inge zugewandt hatte. »Da ist nichts zu machen, Olaf schweigt und verweist auf seinen Eid.«

»Lieber wird er zum Kidnapper«, sagte Bruno.

»Was soll denn das? Das ist ja lächerlich.« Herr Dirks machte eine wegwerfende Handbewegung.

»Wir fanden das auch. Und noch dazu höchst dilettantisch.« Bruno sah zu ihm hin.

»Wovon sprechen Sie?« fragte Herr Dirks.

»Olaf hat eine Entführung von Stefan inszeniert, allerdings so dumm, daß ich gleich wußte, wer der sogenannte Entführer war. Stefan ist zuerst freiwillig in Ihr Auto eingestiegen, dann aber hat Olaf ihm etwas zu trinken gegeben, und er ist eingeschlafen, erst im Auto, dann in Ihrem Bootshaus. Dort habe ich ihn herausgeholt. Jetzt ist er in einer Klinik, wo sie ein Betäubungsmittel im Blut gefunden haben. Ihr Sohn sitzt ziemlich tief in der Tinte.«

»Das ist ja absurd«, regte sich Herr Dirks auf. »Wieso sollte Olaf seinen Freund entführen?«

»Das haben wir uns auch gefragt«, antwortete Inge, »bei uns ist ja wirklich nicht viel Geld zu holen. Deswegen sind wir zu einem anderen Schluß gekommen.«

»Das wird ja immer abstruser. Unser Olaf soll Geld erpreßt haben? Absolut lächerlich, das nimmt Ihnen keiner ab.«

»Ich denke«, unterbrach ihn Bruno, »Ihr Sohn hat allerhand Intelligenz dabei bewiesen. Er rechnete damit, daß wir die Polizei verständigen würden. Und damit wäre Stefan schon mal ein potentieller Tatverdächtiger. Olaf wußte, daß Stefan heimlich einen Zeichenkurs machte, daß sein Lehrer und seine Malgruppe von seinem Besuch bei der bewußten Party wußten. Jedenfalls haben wir uns in seine Lage versetzt und versucht, seinen Gedanken zu folgen. Und schließlich führte das ja auch zum Erfolg. Wir haben Stefan gefunden und die Handynummer von Olaf eruiert. Da gibt es keine Verwechslung.«

»Vor Gericht gelten solche Beweise nicht.« Herr Dirks lächelte überlegen. »Nichts ist beweisfähig von dem, was Sie da herumphantasieren.«

»Die Party und ihre merkwürdigen Teilnehmer – ist das auch Phantasie?«

»Ob das mit der Entführung stimmt, können wir leicht herausfinden«, meinte Frau Dirks. »Es wäre ihm jedenfalls zuzutrauen, verzweifelt wie er wohl war. Er muß sich furchtbar fühlen.«

»Ja, bedaure ihn auch noch, diesen Nichtsnutz. Er soll mich kennenlernen. Ich werde ihm den Dauerauftrag sperren, da wird er Vernunft annehmen.«

»Das ist alles, was du kannst.« Frau Dirks zog verächtlich ihre Mundwinkel nach unten. »Mit Geld soll mal wieder alles geregelt werden, mit Geld! Es ist unfaßbar. Olaf braucht jetzt unser Verständnis, aber keine finanziellen Strafmaßnahmen.«

»Was wir vor allem brauchen«, erwiderte Bruno, »ist Olafs Information über diesen Club und seinen Anführer. Ich denke, bei Tod oder gar Mord verliert so ein kindischer Schwur seine Berechtigung.«

Alle vier schwiegen. Und hatte sich vor kurzer Zeit noch ein Unterschied in der Haltung gezeigt, so war er jetzt auch verwischt. Jeder saß mit vorgeneigtem Oberkörper da. Frau Dirks umklammerte ihr Wasserglas und starrte auf das Tischtuch.

»Wissen Sie, wo wir Olaf finden können? Es wäre am besten, wir würden offen mit ihm reden. Vielleicht können wir so weitere Kurzschlußreaktionen bei ihm verhindern. Wir müssen uns aber vorher darauf einigen, ihm nicht gleich mit Vorwürfen zu kommen. Ich habe hier seine Handynummer. Am besten, ich rufe ihn gleich an.«

Bruno ging zum Telephon.

Herr und Frau Dirks wechselten einen kurzen Blick, den Inge auffing.

»Ist er vielleicht gar nicht erreichbar auf dem Handy?«

»Wir haben heute schon mehrfach versucht, mit ihm zu telephonieren. Er ist heute nacht nicht heimgekommen. Ich bin wirklich beunruhigt.« Frau Dirks seufzte.

»Es reißen Sitten ein, die ich nie und nimmer billige«, rief Herr Dirks. »Einfach so zu verschwinden, ohne Nachricht – ja, wo sind wir denn?« Er lehnte sich zurück. »Wir müssen endlich ein Machtwort sprechen.«

»Immerhin könnte es ja sein, daß er keine Gelegenheit hatte, Sie zu informieren. Es könnte sein ...« Bruno sprach den Satz nicht zu Ende.

»Woran denken Sie?« Frau Dirks wandte sich an ihren Mann. »Unternimm endlich was, jede Minute kann kostbar sein!«

»Nur keine Panik! Der Herr Sohn ist eine Nacht nicht nach Hause gekommen. Das kann alles mögliche bedeuten, ist aber noch keine Katastrophe«, beschwichtigte ihr Mann.

»Irgend etwas ist faul an dem ganzen.« Inge stand auf. »Haben Sie denn schon in seinem Zimmer nach Telephonnummern oder Adressen gesucht? Das wäre wohl der einfachste Weg, seine Freunde aufzuspüren. Vielleicht hat er ja auch nur bei einem von ihnen Unterstützung gesucht.«

Frau Dirks sah auf, ihre Hände lagen wie weiß geschminkt auf dem blauen Tischtuch, die grellroten Fingernägel kratzten über den Stoff.

»Ich habe da so eine Vermutung«, sagte sie leise. »Dieser Dichterclub hing immerhin auf dem Schwarzen Brett der Schule aus. Und soviel ich weiß, muß man im Sekretariat seine Adresse hinterlassen, ganz gleich für welchen Anschlag. Du kennst doch den Direktor, er ist ja auch Mitglied in deinem Golfclub. Ruf ihn einfach mal an. Du mußt ja nicht gleich alles erzählen.«

Bruno brachte das Telephonbuch, und Herr Dirks nahm den Hörer.

Sie lauschten gespannt.

»Ja, hallo, grüß dich, Rudi. Ich bräuchte dringend eine Telephonnummer oder Adresse. Es geht um den Dichterclub, der vor zirka zwei Jahren gegründet wurde. Weißt Du noch, wer ihn leitet?«

Während des langen Schweigens, das folgte, krümelte Herr Dirks gedankenverloren in seinem Ohr.

»Ach Gott, ich verstehe. Danke dir. Hm, ja, Olaf. Ja, ich weiß, wo das ist. Noch mal danke. Ja, mach ich.«

»Erzähl schon!«

»Am besten, wir fahren gleich los. Rudi sagt, sie hätten ein Clubheim hinterm Industriegebiet, in einem ehemaligen Bauernhaus. Du weißt schon, dort, wo man hinter dem Möbelgeschäft auf dem Schotterweg weiterfährt. Wir haben vor Urzeiten mal eine Radtour an die Ammer gemacht. Ich kann mich noch gut an die alte Hütte erinnern, die so gar nicht mehr zu der neuen Umgebung paßte.«

Frau Dirks stand auf.

»Ja, fahren wir. Hat er sonst noch etwas gesagt?«

Herr Dirks zögerte.

»Er meinte, der Kurs werde wohl nicht mehr zustande kommen, und eine neuerliche Einladung an den jetzigen Abiturjahrgang habe er nicht mehr aushängen lassen. Seine Tochter Susanne war anfangs auch dabei, aber er meint, sie geht da schon lange nicht mehr hin. Der Leiter war ihm aber sympathisch, ein Idealist mit einer Leidenschaft für Gedichte. Das habe er damals gut gefunden, und auch Eltern hätten sich bis dato nicht beschwert. Nach Rudis Meinung wird dieser Dichterclub den Tod der meisten ähnlichen Clubs sterben, nämlich spätestens dann, wenn die jungen Leute in anderen Orten studieren.«

»Was hältst du davon«, meinte Inge zu Bruno, »wollen wir auch mitfahren?«

»Ich denke, wir sollten mein Auto nehmen, um jeden Verdacht abzulenken.«

So stiegen sie in Brunos alten Volvo und fuhren Richtung Weilheim.

Stefan wachte mit einem Schrei auf.

Er hatte mit der linken Faust auf das Bettgestell gehauen und hielt mit der rechten seine Decke umklammert. Seine Zähne knirschten.

Und da wußte er wieder, wovon er aufgewacht war. Er hatte Joe an den Schultern gepackt und ihn von Eva weggerissen. Evas Schrei gellte ihm noch in den Ohren. Er fühlte sich an die linke Wange, wo Joe ihn geschlagen hatte. Aber da war kein Schmerz. Er schloß die Augen und sah den Traum deutlich vor sich: Eva lag mit dem Rükken auf den Kieseln, er beugte sich über sie, aber sie gab kein Lebenszeichen von sich.

Stefan sah sich in seinem Krankenzimmer um. Er fühlte sich erholt und stark, als hätte der Traum auch in seinem Körper eine Veränderung bewirkt, so wie ein Windstoß, der Blüten abreißt und Ästen eine neue Richtung gibt.

Seine Erinnerung war zurückgekommen.

Auf dem Stuhl lagen seine Kleider. Er stand auf. Seine ersten Schritte gerieten ihm wie das vorsichtige Tappen eines Menschen, der auf Unebenheiten gefaßt ist. Die Beine waren noch schwach, und seine Hände zitterten, als er nach seiner Unterwäsche fischte. Zum Schuheanziehen setzte er sich hin.

Da ging die Tür auf.

Die Schwester lächelte.

»Sie fühlen sich wieder gut, wie ich sehe. Wir nehmen noch einmal Blut ab, nur ein kleiner Stich«, meinte sie fürsorglich. »Und danach bringe ich Ihnen das Frühstück.«

»Hätten Sie wohl einen Becher Milch?« fragte Stefan.

»Ich denke, das läßt sich machen.«

Stefan setzte sich an den Tisch. Die Traumbilder kämpften sich langsam den Weg ins Bewußtsein frei. Er hatte keine Schuld an Evas Tod. Diese Erkenntnis durchströmte ihn mit einem Glücksgefühl, dem er sich ganz hingab.

Das Frühstückstablett, das die Schwester vor ihn hinstellte, unterbrach seine Euphorie. Ein Berg Toast lag neben Butter und Honig, der Kaffee duftete, und ein großer Becher Milch lachte ihn an.

Stefan machte sich über das Essen her, als hätte er tagelang gehungert. Noch ehe die Schwester sein Zimmer verlassen hatte, trank er die Milch in einem Zug aus.

Der Arzt kam, als Stefan den letzten Bissen hinunterschluckte.

»Was für ein erfreulicher Anblick, wenn ein Patient bei Appetit ist«, lachte er. »Ich brauche wohl nicht zu fragen, ob's geschmeckt hat.«

Stefan stand auf und gab dem Arzt die Hand.

»Mir geht's wieder gut, in jeder Hinsicht. Meine Erinnerung ist auch zurückgekommen. Ich fühle mich imstande, die Konsequenzen zu ziehen.«

Der Arzt setzte sich zu ihm.

»Ich denke, wir können Sie heute entlassen. Möchten Sie Ihre Familie anrufen?«

»Ja, meinen Bruder. Der soll mich abholen und heimfahren. Aber ich wollte Sie noch etwas fragen. Kennen Sie eine Art Sekte oder Gemeinschaft, bei der es um freie Liebe und Freizügigkeit geht?«

»Hier weiß ich von nichts, aber in Chile gab oder gibt es immer noch eine Gemeinde, in der das üblich war. Aber wenn ich mich nicht irre, hat die Polizei dort durchgegriffen und die Verantwortlichen eingesperrt. Der Oberguru war ein Deutscher, Schäfer hieß er. In den Zeitungen stand damals, daß es für viele Jahre hinter Gitter muß. Ob es so etwas in Deutschland gibt, glaube ich kaum. Die Justiz war in den letzten Jahren recht wachsam.«

»Schäfer ...«, sinnierte Stefan vor sich hin. »Da gab es doch vor ein paar Jahrhunderten einen Lyrikverein, die Pegnitz-Schäfer. Und jetzt fällt mir auch wieder ein, was ich am Rande mitgehört habe, aber nicht verstanden habe. ›Ihr Ammersee-Schäfer‹, ja, ich erinnere mich ganz genau. Der Ausdruck fiel, und ich habe überlegt, was damit gemeint war. Das ist ja richtig pervers, diese Doppeldeutigkeit. Aber es ergibt einen Sinn, wie ich jetzt merke.«

»Besteht ein Zusammenhang zwischen Ihrem Knockout und dieser Sekte? Das wäre ein Fall für die Polizei. Sie sollten vorsichtig sein und lieber nichts auf eigene Faust unternehmen.«

»Sie haben recht. Mit diesen Typen ist nicht zu spaßen. Die gehen über Leichen, das habe ich gemerkt.«

Der Arzt sagte eine Weile nichts, dann meinte er: »Spielen Sie auf das tote Mädchen am Herrschinger Ufer an?«

»Ja, genau. Allmählich kommt mein Gedächtnis wieder.«

Stefan schlich durch den Wald seiner Erinnerungen und mußte sich ständig wehren gegen neue Eindrücke wie gegen herabfallende Nadeln und Äste.

Er kämpfte sich langsam frei.

Und mit plötzlicher Klarheit erschien das ganze Bild jener Nacht.

Der Arzt sah ihn aufmerksam an.

»Kommen Sie mit ins Stationszimmer, damit ich Ihre Papiere fertig mache. Sie können von da aus auch gleich zu Hause anrufen.«

Es meldete sich nur der Anrufbeantworter. Stefan legte auf. Seltsam, daß niemand daheim war zur Mittagessenszeit. Er versuchte es noch einmal. Vielleicht war Mutter im Keller, oder sie holte Kräuter aus dem Garten. Aber wieder ging niemand ans Telephon.

Wahrscheinlich war Tommy bei Vanessa. Die Nummer wußte er auswendig.

»Sturmbichler.«

»Vanessa, bist du's? Hier Stefan."

«Misch du dich da nicht ein, das geht dich nichts an."

»Wie? Ich wollte doch nur fragen, ob Tommy vielleicht bei dir ist.«

»Der? Der wird nie mehr bei mir sein.«

»Also, ich weiß nicht«, stammelte Stefan.

»Ich weiß auch nicht.«

Vanessa hatte aufgelegt.

Die beiden hatten anscheinend massiven Krach. Ob sie wohl hinter seine Münchner Abenteuer gekommen war? Aber was konnte er dafür?

Blieb noch Onkel Bruno.

Stefan ließ es zwanzig mal läuten, aber weder meldete sich Bruno noch war der Anrufbeantworter eingeschaltet.

Wo sie wohl alle waren?

Er entschloß sich, mit Zug und Bus heimzufahren.

Eineinhalb Stunden später hatte Stefan auch kein Glück, als er an der Hausglocke läutete. Er ging ums Haus herum, stellte fest, daß die Geranien nicht gegossen waren und auch auf sein Klopfen am Kellerfenster niemand reagierte.

Zum Glück war die seitliche Garagentür nicht abgesperrt.

Und da fand er unter dem Blumentopf neben der Tür den Hausschlüssel.

Die Küche wirkte schmutzig und unaufgeräumt, eine Pfanne mit angebrannten Zwiebeln verströmte ranzigen Geruch.

Stefan riß die Terrassentür auf.

»Milva?«

Kein Bellen, keine Milva.

Er mußte telephonieren. Aber wieder rührte sich nichts bei Bruno. Vanessa konnte er vergessen.

Olaf! Seine Handynummer hatte er.

Fehlanzeige. Er solle eine Nachricht hinterlassen. Welche? Bin fit, kann mich an alles erinnern, finde dich zum Kotzen, zeige dich an?

Nein, spontan würde er nichts mehr unternehmen.

Seinen Eltern mußte er endlich reinen Wein einschenken, ihnen von der Party, von den Drogen und von Eva erzählen. Gemeinsam würde man eine Strategie entwickeln, vielleicht sogar gemeinsam zur Polizei gehen.

Aber auf jeden Fall mußte er warten, bis endlich jemand zu Hause auftauchte.

Er holte seine Malsachen und setzte sich an den großen Terrassentisch. Selbst hier häuften sich gebrauchte Kaffeetassen, standen Marmeladengläser ohne Deckel herum. Wespen schwirrten auf.

Hier konnte er nicht arbeiten.

Kurz entschlossen holte er ein Tablett, räumte den Tisch ab und stellte das Geschirr in die Spülmaschine. Dann nahm er sich die Küche vor, säuberte die Pfanne und putzte den Ofen.

Als hätte ihn die körperliche Arbeit von seiner Unentschlossenheit und Lethargie befreit, legte er ein Zeichenblatt auf den leeren Terrassentisch und begann zu malen.

Er hörte nicht, als die Haustür aufgeschlossen wurde, bis Tommy hinter ihm stand und ihm über die Schulter schaute.

»Was malst du denn neuerdings? Ist das jetzt in, diese Unterwasserdüsternis?«

Stefan schreckte auf. Sein Bild in Dunkelblau und Schwarz, durch das sich diagonal eine rote Bahn zog, hatte nichts mehr zu tun mit dem optimistischen Ferienalbum, das er letztes Jahr für Tommy illustriert hatte.

»Ja, es hat sich einiges verändert.«

Maria trat zu Tommy.

»Und bei dir sichtlich auch. Neue Flamme?«

»Nein, meine Verlobte. Maria aus Italien.«

Stefan stand auf, gab ihr die Hand.

»Willkommen, schöne Schwägerin.«

Und zu Tommy sagte er: »Jetzt verstehe ich auch, was Vanessa am Telephon gemeint hat. Die war total angefressen.«

»Ja, da war allerhand los.«

»Wo sind denn die anderen?«

»Keine Ahnung. Bei Mama und Papa ist Feuer aufm Dach. Ziemliches Drama.«

»Und wo sind die beiden?«

»Frag mich nicht. Wir haben auf dem Boot übernachtet, weil es hier unerträglich war. Wird sich schon wieder einrenken.«

»Willst du mir nicht endlich sagen, was los ist?«

»Nein, will ich nicht. Beziehungskitsch, in den man sich nicht einmischen sollte.«

»Von nichts hast du eine Ahnung, und erzählen willst du auch nichts. Laß mich in Ruhe, ich male.«

Er wandte sich wieder seinem Blatt zu.

Tommy und Maria zogen eng umschlungen ab.

Stefan malte weiter.

Auf der roten Linie ließ er eine Figur balancieren. Der Abgrund wurde immer düsterer, und man konnte sich vorstellen, daß dieser Mensch keine Chance hatte, sein Gleichgewicht zu halten.

Die zwei verschiedenen Ebenen seines Bewußtseins, das immer klarer werdende Oben und der drohende Abgrund, vermischten sich auf dem Papier zu einer Bedrohung aus Blau und Rot.

Die bis vor kurzem noch maskierte Erinnerung war endlich sichtbar geworden, und sie schmerzte.

Er legte den Pinsel weg und merkte, daß er geweint hatte. Wenn er nicht untergehen wollte, dann mußte er seinem Leben eine neue Richtung geben. Er mußte endlich Mut zeigen.

Er ging zum Telephon.

»Birgit? Seit wann bist du wieder daheim? Aha, seit einer Woche.«

Ohne daß er fragte, wußte er, welche Bedeutung ihr Schweigen hatte.

»Mir geht's gut, danke«, sagte er matt.

»Du fragst gar nicht, warum ich dich noch nicht angerufen habe.«

»Sollte ich?«

»Also«, setzte Birgit an, »ich muß mit dir reden.«

»Sag's mir gleich am Telephon, das ist mir lieber.«

»Willst du mich nicht treffen?«

»Nein.«

»Hat vielleicht meine Mutter bei euch angerufen?«

»Nein, sicher nicht.«

»Dann weißt du also gar nicht, daß ...«

»Ich kann's mir aber denken. Ist ja nicht schwer. Wer ist es? Kenne ich ihn?«

»Nein, er ist Kanadier, studiert in München.«

Stefan lachte.

»Was gibt's denn zu lachen?«

»Ach nichts, ich wünsch euch alles Gute, tschüs.«

Wie erleichtert er war! Und wie schäbig er sich verhalten hatte, dachte er. Ich wollte Schluß machen, aber nein, sie ist schneller. Seinen Mut mußte er auf einem anderen Schlachtfeld beweisen.

So lange seine Eltern nicht da waren, hatte er keine Gelegenheit dazu. Er packte sein Bild weg, verstaute es in seinem Zimmer und holte die Badesachen.

Mit dem Rad fuhr er zu Brunos Badesteg.

Viele Ausflügler waren unterwegs. Auf dem Seeweg drängten sich Radler und Spaziergänger wie an Wochenenden. Das ungewöhnlich heiße Wetter hatte Münchner und Augsburger hergelockt. Am Bootssteg in Sankt Alban tranken sie Bier, und aus dem Garten der Segelschule drang lautes Gelächter. Was kümmerte sie der Heilige, der oben auf dem Sims seinen abgeschlagenen Kopf in der Hand hielt. Die Kirche verlieh selbst solch sinnlosem Schlachten noch Sinn. Der Märtyrertod um des Glaubens willen gab die Sicherheit, im nächsten Leben dafür mit Unsterblichkeit belohnt zu werden.

Stefan schüttelte die Gedanken ab, wie er vor Jahren Beichte und Kirchgang abgeschüttelt hatte. Hic Rhodos, dachte er. Hier muß ich mich bewähren. Da war er wieder bei seiner Feigheit. Um wirklich Maler zu werden, mußte er diesen Ballast abwerfen. Erst dann würde er frei sein, allein und frei – aber glücklich.

Brunos Steg lag einsam in der Sonne.

Auf sein Läuten an der Haustür reagierte niemand. Also war auch Bruno unterwegs. Weder am Schreibtisch noch am See? Stefan überlegte. Ob vielleicht die Eltern mit Bruno unterwegs waren?

Brunos alter Volvo ratterte über den unasphaltierten Schotterweg, der für Traktoren und landwirtschaftliche Fahrzeuge angelegt worden war und den Feldern längs der Ammer entlang lief. Die Sonne prallte auf dottergelbe Rapsfelder.

»Da hinten muß es irgendwo sein«, meinte Herr Dirks, der vorne auf dem Beifahrersitz mit kurzsichtig zusammengekniffenen Augen nach rechts und links Ausschau hielt.

»Es ist eine ehemalige Werkstatt, glaube ich, eins von diesen Zweckgebäuden, an ein halb verfallenes Bauernhaus angepappt, in Eile hochgezogen und genauso schnell wieder verlassen. Hier draußen hält sich kein Betrieb, das hätte ich gleich sagen können«, dozierte er wichtigtuerisch.

Bruno gab keine Antwort.

Er hatte genug damit zu tun, den größten Schlaglöchern auszuweichen.

»Den nächsten Feldweg biegst du ab«, sagte Inge zu ihm vom Rücksitz, wo sie steif neben Frau Dirks saß. Die beiden Frauen hatten auf dem ganzen Weg noch kein Wort gewechselt.

»Da bei den Holunderbüschen ist es, dahinter versteckt sich das Haus. Ich habe es vorhin deutlich gesehen.«

Das Auto quälte sich einen buckligen Weg entlang.

Als Bruno anhielt, wollte Herr Dirks aussteigen.

»Nein, warten wir erst einmal ab, ob sich jemand zeigt. Ich werde hupen, vielleicht kommt dann jemand zum Vorschein.«

Es war ein langgezogener, unverputzter Betonbau, der da, neben einer alten, halb verfallenen Bauernkate, mitten in den Feldern stand. Kleine, verglaste Luken, ein Flachdach aus Blech, aber eine breite Doppeltür, die eher einer Garageneinfahrt glich.

»Sie werden uns schon nicht fressen«, sagte Frau Dirks und öffnete entschlossen ihre Tür.

Auch Inge stieg aus dem Auto.

Beide gingen langsam auf den Eingang zu. Eine der beiden Türhälften war nur angelehnt.

Inzwischen waren auch die beiden Männer ausgestiegen.

Die Art und Weise, in der sich die vier langsam dem Gebäude näherten, hätte ein Bild aus einem Western abgegeben: High Noon in Oberbayern.

Inge stieß die Tür auf.

»Hallo, ist da jemand?«

Es hallte in dem leeren Vorraum. Einige Garderobenhaken hingen halb aus dem Verputz heraus. Keine Möbel, die Wände roher Beton. Hatte da jemand versucht, Nägel in die Wand zu schlagen?

»Wenn ich mich nicht irre, sind das Einschußlöcher.« Herr Dirks inspizierte eins dieser Löcher mit dem Zeigefinger.

»Ich bin kein Ballistiker, aber das sieht schon sehr nach Schußspuren aus.«

Der Boden war saubergekehrt.

Vier Türen führten von einer Seite des Vorbaus nach hinten.

»Hallo, hallo«, rief Frau Dirks in ihrer tiefen Stimme.

Aber es rührte sich nichts.

Die vier gingen zur letzten Tür. Sie war verschlossen.

»Sollen wir?« fragte Herr Dirks.

»Lieber nicht«, meinte Bruno.

Die zweite Tür führte in eine Art Mönchszelle. Hier waren die Wände weiß gestrichen, eine Matratze lag auf dem Boden. Wieder niemand.

»Aber man sieht, daß hier mal jemand gewohnt hat.« Inge ging zur Matratze und hob sie hoch. Nichts.

»Was meinen Sie, unter dieser Matratze zu finden? Ein Bündel Banknoten?« Herr Dirks grinste.

»Suchen schadet nicht«, erwiderte Bruno.

Und noch während er sprach, fiel ihm auf, daß auf der anderen Seite der Matratze etwas Weißes hervorsah, das sich beim Näherkommen als ein Blatt Papier entpuppte, etwa in Briefkuvertgröße. Und Bruno las, was in flüchtiger Notizenschrift darauf festgehalten war: »Meine drei Regeln fürs Glück: Bereit sein, gehorchen, ausführen.«

Das hätte durchaus von einem Mönch verfaßt sein können. Von einem Ich, von Wille, von Wunsch war keine Rede. Es gab etwas Mächtiges, Übergeordnetes, dem man sich fügte und wodurch man sein Glück finden wollte. Ein Buddhist hätte das auch schreiben können, oder ein Kommunist. Es fragte sich eben nur, wer der Befehlshaber hinter diesen Regeln war.

Bruno hatte halblaut vorgelesen.

»Diese jungen Leute«, meldete sich Herr Dirks zu Wort, »wissen gar nicht, wie gut sie es haben. Ständig werden sie gefragt, ob sie dieses Fläschchen trinken wollen oder jenes, ob sie geruhen, die Moneten ihrer Eltern anzunehmen, ob sie auch das Studienfach gefunden haben, das ihnen Spaß macht. Spaß macht! Daß ich nicht lache! Mein Beruf – und Spaß machen! Seit wann werde ich gefragt, ob mir das Spaß macht, von früh bis spät in den Innereien wildfremder Leute zu wühlen und herumzuschneiden, damit ihnen ihr Leben wieder Spaß macht. Und dann suchen sich diese verwöhnten Bälger Sadisten aus, um sich quälen und bevormunden zu lassen. Das ist die verkehrte Welt. Ich hab's jetzt endgültig satt, mir den Arsch aufzureißen, Tag für Tag, nur damit die Familie mit meinem Geld um sich wirft und sich jetzt auch noch komischen Orden anschließt. Ich bin 59, ich muß nicht mehr arbeiten, hörst du, Renate, ich hab es satt, einfach satt. Damit du's weißt.«

Herr Dirks ließ sich auf die Matratze fallen.

»Um Gottes willen, Edgar! Doch nicht auf diese dreckige Matratze, ich bitte dich!«

»Typisch! Kleider sind deine größte Sorge. Aber ich sag dir, mir sind deine teuren Klamotten scheißegal. Und wenn ich nicht mehr in die Klinik gehe, dann laufe ich den ganzen Tag in meinen alten Jeans rum. Und dann kannst du Photographen einladen, die werden sich freuen. In meinem geleckten Arbeitszimmer werde ich schnitzen und bildhauern und Dreck machen, wie ich das schon immer wollte. Und jetzt sei still, sag kein Wort. Ich vertrage jetzt absolut nichts mehr. Wir suchen weiter nach deinem verwöhnten Muttersöhnchen, dem es zu Hause zu gut geht.«

Dirks stand auf, und als hätten seine eben verkündeten Entschlüsse ihm neue Energie verliehen, ging er als erster aus dem Raum und öffnete die nächste Tür.

Die anderen schlichen beklommen hinter ihm her.

Wie wenige Leute wirklich das tun, wovon sie träumen, dachte Bruno. Was für ein Glück hatte ich, daß mich mein Beruf so ausgefüllt hat. Nie hätte ich lieber geschnitzt oder gemalt oder gemauert, als an meinem Schreibtisch zu sitzen.

Und Irene?

Er sah sie vor ihrer Töpferscheibe sitzen, wie sie konzentriert die entstehende Form betrachtete, er sah sie glasieren, den Ofen ein- und ausräumen, über neuen Glasuren brüten, er sah sie glücklich vor ihren Gefäßen stehen und sie mit den Fingerspitzen berühren, er sah, wie sie das hellblaue Seidenpapier knüllte und ihre Schätze sorgsam verpackte.

Ihre Berufe waren richtig gewesen, für beide.

Und sonst?

Er wußte nicht, ob Irene mit ihrem Leben einverstanden gewesen war. Er sah nur einzelne Bilder vor sich, Schnappschüsse des gemeinsamen Lebens, in denen sie zufrieden gewesen waren, ja sogar glücklich: die Geburt ihrer zwei Kinder, ihr Wachsen und Erwachsenwerden. Das Haus am See, ihre geruhsamen Abende auf der Terrasse.

Ja, dachte Bruno, es war gut gewesen, fast immer.

Er sah zu den Dirks' hin.

Sie standen in einigem Abstand, er vor Wut und Zorn rot im Gesicht, sie daneben bleich und mit herabhängenden Armen. Er kaute an seinen Wangen, sein Mund öffnete sich immer wieder wie von selbst, eine ausgefranste Wunde, von der aus die Bitterkeit nach unten zog.

Wie mochten sie all die Jahre gelebt haben in ihrer äußeren Makellosigkeit?

Durch die offene Tür gähnte Leere. In diesem großen Zimmer war nichts zu finden, keine Matratze, keine Spuren von Bildern oder Vorhängen. Ein Lagerraum, kahl und dunkel. Nur durch kleine Schlitze in der Mauer drang Licht nach innen.

Keine Menschenseele weit und breit.

»Die haben gründlich aufgeräumt«, meinte Inge. »Was das wohl früher einmal war? Sieht aus wie eine Kühlhalle, und kalt ist es ja wirklich.«

Es blieben noch zwei Türen.

Eine war verschlossen.

Frau Dirks beugte sich zum Schlüsselloch.

»Ich sehe eine Bewegung«, flüsterte sie. »Da ist jemand.«

»Laß mich mal!« Herr Dirks drängte sie weg. »Jedenfalls muß irgendwo ein größeres Fenster sein. Es ist hell drin. Ich sehe auch etwas, blau, denke ich. Etwas Blaues, einen Pullover?«

Inge stieß Bruno an. »Komm, gehen wir nach draußen. Vielleicht können wir durchs Fenster etwas erkennen.«

Aber das Fenster war zu hoch.

»Traust du dir zu, Räuberleiter zu machen?«

Bruno verschränkte seine Hände, Inge zog die Schuhe aus und kletterte nach oben, hielt sich dabei an Brunos Schultern fest.

»Um Gottes willen«, rief sie, »da hockt Olaf mit einem blauen Pullover in der Ecke auf dem Fußboden. Er stiert vor sich hin, wahrscheinlich ist er betrunken. Wir müssen uns beeilen, die Polizei anrufen oder einen Krankenwagen.«

Vorsichtig ließ Inge sich wieder auf den Boden gleiten. Beide liefen zu den Dirks', die nicht mit nach draußen gekommen waren.

»Da drin ist Olaf«, rief Inge ihnen entgegen. »Wir müssen sofort da rein. Er sitzt völlig abwesend auf dem Boden. Ich habe durchs Fenster reingeschaut.«

»Olaf«, bettelte seine Mutter, »mach sofort auf!«

»Da kann man ja gespannt sein, ob dein Liebling auf diese zarten Töne reagiert«, spöttelte Herr Dirks.

Er wandte sich ab von der Tür, als hätte er jedes Interesse an der ganzen Aktion verloren.

»Edgar!« schrie seine Frau in Panik, »hau jetzt nicht wieder ab! Das ist kein Elternsprechtag! Mach die Tür auf, du weißt, wie das geht!«

Inge und Bruno staunten. Sie hatten keine Ahnung, wie man ein Schloß aufbrach, kannten das nur aus dem Fernsehen.

»Nimm dein Taschenmesser«, kreischte Frau Dirks, »mach das sofort, oder willst du, daß ich die Polizei rufe und dein Name morgen als Aufmacher in den Starnberger Nachrichten steht?«

»Ja, ja«, brummelte er. »Wie immer, so hast du auch hier die überzeugenden Argumente.«

Er zog eine Art Taschenmesse aus seiner Hosentasche, eine längliche Stricknadel sprang heraus, jedenfalls schien es Inge so, und Herr Dirks kniete sich vor dem Schlüsselloch nieder. Mit der Nadel piekste er in der Öffnung herum, es dauerte eine Weile, schließlich gab das Schloß nach und die Tür sprang auf.

Olaf hockte bleich und apathisch auf dem bloßen Betonboden, neben sich eine Pillenschachtel.

Herr Dirks griff nach den Tabletten, Frau Dirks stürzte sich auf ihren Sohn, strich ihm die Haare aus der Stirn, schüttelte ihn und sprach auf ihn ein.

»Was machst du denn für Geschichten, ich bin halbtot vor Angst um dich. Schau mich doch an, mach die Augen auf, ich bitte dich. So tu doch was!« schrie sie ihren Mann an, der immer noch die Tablettenschachtel in der Hand hielt. »Was sind das für Pillen? Muß man ihm den Magen auspumpen?« Ihre Stimme schrillte durch den Raum.

»Sei nicht hysterisch! Er wird es überleben. Viele von den Tabletten kann er nicht genommen haben, seine Augen sind ja noch offen. Das sind Schlaftabletten, und wahrscheinlich hat er sie aus deinem Nachtkästchen geklaut, meine Liebe. Da sprechen die Suchtgene!«

Bruno faßte Olaf unter den Armen, und Dirks richtete ihn auf. Sie schleppten ihn ins Auto, auf den Rücksitz zwischen die zwei Frauen. Sein Kopf baumelte hin und her, während Bruno sein Auto zur Dirksschen Klinik nach Starnberg lenkte.

»Zum Hintereingang!« befahl Professor Dirks, als sie angekommen waren.

Die Eltern nahmen Olaf zwischen sich und schleiften ihn einen Gang entlang. Sie hatten keine Augen mehr für Inge oder Bruno, keine Worte, nichts.

Inge kam nach vorn auf den Beifahrersitz.

»Das ist ja ein Ding! Die zwei sind bedient. Wenn ich das richtig sehe, wollte Olaf sich umbringen. Müßte er da nicht in die Psychiatrie?«

»Eigentlich schon. Aber der Papa wird's schon richten.«

»Sie tut mir leid. Was für ein Leben.« Inge schüttelte den Kopf.

»Meinst du nicht, daß sie sich das selber so ausgesucht hat?«

»Am Anfang vielleicht schon. Aber jetzt!«

»Ich finde, er kann einem genauso leid tun.«

»Er mag keinen aus seiner Familie, und sie mögen ihn auch nicht.«

»Tausche Geld gegen Liebe. Das hat nicht so recht geklappt.«

»Das war die traurigste Vorstellung seit meiner eigenen. Überall blättert der Lack ab. Vielleicht ist es gut so. Ich jedenfalls sehe weitgehend klar für mich selbst. Kannst du dich erinnern, daß ich bei Irene ein paar Töpferkurse gemacht habe? Das war damals sehr schön für mich. Ich denke, da mache ich weiter.«

»Du kannst gerne in der Kellerwerkstatt von Irene töpfern, wenn du magst. Da unten hat sich wahrscheinlich eine Menge Staub angesammelt, Spinnweben inklusive. Ich habe alles so gelassen ...«

»Ich weiß nicht ...«, zögerte Inge.

»Hab keine Bedenken. Irene würde sich freuen, wenn du da unten weitermachst. Da bin ich sicher. Über kurz oder lang müßte ich das alles ohnehin verkaufen oder entsorgen. Mir jedenfalls würdest du einen Gefallen damit tun.«

Inge berührte Bruno leicht am Arm. »Danke!«

Schweigend fuhren sie von Starnberg heim, durch die Birkenallee, durch Dießen hindurch, bis sie in Riederau nach rechts abbogen zu Brunos Haus.

»Jetzt haben wir uns ein Schwimmen im See verdient – und hinterher lade ich dich ins Seehaus zum Abendessen ein. Wir haben heute allerhand durchgemacht.«

Milva, die im Fond geschlafen hatte, sprang aus dem Auto.

»Du mußt ja halb verhungert sein – und verdurstet. Ich hab sogar dich vergessen«, meinte Inge schuldbewußt. »Das soll nicht wieder vorkommen.«

Als sie zum Steg vorgingen, stutzten sie. Da lagen Kleider, und beim Näherkommen erkannte Inge Hemd und Jeans von Stefan.

»Sieht so aus, als wäre dein Sohn wieder da.«

Hinter den Bojen kraulte Stefan. Seine blonde Mähne leuchtete in der Sonne.

»Ach, Bruno«, seufzte Inge, »ich bin so erleichtert. Über all dem Schlamassel hatte ich Stefan fast vergessen. Es wird Zeit, daß ich mich wieder um meine Familie kümmere, statt nach lebensmüden Millionärssöhnchen zu suchen. Ich warte hier, bis er an Land schwimmt.«

Bruno stieg ins Wasser, und im selben Augenblick erfaßte ihn ein Glücksgefühl, das mit der Kühle des Sees und der überstandenen Gefahr zusammenhing. Mit jedem Zug befreite er sich vom Alptraum der vergangenen Stunden.

Weit draußen zog Stefan seine Bahn.

Bruno schwamm in die andere Richtung, er wollte den beiden Zeit lassen, miteinander zu reden.

Als er zurückkam, ging Inge ins Wasser. Als sie auf gleicher Höhe waren, rief sie: »Alles in Ordnung! Ich bin gleich wieder zurück!«

Stefan wartete am Steg.

»Du hast uns vielleicht in Schrecken versetzt! Hat Inge dir erzählt, was wir heute mit den Dirks' unternommen haben?«

»Sie hat ein bißchen was erzählt. Ich hab das alles jetzt so satt. Mit Birgit hab ich telephoniert. Sie hat von sich aus Schluß gemacht, hat gar nicht gemerkt, wie erleichtert ich war. Die ganze Zeit denke ich schon, was ich für Glück gehabt habe, im großen und ganzen.«

Bruno trocknete sich ab.

»Da magst du recht haben. Es hätte alles auch ganz anders ausgehen können. Aber wie Eva gestorben ist, das wissen wir immer noch nicht. Übrigens stand in den letzten beiden Tagen gar nichts mehr darüber in der Zeitung.«

»Ich erinnere mich wieder genauer, aber nicht an alles. Ich erzähl's euch später.«

»Heute abend lade ich euch beide zum Essen ein. Hat Inge dir schon erzählt, wo Ludwig gerade ist?«

»Nein. Wo sollte er denn sein?«

»Das erzählt dir deine Mutter lieber selber. Ich mach uns jetzt erst mal einen Kaffee.«

Bruno ging zum Haus. Als erstes würde er gießen. In der Regentonne war noch ein kleiner Rest Wasser, auf dem Blätter und Blüten schwammen. Es würde gerade noch für zwei Kannen reichen. Er versenkte die Gießkanne tief in der Tonne, und als er sie heraushob, spürte er einen stechenden Schmerz in der rechten Schulter. Er sollte wohl den Plastikhahn anbringen, aus dem das Wasser immer so langsam tröpfelte, daß er bisher darauf verzichtet hatte. Das Rosenbeet stand voll in Blüte, wahrscheinlich war heuer mal wieder ein Rosenjahr. Voriges Jahr hatte der Nußbaum überreich getragen, alle sagten, das sei ein Nußjahr. Wie sollte er das Jahr kennzeichnen, ohne auf die Natur Bezug zu nehmen? Das Entscheidungsjahr – und für Inge und Ludwig: das Scheidungsjahr? Ein Glücksjahr?

Außer den theoretischen Konzepten auf seinem Schreibtisch war von Glück heuer noch nicht viel zu spüren gewesen. Aber in seinem

Alter sollte man glücklich sein, wenn das meiste in gewohnten Bahnen weiterlief, wenn keine Operation anstand, wenn man noch Auto fahren konnte ohne Unfall, und wenn es den Kindern gut ging. Alles Glückszustände, die eher auf Normalität basierten als auf außergewöhnlichen Ereignissen. Das stille Glück des Alters – wie verschieden war es von den Sehnsüchten der Jugend.

Inge und Stefan kamen den Steg entlang, und Bruno sah ihnen von der Terrasse aus zu. Während Inge aufrecht dahinschritt, schlurfte Stefan neben ihr, gebückt wie ein alter Mann. War das cool? Die Alten strengten sich an, um den Eindruck von Hinfälligkeit unter allen Umständen zu vermeiden, aber die Jungen scherten sich nicht darum, was andere über sie dachten. Und doch hatten auch sie einen ständigen Drang, sich anzupassen und akzeptiert zu werden. Für Eva war das tödlich ausgegangen.

Inwieweit Stefan auch von diesem Drang erfüllt war?

Und wie erklärte er sich seinen Ausflug in die ihm fremde Welt?

Welche Erklärungen wohl die Dirks' für den Suizidversuch von Olaf bereithielten, um das Leben so weiterzuführen wie bisher?

Bruno kamen Zweifel über die Kontinuität seines eigenen Lebens. Er war in das Leben seiner Freunde mehr verstrickt, als er gedacht hatte. Und jetzt, wo sich alle Fäden langsam aufdröselten, mußte auch er sich entscheiden. Zwischen Inge und Ludwig würde er wählen müssen, denn mit beiden gleichzeitig konnte er nicht mehr befreundet sein.

Er hatte sich schon entschieden.

Ludwigs Unehrlichkeit stieß ihn so ab, daß er sich nicht vorstellen konnte, mit ihm wieder so unbefangen befreundet zu sein wie vorher. Bei allem, was er sagte, würde er sich fragen: Stimmt das auch? Lügt er jetzt?

Nein, das konnte keine Freundschaft aushalten.

Und Inge?

Da kam sie geradewegs auf ihn zu. »Hast du die Kaffeemaschine schon angestellt, oder soll ich das machen?«

Bruno zuckte mit den Schultern und grinste. »Stell dir vor, ich hab's vergessen. Ich hab euch beiden zugeschaut.«

Inge machte sich an der Kaffeemaschine zu schaffen, und Bruno ging mit Stefan auf die Terrasse.

»Ich bin neugierig«, sagte Bruno, »was du erlebt hast und woran du dich jetzt erinnerst.«

»Ich sehe viel klarer als vorher. Bevor ich dir Einzelheiten erzähle, möchte ich dich was fragen. Du erinnerst dich doch vielleicht noch an eine Sekte, die ein Deutscher namens Schäfer in Südamerika gegründet hat.«

»Ja, in Umrissen. Wurde er nicht wegen sexuellen Mißbrauchs verurteilt?«

»Daran erinnere ich mich auch. Und daran, daß jemand von denen diesen Weilheimer Dichterclub Ammersee-Schäfer nannte.«

»Das ist ja geschmacklos«, meinte Bruno. »Die Pegnitz-Schäfer waren schon ein anderes Kaliber.«

»Ich glaube, das alles hat mit den Glaubenssätzen dieser Sekte zu tun. Glück durch Sex. Das wollte Joe ihnen beibringen – und dabei selber nicht zu kurz kommen.«

»Klingt nicht besonders originell. Die Dichterei war, wenn überhaupt, nur ein Vorwand. Wenn wir Joe finden würden, wäre schon einmal ein erster Schritt zur Aufklärung getan. Ich kann mir nicht vorstellen, daß irgendein X-beliebiger in der Schule einen Aushang machen kann, um für seine Sache zu werben, ohne seinen Namen anzugeben. Ludwig hat schon beim Direktor angerufen, aber der konnte oder wollte keine Auskunft geben.«

»Das glaub ich sofort, seine Tochter war ja auch im Club. Ich hab sie von weitem gesehen, in weißer Bluse und dunklem Rock, wie die anderen. Aber ich kann mich nicht erinnern, ob sie später am Ufer mit dabei war. Da habe ich nur Eva und Joe gesehen, weil sie direkt neben mir waren. Die Direktorssusi ist ja sowieso eine blöde Kuh, die haben sie beim Tanzkurs-Abschlußball um ein Tragl Bier versteigert.«

»Stell dir vor, du wärst der Sohn des Direktors, damit wärst du schon geschlagen genug. Die Arme kann einem leid tun.«

»Mir nicht. Was ich sagen will: Der Direktor weiß mit Sicherheit genau, wer Joe in Wirklichkeit ist. Er deckt seine Tochter, weil er weiß, daß sie auch bei Olafs Party war. Sowieso ist es mit Olafs Abiturnoten nicht mit rechten Dingen zugegangen. Das macht mir keiner weis, daß der auf einmal einen Intelligenzschub erlitten hat. Und dann auch noch Medizin. Für mich stinkt das gewaltig.«

»Was sollen wir denn jetzt tun?«

»Ich habe mir alles noch einmal genau überlegt. Was ich weiß, reicht aus, um der Polizei Informationen zu geben, die vielleicht Evas Tod aufklären. Es ist mir egal, ob sie mich dann auch verdächtigen. Es ist mir wirklich egal. Ich will nur noch, daß ich ein gutes Gefühl dabei habe. Keine halben Sachen mehr, das habe ich mir geschworen.«

»Weiß deine Mutter von deinem Entschluß?«

»Noch nicht.«

Inge kam mit dem Tablett, auf dem Kaffeetassen, Zucker und Sahne neben der vollen Kanne standen.

»So, jetzt haben wir endlich Zeit, daß du uns alles sagst, woran du dich erinnerst«, wandte sie sich an Stefan.

Sie goß ihm Kaffee ein, und er fing an zu erzählen.

Stefan saß in der Amtsstube neben Herrn Berger, der einen Notizblock vor sich hatte. Zwei Tassen und zwei Wassergläser standen auf dem Schreibtisch.

»Wen außer Olaf und Eva hast du noch erkannt?«

Herr Berger kannte Stefan schon seit seiner Kindergartenzeit und behielt das gewohnte Du bei.

»Nur noch Susi, die Tochter des Direktors.«

»Aha«. Herr Berger schwieg vor sich hin.

»Mein Vater wollte von ihm den Namen von diesem Joe wissen, aber er hat behauptet, daß er ihn nicht kennt. Mehr weiß ich nicht.«

Herr Berger stand auf.

»Das war mutig von dir, Stefan. Es kann sein, daß du noch von allen möglichen Leuten verhört wirst. Schließlich, und das weißt du selber, gehörst du auch zum Kreis der Verdächtigen.«

»Ist eigentlich geklärt, woran genau Eva gestorben ist?«

»Sie ermitteln noch«, meinte Herr Berger geheimnisvoll.

Stefan fuhr mit dem Rad wieder nach Riederau, weil Bruno mit Inge dort auf ihn wartete. Für acht Uhr hatten sie einen Tisch im Seehaus bestellt.

Inge saß immer noch auf der Terrasse. Als sie Stefan kommen hörte, ging sie ihm entgegen.

»Wie war es? Hast du alles erzählt? Was sagt Herr Berger zu dem ganzen?«

»Gleich, gleich«, vertröstete Stefan sie. »Ich will mal Tommy anrufen. Er müßte doch zu Hause sein.«

»Nein, er ist mit Maria nach München gefahren. Er wollte Bücher aus der Staatsbibliothek ausleihen.«

Stefan lachte. »Die Bücher möchte ich sehen, die der heute ausleiht! Bei dem Wetter!«

Es versprach wieder einer von den karibischen Abenden zu werden, die es am Ammersee in diesem Jahr schon seit zehn Tagen gab.

Bruno kam aus seinem Arbeitszimmer. Er hatte sich ein hellblaues Hemd angezogen und eine helle Leinenjacke um die Schultern gelegt.

Inge trug noch ihr hellblaues T-Shirt vom Vormittag.

»Erzählen kannst du später. Jetzt werden wir's uns erst mal gutgehen lassen. Sie haben einen Tisch auf der Terrasse reserviert. Hoffentlich habt ihr auch Hunger!«

Inge lachte. »Mit Hunger sollte man nicht ins Seehaus gehen. Eher mit Appetit.«

»Für den Fall der Fälle habe ich auch noch genug Butterbrot für euch!«

Bruno ging als letzter zur Tür hinaus, sperrte ab und hängte sich bei Inge ein. Stefan nahm den Arm seiner Mutter auf der anderen Seite. Sie gingen den dämmrigen Seeweg entlang, ein Zug rauschte vorbei, und vom See her kreischten ein paar Möwen.

Gleich neben dem Eingang stand der Tisch mit Brunos Namensschild.

Die meisten Plätze waren besetzt, und es war ungewöhnlich still. Immer wieder machte die Kulisse des tiefblauen Sees hinter dem golden aufblitzenden Schilf die Leute erst einmal sprachlos.

Draußen segelten ein paar Boote vorbei, vereinzelt blitzten Lichter am Ostufer auf.

Der Kellner brachte die Karte und zündete ein Windlicht an.

Es dauerte eine Weile, bis sich die Augen vom See auf die Speisekarte wandten.

Alle drei nahmen Fisch und als Vorspeise einen Teller mit Antipasti.

Als der Weißwein eingeschenkt war, hob Bruno sein Glas. »Stoßen wir darauf an, daß wir bisher alles so gut überstanden haben. Auf dich, Stefan! Du hast heute wirklich Courage gezeigt. Und wenn du magst, dann würden wir gerne hören, was du mit Herrn Berger besprochen hast.«

»Nichts, was ihr nicht schon wüßtet. Ich habe angefangen mit dem heimlichen Malkurs, und auch von Olafs Aktion habe ich erzählt, es aber nicht als Kidnapping deklariert – was es wohl im Grunde auch nicht war. Ich frage mich, was er sich dabei gedacht hat.«

»Wahrscheinlich nicht viel«, meinte Inge spöttisch, »bedenkt man seine übrigen intellektuellen Leistungen. Wie sein eigener Vater über ihn redete! Nicht zu fassen.«

Bruno griff sich eine der Winzigkeiten, die als ›Gruß aus der Küche‹ gebracht wurden.

»Wenn ich das richtig sehe, wird sich auch in der Dirks-Familie einiges ändern.«

»Sag mal, Mama, was ist eigentlich mit Papa los? Du hast da vorhin eine Andeutung gemacht. Zu Hause war er jedenfalls nicht. Ich habe euch jetzt alles von mir erzählt, jetzt seid ihr dran, mir reinen Wein einzuschenken.«

»Ich wollte uns den Abend nicht verderben«, murmelte Inge. »Aber du hast ein Recht darauf zu wissen, was passiert ist.«

»Passiert? Du meinst, abgesehen von Evas Tod?«

»Ja. Das war der Auslöser für weiteres Unglück. Dein Vater wird künftig getrennt von mir leben. Und ich überlege, ob ich das Haus verkaufe.«

»Das ist ja unglaublich. Was? So etwas beschließt man nicht von heute auf morgen. Du hast mir nicht alles erzählt.«

Inge holte tief Luft. »Er hat eine andere, und mit der wird er zusammenleben, am Tegernsee.«

»Ich fasse es nicht. In seinem Alter. Was denkt er sich?«

»Nicht viel, vermutlich. Wie sagte Martina: Seine Hormone lenken ihn.«

Stefan sagte nichts mehr. Er schaute auf seine Vorspeisen, aber er nahm sie nicht wahr.

»Ein Erdbeben«, flüsterte er.

»Jetzt weißt du, warum ich dir nur einen Teil erzählt habe. Aber so nach und nach hättest du es ohnehin rausgekriegt.«

»Ich frag mich, Mama, wie du das so ruhig sagst.«

»Ich hatte zwei Tage Zeit, mir eine neue Zukunft auszudenken. Wie gesagt, es ist noch gar nichts endgültig entschieden, nur das eine: Ich akzeptiere keine Dreiecksbeziehung. Und ich werde auch nicht stillschweigend als Dulderin daheim sitzen. Dafür bin ich nicht gebaut. Ich brauche klare Verhältnisse, um zu leben. Verstehst du mich? Keine Kompromisse!«

Da sind sie wieder, die klaren Verhältnisse, dachte Stefan. Und laut sagte er: »Ich verstehe dich, Mama. Mehr als du vielleicht denkst.«

»So«, sagte Bruno abschließend, »das war bestimmt nicht das letzte Mal, daß wir über dieses Thema reden. Aber vorläufig können wir nicht viel ändern, höchstens beschließen, uns nicht mit Rachegedanken das Leben schwerzumachen. Ja, Stefan, du bist wirklich erwachsen geworden. Ich trinke auf deine Zukunft.«

»Wie hat man sich eine Existenz als freier Maler vorzustellen?« fragte Inge.

»Was die finanzielle Existenz betrifft – und die meinst du wohl – da werde ich mir noch was ausdenken. Ich habe mich um ein Stipendium beworben, in Amerika. Mit Vaters Unterstützung rechne ich jedenfalls nicht. Ob er uns überhaupt noch in die Münchner Wohnung läßt?«

»Da habe ich auch noch ein Wörtchen mitzureden. Mir gehört von allem die Hälfte, so viel ist sicher.«

»Stefan«, mahnte Bruno, »du solltest mal von den Vorspeisen probieren. Sicher hast du heute noch nicht viel im Magen.«

Sie häuften ein paar Happen auf ihre Teller. Jeder war mit seinen Gedanken beschäftigt.

»Schaut mal nach oben!« rief Inge.

Der Mond ging auf.

Stefan sah auf den dunklen See, in dem sich das Mondlicht spiegelte.

Er würde eine neue Sicht auf diesen tröstlichen Ausblick finden müssen, neue Formen und Farben. In seiner Vorstellung gaukelten ihm helle Gespenster einen Reigen vor, der in die Milchstraße mündete. Es waren die weißen Gestalten der Party, die unter der Hand zu Visionen wurden. Vielleicht würden sie ihm bisher unbekannte Wege in sein neues Leben weisen. Was für eine schmale Linie zwischen Himmel und Erde. Aus dem Wasser stiegen die Nebel auf, die wieder zu Wolken wurden. Die Erde drehte sich, sie drehte sich in seinem Gehirn, und ihm wurde schwindelig. Er wandte seine Augen vom Wasser weg und merkte, daß Brunos und Inges Augen auf ihn gerichtet waren.

»Ich hatte eine Vision von einem Kreislauf, in dem wir und die Natur uns ständig bewegen, vom Himmel, zum Himmel, und die Menschen blinken darin auf wie Satelliten, bevor sie sich wieder in der Dunkelheit verlieren.«

»Mag sein, die göttliche Sicht auf den Menschen ist so ähnlich«, ergänzte Bruno.

Der Kellner kam mit dem Hauptgericht.

Die drei beugten sich über ihren Fisch, das dekorativ angerichtete Gemüse und die dampfende Reisschüssel. Ihre Augen waren am Essen, lange bevor der Gaumen kostete.

»Ein Hauch von Ingwer am Gemüse, das muß ich mir merken«, sagte Inge mehr zu sich selber.

Stefan war als erster fertig. Er riß eine Ecke Weißbrot ab und tunkte die Buttersoße auf.

Nach und nach legten sie ihre Bestecke weg und griffen zum Weinglas. Sie schauten über den See ans Ostufer, wo inzwischen eine Lichterkette entlang der Bucht von Herrsching leuchtete. Dort hatte ein junges Mädchen den Tod gefunden, das jetzt genausogut bei ihnen am Tisch hätte sitzen können.

»Kennst du eigentlich die Mutter oder die Schwester von Eva?« fragte Bruno.

»Nur die Schwester, und auch die nur flüchtig von einem Tanzkurs. Ich habe aber kein einziges mal mit ihr getanzt. Sie war damals ein elegantes Püppchen, sehr modisch aufgemotzt, das totale Gegenteil von Eva. Wie man wohl sein muß, wenn man im Geschäftsleben Erfolg haben will. Die hatte es nicht nötig, Dichterclubs beizutreten. Ich weiß auch gar nicht, ob die beiden ein gutes Verhältnis miteinander hatten. Jedenfalls habe ich sie nie miteinander gesehen – wie ja überhaupt Eva nie mit jemand anderem auftauchte, sondern immer allein zur Schule ging oder in der Pause rumstand. Einmal sah ich sie mit Gerd reden, sie hatte ihn auch im Kunstunterricht. Ich erinnere mich, daß von ihr einmal eine Radierung im Gang ausgestellt war, ein Ufer-Schilfbild mit schraffierter Sonne, ziemlich konventionell, aber sauber geritzt, eine Kaltnadelradierung. In der zehnten Klasse haben wir das ja alle probiert. Gerd bekam damals eine teure Druckmaschine vom Elternbeirat gespendet. Auf der druckt er hauptsächlich seine eigenen Radierungen. Darin ist er wirklich Meister.«

»Wie steht dein Zeichenlehrer zum Direktor?« fragte Bruno.

»Ziemlich gut, denke ich. Alle seine Aktionen hat das Direktorat immer mit großem Trara unterstützt.«

»Finanziert, meinst du?«

»Ja. Neue Rahmen für alle Gänge wurden angeschafft, wirklich sehr schöne Wechselrahmen. Dann die Aktionstage für Bildhauerei im Schulhof, die Schülerzeitung, für die Gerd Vertrauenslehrer ist und in der jedes Mal viel Graphik vertreten ist, was das Ganze verteuert. Hat aber nie eine Rolle gespielt. Für Gerds Projekte war immer genug Geld da. Er hat die Starrolle unter den Kunsterziehern inne. Keiner von denen hat auch nur annähernd so viel ausgestellt wie er.«

»Einer der wenigen erfolgreichen Kunsterzieher«, ergänzte Bruno.

»Ich glaube, seine Stärke besteht darin, ein Vertrauensverhältnis zu seinen Schülern aufzubauen, mal abgesehen von seinen künstlerischen Qualitäten. Mir zum Beispiel hat er immer vermittelt, ich sei begabt. Vielleicht hat er Eva ähnlich ermutigt. Er hat so viele für sein Fach begeistert, daß immer ein Kunst-Leistungskurs zustande kam. Und mit vielen ehemaligen Schülern hält er Kontakt, mit mir ja auch. Er ist von einer großen Leidenschaft beseelt, und er kann sie mitteilen. Das ist ansteckend. So gesehen, ist er eine Art Seelenfänger der Kunst.«

Stefan trank seinen Wein aus.

»Wie wär's noch mit einem Eis? Es ist ja immer noch warm, wie ungewöhnlich, bedenkt man unsere Breiten. Ich fühle mich die letzten beiden Wochen wie in Südfrankreich. Also für jeden ein Eis?«

Bruno winkte dem Kellner.

Zum Schluß bestellten sie noch Espresso.

Inge verrührte ausdauernd den Zucker in ihrer Tasse. Dieser Abend sollte kein Ende nehmen, dachte sie.

Wenig später gingen sie den Seeweg entlang zu Brunos Haus. Stefan ließ sein Rad in der Garage stehen und fuhr mit Inge heim.

Was sie dort erwartete, sollte ihnen noch lange im Gedächtnis bleiben.

Bruno stieg zu seinem Arbeitszimmer hinauf. Er setzte sich in seinen Lehnstuhl, öffnete das Fenster weit und schaute über den See. Dann goß er sich einen Calvados ein, atmete tief ins Glas und trank in kleinen Schlucken.

Was für ein Tag!

Und wie glücklich hatten sie ihn beschlossen.

Er fühlte sich müde und zufrieden. Mit den Fingerspitzen berührte er sein Manuskript. Morgen wollte er zeitig aufstehen und an seinen Glückskindern weiterarbeiten. Er hatte völlig vergessen, Martina zu interviewen. Das Haus war still, sicher schliefen sie längst. Den Nachmittag hatte Martina bei einer Schulfreundin in Wartaweil verbracht.

Er nahm sich vor, am nächsten Tag zeitig aufzustehen und frische Semmeln zu holen. Langsam ging er ins Bad.

Und kurze Zeit später schnarchte er leise vor sich hin.

Stefan stieg aus und hob die Garagentür hoch. Sie war leer. Ludwig war also noch nicht zurück.

Oben im Treppenhaus blinkte der Anrufbeantworter.

Inge drückte auf den Knopf. Eine Frauenstimme sagte: »Hier Unfallkrankenhaus Murnau, Intensivstation. Bitte rufen Sie uns zurück.«

Es folgte eine lange Telephonnummer.

Inge setzte sich neben das Telephon. Nahm das gar kein Ende?

»Ob das Ludwig betrifft, oder gar Tommy?«

Stefan griff zum Hörer.

»Das werden wir gleich wissen. Laß mich anrufen, Mama.«

Während er wählte, starrte Inge auf den Boden.

Stefan nannte seinen Namen, danach schwieg er eine ganze Weile, und am Ende fragte er: »Dürfen wir ihn besuchen? Ja, danke.«

Inge war aufgestanden. »Wer?«

Stefan umarmte sie. »Es ist Papa. Er ist bewußtlos. Er ist mit seinem Auto gegen einen Baum gefahren, auf dem Heimweg von Tegernsee.«

»Also wollte er doch heim.«

»Wir können jetzt nichts tun. Er bleibt erst mal auf der Intensivstation, und nach ein paar Tagen dürfen wir ihn besuchen. Morgen rufe ich wieder an, vielleicht wissen sie dann schon mehr.«

»Ich verstehe das alles nicht. Seit Jahren hatte er keinen Unfall mehr.«

»Weißt du, Mama, was ich glaube, es war vielleicht gar kein Unfall.«

»Aber wieso sollte er ...?«

»Das weiß ich auch nicht. Könnte sein, daß wir es bald erfahren, wenn er wieder zu Bewußtsein kommt. Und jetzt bring ich dich ins Bett.«

Was für ein Tag, dachte Stefan.

Heute früh war er in der Klinik gewesen, und jetzt sein Vater. Jahrelang hatten sie ohne große Katastrophen dahingelebt, und jetzt, innerhalb von ein paar Tagen, geriet ihr Leben völlig aus dem Ruder. Evas Tod hatte die Lawine ins Rollen gebracht, und jetzt lagen sie, halb verschüttet, halb gerettet, aber verletzt und mit nachhaltigem Schock da.

Stefan fühlte, daß er jetzt kein Auge zutun könnte, wenn er versuchen würde einzuschlafen. So holte er seine Malsachen, knipste die grelle Terrassenleuchte an und machte den Farbkasten auf.

Nach einem Motiv mußte er nicht suchen. Mit starkem Flügelschlag kamen die Bilder angebraust. Er mußte sie nur noch packen und an den richtigen Platz auf dem Papier setzen.

Als Inge in den frühen Morgenstunden ins Wohnzimmer kam, brannte immer noch Licht. Stefan saß, umgeben von Skizzen, die auf dem Boden herumlagen, immer noch am Tisch.

Er kam ihr entgegen.

»An Schlaf ist nicht zu denken. Ich liege die ganze Zeit wach und überlege, was da passiert sein mag. Ich kann's mir nicht erklären.«

»Im Laufe des Tages erfahren wir sicher mehr. Ich bin jetzt hundemüde. Komm, versuch du es auch noch einmal. Wer weiß, was morgen wieder alles passiert.«

Inge schleppte sich in ihr Bett.

Stefan las seine Bilder auf und ging nachdenklich in sein Zimmer. Als er seine Blätter ordnete, fiel ihm auf, daß er in immer neuen Varianten dasselbe gemalt hatte, nämlich das Halbdunkel am See, aus dem zwei hell erleuchtete Gesichter auftauchten. Ob es daran lag, daß sein Gehirn nur immer voll von Bildern war, Bildern die sich überlagerten, ohne daß man daraus eine Struktur oder gar eine Theorie hätte ableiten können? Daraus entwickelten sich nur wieder neue Bilder – aber keine Erkenntnisse. Ihm fiel diese eine Szene ein, und er vervielfältigte sie und speicherte sie, bis sie vielleicht einmal ein Ganzes, einen Sinn, ergeben würde.

Er schlief erst ein, als es draußen schon hell wurde.

Durch die hellen Vorhänge drangen die Sonnenstrahlen auf Inges Kissen. Sie lag im Gästezimmer, das jetzt definitiv zu ihrem Zimmer geworden war. Sie hatte bei offenem Fenster geschlafen und zog die Vorhänge zur Seite: ein wolkenloser, hellblauer Sommerhimmel. Das warme Wetter ging bereits in die dritte Woche. Sie wollte schwimmen gehen, am besten gleich, bevor es richtig heiß würde.

Ludwig!

Es gab ihr einen Stich.

Ob er wirklich versucht hatte, sich umzubringen? Er, der nur zynische Bemerkungen über Selbstmörder äußerte: Schwächlinge, Feiglinge, die sich ihren Problemen nicht stellen wollten.

Wie hatte es nur soweit kommen können? Und wo lag ihr Anteil an ihrem gemeinsamen Unglück?

Ludwig, das mußte sie sich eingestehen, war schon seit langem nicht mehr der Mittelpunkt in ihrem Leben. Das hektische Auf und Ab zu Hause und im Geschäft hatte ihre Aufmerksamkeit immer mehr von Ludwig abgezogen. Sie kümmerte sich um den Haushalt, versorgte die zahlreichen Gäste, ging gewissenhaft mit dem Hund spazieren, wusch und bügelte die Wäsche der Kinder, wenn sie am

Wochenende heimkamen. Ludwig war mehr und mehr zum Möbel geworden, zu einem unverrückbaren und unbeweglichen Gegenstand, der zum Inventar, aber eben nicht dazugehörte, weder wenn Festtagsmenüs besprochen wurden, noch wenn Stefan oder Tommy Geldprobleme hatten. Inge stopfte die Löcher in den Socken, sie stopfte die Taschengeldlöcher der Söhne mit abgezweigtem Haushaltsgeld. Währenddessen lag Ludwig in seiner Schonecke, wo er sich entweder vom Geschäft oder von seinen Krankheiten erholen mußte. Sie hatte das Leben der Familie an ihm vorbeigelenkt, und am Ende war er sich wohl wie das fünfte Rad am Wagen vorgekommen. Bei keinen Entscheidungen gefragt oder beteiligt, in Ruhe gelassen, aber diese Ruhe war eben auch Leerlauf und Stillstand. Sie lebten äußerlich friedlich dahin, ein Altersleben ohne Höhepunkte, ohne die Aufregungen und Streitereien von früher. Ein reibungsloser Betrieb, dieses Leben. Aber durch Reibung entsteht eben auch Feuer.

Es war die Langeweile, die Ludwig von ihr weggetrieben hatte.

Langweilte sie sich denn in ihrem Leben?

Wenn sie allein war, hatte sie immer etwas vor, machte Pläne, bastelte, malte oder erledigte Haushaltsdinge. Mit Ludwig langweilte sie sich. Er mochte ihre Aquarelle nicht, machte sich über die Keramikschalen lustig, meckerte am Essen herum, bekrittelte seine Söhne.

Er war neben ihr zum unzufriedenen, alten Nörgler geworden. Von seiner früheren Witzigkeit war nichts mehr übriggeblieben außer sarkastischen Bemerkungen.

Sie waren nebeneinander alt geworden, ohne miteinander zu einem neuen gemeinsamen Leben gefunden zu haben. Und so kam es, daß Ludwig das neue Leben fern von ihr und den Kindern gesucht hatte.

Was mochte ihn aber zu einem Selbstmordversuch bewegt haben?

Sie mußte in der Klinik anrufen.

Von der Schwester erfuhr sie, daß sie Ludwig erst in drei Tagen besuchen könnte.

Sie machte sich schnell Kaffee, fand noch eine alte Semmel, fütterte Milva und brach mit ihr zu einem Gassi-Gang an den Seeweg auf.

Den Badeanzug nahm sie mit.

Sie ging durch den belaubten Weg nach Sankt Alban, am Schwimmbad vorbei in Richtung Riederau. Je länger sie lief, desto freier fühlte sie sich. Als sie schließlich an Brunos Badesteg ankam, sah sie ihn gerade ins Wasser steigen. Sie rief zu ihm hin.

Er wartete auf den Stufen.

»Welch eine Überraschung! Ich habe frische Semmeln geholt, wir können hinterher miteinander frühstücken. Martina und die Kinder schlafen noch.«

»Das geht heute nicht. Ludwig liegt in Murnau. Er hatte einen Unfall, ich darf ihn erst in drei Tagen besuchen. Jetzt ist er noch auf der Intensivstation.«

Bruno setzte sich auf die Holztreppen. Ihm war plötzlich schwindlig geworden.

»Weißt du ...«, fing er an.

»Nein«, sagte Inge. »Aber ich werde ihn fragen, sobald er einigermaßen wieder bei Bewußtsein ist.«

»Das war gestern?« fragte Bruno.

»Ja. Als wir abends heimkamen, war die Nachricht auf dem Anrufbeantworter. Es war zu spät, um dich noch anzurufen. Ich habe eine schlaflose Nacht hinter mir.«

»Wie furchtbar.«

Sie nickte.

»Ich wundere mich über mich selber, daß ich überhaupt noch Lust habe zu schwimmen. Habe ich aber.«

Und sie ließ sich ins Wasser gleiten, das immer noch karibische Temperaturen hatte.

Sie schwammen, ohne zu reden, weit hinaus, bis man die Berge im Dunst liegen sah.

Milva erwartete sie am Steg.

Es war später Morgen, und schon brannte die Sonne auf die Holzbohlen. Kein Wölkchen zeigte sich am Himmel. Ein weiterer, ungewöhnlicher Sommertag stand bevor. Im Radio warnte man vor hohen Ozonwerten und riet den Alten, daheimzubleiben.

Längst war das Regenwasser in Brunos Tonnen aufgebraucht. Obwohl er jeden Abend goß, war am nächsten Morgen der Boden wieder rissig und trocken. Die meisten Rosen waren verblüht, und der Herbstphlox kam zu ungewöhnlicher Zeit mit ersten kleinen Blüten. An einigen Bäumen hingen gelbe und braune Blätter. Es war Hochsommer, aber die Pflanzen spielten schon Herbst.

»Magst du noch auf ein Glas Saft mit hereinkommen, wenn du schon keinen Kaffee mehr willst? Ich fahr dich dann mit dem Auto heim, weil ich ohnehin einkaufen muß. Zwei Tragen Sprudel waren innerhalb einer Woche verbraucht.«

Sie saßen mit Kaffee und Apfelsaft auf der Terrasse wie gestern, aber ihre Gedanken gingen andere Wege als noch vor kurzem.

»Ludwig muß ziemlich am Ende gewesen sein.«

»Ja«, seufzte Inge, »und ich mache mir natürlich Vorwürfe. Kaum war er aus dem Haus, da habe ich schon konkrete Pläne gemacht über ein Leben ohne ihn. Ich hätte mich doch fragen sollen, warum das so schnell ging, und warum ich gar nicht den Versuch machen wollte, ihn zurückzugewinnen. Es war halt mein Verstand, der mir sagte, gegen eine jüngere kommst du sowieso nicht an. Nie im Leben hätte ich vermutet, daß er sich umbringen wollte.«

»Da ist sicher noch etwas anderes passiert als dein Wunsch nach Selbständigkeit. Höchstwahrscheinlich spielt seine neue Beziehung eine Rolle. Was diese Frau alles bei ihm bewirkt hat!«

»Vielleicht erzählt er etwas, wenn ich ihn besuche. Ich hab schon Angst davor.«

Milva lag wie hingegossen unter dem Tisch im Schatten.

Die Hitze stand über der Terrasse.

Im oberen Stockwerk war Martina mit den Kindern beschäftigt. Gleich würden sie herunterstürmen und sich über das Frühstück hermachen.

Bruno holte die leeren Sprudelkisten und startete den Wagen.

»Wie geht's Stefan?«

»Er war bei der Polizei, hat alles erzählt, woran er sich erinnerte. Wer weiß, was uns da noch bevorsteht. Aber er hat bis in die Nacht hinein noch gemalt.«

»Ein Gutes ist wenigstens aus dem ganzen Schlamassel hervorgegangen: daß er jetzt studiert, was ihm entspricht. Und Tommy?«

»Der hat sich noch nicht daheim blicken lassen. Stefan meinte, die beiden hätten auf dem Boot übernachtet.«

»Warm genug ist es ja«, meinte Bruno.

»Ich weiß gar nicht, wie ich den Nachmittag ohne Schwimmen überstehen werde. Ich bin schon wieder schweißnaß.«

»Versprich mir, daß du mich anrufst. Vielleicht magst du noch am Abend schwimmen gehen.«

Inge stieg aus, Milva sprang ihr voraus in den Garten.

»Ich muß sofort gießen«, sagte sich Inge und drehte den Gartenschlauch auf. Die Geranien hatten in den letzten Tagen gelitten. Nur die Rosen im Halbschatten blühten über und über.

Inge schaute nach, ob Stefan in seinem Zimmer war. Er hatte sein Bett gemacht. In der Küche stand auch kein Frühstücksgeschirr. Ein Zettel lag auf dem Tisch: ›Bin im Albaner Schwimmbad, komme am Nachmittag wieder.‹

Für sich allein mochte Inge nicht kochen. Sie holte sich Obst, aß auf der Terrasse und legte sich zum Mittagsschlaf hin. Sie hatte einiges an Schlaf nachzuholen.

Bruno hatte seine Einkäufe im Eiltempo erledigt, stellte die Sprudelkiste in den Eingang und holte gleich seine Badesachen. Bevor er zu Mittag aß, wollte er noch schwimmen. Die Hitze brannte, und er behielt auf den heißen Holzbrettern die Sandalen an. Das Wasser war die reine Wonne, still und warm. Er war müde, als er endlich wieder in seinen Bademantel schlüpfte und zum Haus ging.

Er schlug zwei Eier in die Pfanne und tunkte das Fett mit Brot auf. Dazu trank er einen Rest Rotwein. Das Essen hatte ihn so erschöpft, daß er auf der Terrassenliege sofort einschlief. Er wachte auf, als er vor Herrn Berger auf einem abschüssigen Felspfad floh. Er brauchte eine Weile, bis er sich wieder in Sicherheit fühlte. Was wollte ihm sein Traum mitteilen? Daß er schuldig war und vor der Polizei flüchten mußte?

Im Halbschlaf ging er die Ereignisse der letzten Tage noch einmal durch. Je mehr er in den Wachzustand überging, desto deutlicher wurde ihm, was ihn quälte. Es war das Auseinanderbrechen der Freundesfamilie, seine eigene Untätigkeit, seine Faulheit – wie er sich eingestand –, sich endlich mit seinem Thema zu befassen. Wie auch hätte er angesichts des Unglücks in seiner Umgebung kluge Gedanken zum Glück abfassen können.

Aber jetzt hatte sich einiges geklärt.

Ludwig war auf dem Weg nach Hause verunglückt. Ob er Glück im Unglück hatte, daß man ihn rechtzeitig ins Krankenhaus gebracht hatte? Auf einem anderen Blatt stand, wie dieses Glück in der Zukunft aussehen würde. In ein paar Tagen würden sie mehr wissen.

Bruno stand mühsam auf, streckte sich und ging zur Espressomaschine. Nach dem Kaffee wollte er sein Manuskript mit auf die jetzt im Schatten liegende Terrasse nehmen.

Hatte er je von sich gesagt: ›Ich bin glücklich‹?

Er konnte sich nicht erinnern.

Es gab das quasi vorgeschriebene Glück, zum Beispiel am Hochzeitstag oder bei der Geburt der Kinder. Aber wie war das in Wirklichkeit gewesen? Immer hatte so etwas wie Angst im Hintergrund gelauert, um im falschen Moment mit Zweifeln und Fragen zu stören: Passen wir auch zusammen? Wird Irene sich nicht mit mir langweilen, wenn sie erst merkt, wie viel Zeit ich am Schreibtisch verbringe? Wenn sie merkt, daß ich nie richtig abschalte, auch in den Ferien nicht? Sind die Babys auch wirklich gesund? Sie haben zehn Finger und zehn Zehen, ihre Gesichter sehen schön aus – aber vielleicht sterben sie den plötzlichen Kindstod, oder man stellt verspätet eine von den heimtückischen Krankheiten fest, gegen die es keine Medizin gibt.

Sein Glück spielte sich unter einer zerbrechlichen Glasglocke ab, und jeder Sturm konnte es gefährden.

Das war ja eine Eigenart des Glücks, daß es bedroht war von allen Seiten. Wahrscheinlich scheute man aus Aberglauben vor dem Satz ›Ich bin glücklich‹ zurück, weil sich das im nächsten Augenblick schon ins Gegenteil verkehren konnte. Jammerten deswegen die meisten Leute? Sie wollten weder den Neid der Götter noch den der Mitmenschen hervorrufen.

War das nicht auch wieder eine Flucht vorm Glück, wenn man darüber schrieb, anstatt es anzustreben? Was sollte er in seinem Alter noch anstreben? Er hatte erreicht, was er gewollt hatte: einen Beruf in der Wissenschaft, die ihn begeisterte, eine Familie und, so banal es klingen mochte, genug Geld, um sorgenfrei zu leben.

Und doch: War das alles? War es das?

Er erinnerte sich daran, daß er sich vor ungefähr dreißig Jahren das gleiche gefragt hatte. Damals, er war Familienvater und Ordinarius, Irenes Atelier war eingerichtet, stellte sich hin und wieder eine Müdigkeit oder Langeweile ein, die er sich kaum erklären konnte. Auf einmal hatte er alles, was er erreichen wollte, vor sich gesehen wie ein fertiges Bild, an dem es nichts mehr zu verfeinern oder auszubessern gab. Jahrelang war ihm seine Zufriedenheit verdächtig erschienen. Er sah keine großen Veränderungen mehr auf sich zukommen. Im täglichen Pflichtkanon, der eher ein Vergnügungskanon war, nahm man die öden Fakultätssitzungen aus, fand er stets Lösungen für seine theoretischen Probleme. Er kam mit den Studenten gut aus, auch mit den meisten Kollegen. Glück hatte er gehabt in seinem unauffälligen akademischen Leben. Das Dekanat hatte er jedes Mal erfolgreich abgewehrt, weil er wußte, daß er nicht dafür gebaut war, Verwaltungsaufgaben zu erledigen oder zu kurz gekommene Kollegen zu besänftigen. Er konzentrierte sich auf seine Arbeit, war von mittlerer Berühmtheit, die er vor allem einer Talkshow verdankte, bei der es um straffällig gewordene Jugendliche aus sogenannten Wohlstandsfamilien ging. Darüber hatte er mit Diplomanden eine Untersuchung gemacht.

Sein Glück?

Er hatte wirklich Glück gehabt in seinem Leben und vieles ohne große Anstrengung erreicht – aber war er glücklich gewesen?

Glück als Dauerzustand anzustreben war kurzsichtig und nicht kompatibel mit der menschlichen Natur, die langes Glück genauso wenig ertragen konnte wie lang anhaltendes Unglück. Erst die Mischung brachte die Abwechslung, die das Leben lebendig erhielt.

Glück also im stinknormalen Leben?

Im nachhinein sah das jedenfalls für ihn so aus.

›Das glückliche Leben – eine Utopie?‹ notierte er auf dem Gliederungsblatt.

Und seine Interviews?

Die würden noch eine Weile warten.

Erst mußte er sich über den Verlauf seiner Gedanken klar werden. Wie sahen eigentlich die Biographien der berühmten Männer und Frauen aus? War Goethe glücklich? Oder Clara Schumann? Adenauer? Bismarck?

Ist Machtstreben gleich Glücksstreben? Und blieb nach erreichter Macht noch Zeit fürs Glücklichsein?

Fragezeichen über Fragezeichen. Im Hochsommer sollte wissenschaftliches Arbeiten verboten werden.

Drei Tage später wachte Inge aus ihrem Mittagsschlaf auf, weil Milva laut bellend hinter Pascha, dem altersschwachen Kater, herjagte. Beide flitzten über die Terrasse.

Es war drei Uhr. Höchste Zeit, sich ins Krankenhaus aufzumachen. Immer noch herrschte die ungewöhnliche Hitzeperiode.

Sie zog ihre dunkelblaue Leinenhose an, dazu ein weißes T-Shirt. Die Strickjacke klemmte sie unter den Arm, nahm Milva an die Leine, sperrte ab und startete ihr Auto. Zur Klinik brauchte sie eine gute halbe Stunde.

Wie sollte sie Ludwig gegenübertreten? Erst einmal wollte sie abwarten, keine Vorwürfe, keine Gefühlsausbrüche. Auf keinen Fall. Cool. Kalt. Immer wieder sagte sie sich das vor.

Ludwigs Zimmer lag im zweiten Stock. Aus dem Ärztezimmer trat eine junge Frau. Inge sprach sie an.

»Sind Sie Frau Hellmer? Kommen Sie doch bitte mal einen Moment herein.«

Sie öffnete die Tür zu einem kleinen, weißen, spartanisch möblierten Zimmerchen.

»Ich wollte Sie ein bißchen darauf vorbereiten, was Sie erwartet. Ihrem Mann geht es zwar körperlich gesehen gut, aber sein Gehirn hat doch mehr abbekommen, als wir zuerst dachten. Einige Teile sind wohl arg beschädigt worden, wahrscheinlich ganz abgestorben.«

»Sie meinen, er ist nicht mehr ganz da?«

»Wahrscheinlich wird er Sie nicht sofort erkennen. Aber geben Sie nicht auf, manchmal erreicht man mit Geduld halbe Wunder.«

Von halben Wundern sprach die Ärztin. An ganze Wunder glaubte sie selber wohl nicht.

So schlimm war es also.

»Ist er bei Bewußtsein?« fragte Inge leise.

»Ja, das schon. Ich wollte Sie nur darauf vorbereiten, was sie erwartet. Ihr Mann wird wohl nie mehr ganz der alte werden. Wir behalten ihn noch eine Woche hier. In der Zwischenzeit sollten Sie sich überlegen, wie Sie Ihr Leben neu organisieren können. Haben Sie Kinder?«

Inges Kopf war nach vorne gesunken.

»Ja, da gibt es allerhand zu überlegen. Aber jetzt gehe ich erst mal zu Ludwig. Haben Sie vielen Dank.«

Sie erhob sich und verwendete alle Anstrengung darauf, aufrecht aus dem Zimmer zu gehen.

Sie klopfte.

Keine Antwort.

Vorsichtig öffnete sie die Tür. Ludwig lag mit offenen Augen da und starrte auf die Wand. Inge holte sich einen Stuhl und rückte ihn ans Bett. Sie saß ruhig da und fragte sich, wie lange es dauern würde, bis Ludwig sie wahrnahm.

»Wie fühlst du dich?«

Ludwig starrte auf die Wand.

Auf einmal setzte er sich mit einem Ruck in seinem Bett auf und faßte hart nach Inges Hand. »Verlaß mich nicht, Heidi!«

Er sah vorbei an ihr, hielt ihre Hand fest und sagte beschwörend: »Bitte geh nicht. Ich bin so allein.«

Dann versank er wieder in den Kissen, und Träume flogen über ihn hin.

Wie hatte die Ärztin gesagt: Er wird nie mehr der alte werden.

Inge wollte leise aufstehen und gehen, da griff er nach ihrer Jakke. »Du sollst hierbleiben, ich befehle es dir! Schließlich lebst du von meinem Geld! Mein Geld! Alles weg!«

Er weinte und schluchzte wie ein kleines Kind.

Inge sah auf ihn herunter.

Ihr kamen die Tränen. Sah so das Ende ihres langen, gemeinsamen Lebens aus?

Wichtige Hirnzellen waren abgestorben. Für immer gestorben? Gestorben, das war stets für immer. Ein bißchen sterben gab es nicht.

An einen solchen Tod hatte sie nie gedacht. Herzinfarkt, Kreislaufkollaps, Schlaganfall, ein plötzliches Ende mitten im Leben – das schon. Dagegen war man versichert, konnte man etwas unternehmen. Aber von heute auf morgen den Verstand verlieren? Sogar Alzheimer ging langsam, man konnte sich darauf vorbereiten.

Und jetzt verwischten sich offenbar auch die Personen, denn Ludwig hielt sie für seine Geliebte. Eine gewisse Heidi. Es war schon fast komisch.

Immer noch hielt Ludwig sie fest. Er war zurückgesunken, krallte sich aber in die Wolle der Jacke. So ähnlich mochten Sterbende die Finger der Krankenschwester umklammern. Ob Ludwig wohl jemals wieder richtig mit ihr reden würde? Sich mit ihr über sein Verhalten auseinandersetzen, über ihre gemeinsamen Versäumnisse?

Vielleicht war es so besser für ihn. Wie hätte er mit seiner Schuld weiterleben sollen, ihr und den Kindern ins Gesicht sehen?

Sie mußte erkennen, daß er ihr für immer verloren war, sein Bewußtsein eingeschläfert, seine Erinnerungen ausgelöscht oder verwirrt, sein Verstand versickert.

Das Leben, das sie sich seit zwei Tagen neu geordnet hatte, konnte sie vergessen. Wie würde ihr Leben jetzt aussehen? Ludwig pflegen, ihn vielleicht sogar füttern, und das alles vor dem Hintergrund seines Verrats. Würde sie seine Demenz aushalten? Wäre sie den Anstrengungen der Pflege gewachsen?

Was sollte sie als nächstes planen?

Sie hatte nicht mehr viel Zeit, bis Ludwig entlassen wurde.

Er seufzte auf und sah vage zu ihr hin. »Heidi?«

Inge schwieg und sah weg.

Das war nicht auszuhalten.

Daran würde sie sich nie gewöhnen.

Was aber sollte sie tun, um das auszuhalten?

Sie versuchte, sich in das Distanzgefühl der Tage vor dem Unfall hineinzuversetzen. Da war alles leichter gewesen, Ludwig weit weg, jedenfalls aus ihrem unmittelbaren Blickfeld. Sie hatte ihn irgendwo gewußt, fern von ihrem Leben, dort, wo er offenbar den Rest seiner Tage verbringen wollte, mit einer anderen Frau. Jetzt aber lag er vor ihr, sie konnte ihn nicht mehr wegschieben, in keine Tegernseer Wohnung.

Er war ihr Mann, trotz allem.

Er war ihr Schicksal.

Damit mußte sie fertig werden.

So lange er lebte, würde er auf ihre Hilfe angewiesen sein. Und wie es schien, war sie als seine Frau nicht mehr in seinem Bewußtsein, war ausgelöscht und von dem Bild seiner Geliebten überlagert.

Ob sie mit diesem Fremden leben könnte? Was mochte Ludwigs Suizidversuch ausgelöst haben? In jedem Fall war diese Heidi der

Schlüssel zu seinem Verhalten. Es blieb ihr nicht erspart, Kontakt mit ihr aufzunehmen, auch wegen der Miete für die Tegernseer Wohnung, die Ludwig aus den Resten ihrer Erbschaft gekauft hatte.

Gleich mußte sie dort anrufen. Heidi rätselte wahrscheinlich, wo Ludwig abgeblieben war. Geschah ihr recht.

Trotzdem, sie mußte sich überwinden. Die Wohnung mußte abgestoßen werden. Das Geld bräuchte sie für Ludwigs Pflege, denn daß sie nicht alles allein schaffen würde, war ihr klar. Da müßten soziale Dienste engagiert werden, wahrscheinlich stundenweise, wie damals bei ihrer Mutter. Ein 24-Stunden-Tag: viel Zeit für sich würde da nicht übrigbleiben. Sie sah sich am Krankenbett des ungetreuen Ludwig, wo sie ihm Suppen einflößte, ihn wusch und wickelte und von ihm Heidi genannt wurde.

Das war viel verlangt von ihr.

Sie würde sehen.

Ludwig nahm ihre Hand.

»Verlaß mich nicht«, murmelte er, »bleib bei mir, Heidi.«

Sie wollte ihre Hand zurückziehen, aber er hielt sie fest. Sein Blick heftete sich an einen Punkt an der Decke.

»Ich bin nicht Heidi, ich bin deine Frau Inge.«

Aber Ludwig lächelte nur schwach. »Bleib doch!«

Inge zog vorsichtig ihre Hand aus der seinen. Sie stand auf und ging.

Sobald sie zu Hause war, wollte sie die Tegernseer Nummer anrufen, die sie in seinem Anzug gefunden hatte.

»Hallo«, meldete sich eine helle, fast schon eine Kinderstimme.

Inge sagte: »Hier spricht Inge Hellmer, die Ehefrau von Ludwig. Sind Sie Heidi Strasser?«

»Ja.«

»Mein Mann hat einen Selbstmordversuch unternommen.«

Nach einer langen Pause: »Dieser alte Idiot. Und was rufen Sie mich da an?«

»Ich dachte, Sie würde das interessieren.«

»Nein, überhaupt nicht.«

»Aber es wird Sie insofern interessieren müssen, weil Sie demnächst aus dieser Wohnung ausziehen werden.«

»Ich? Daß ich nicht lache. Ludwig hat mir letzte Woche alles überschrieben. Er ist inzwischen ausgezogen, aber ich werde das bestimmt nicht tun.«

Inge wurde schwindelig. Sie legte auf.

So war das also.

Nachdem er dieser Heidi die Wohnung geschenkt hatte, mußte er ausziehen. Er hatte seine späte Liebe und seine Wohnung gleichermaßen verloren.

Und sie war doppelt betrogen.

Ob das juristisch einwandfrei war? Für ihr gemeinsames Konto waren sie beide abhebungsberechtigt. Vor einem halben Jahr hatten sie alles auf ein Tagesgeldkonto transferiert, weil sie noch überlegen wollten, ob sie ein Ferienhaus in der Toskana kaufen wollten oder lieber noch eine zweite Wohnung in München. Auf Ludwigs Schreibtisch türmten sich die Prospekte vieler Immobilienfirmen. Und während er noch mit ihr diskutierte, daß die Toskana doch eine unsichere Sache sei, bedachte man die Einbruchskriminalität dort unten, hatte er schon längst das Geld in eine Wohnung am Tegernsee investiert.

Ich fasse es nicht, dachte Inge. Jahrzehntelang lebte man mit einem Menschen zusammen, und dann stellte sich heraus, daß man ihn überhaupt nicht kannte.

Sie mußte einen Plan machen. Und wie sie das gewohnt war, nahm sie ein Blatt Papier und notierte, was ihr dazu einfiel.

Bank. Sie mußte nachsehen, ob Ludwig das ganze Geld abgehoben hatte oder ob sich noch ein Rest fand.

Anwalt. Bruno fragen nach Kollegen.

Sozialdienst. Kostenplan anfordern. Höhe der Schecks für Stefan und Tommy: Sie würden beide dazuverdienen müssen.

Ihre eigene Rente aus den paar Jahren Mitarbeit im Betrieb ging über einen Taschengeldbetrag nicht hinaus. Wieviel Ludwig an Rente bezog, wußte sie nicht genau. Auch da würde sie sich bei der Bank die Unterlagen besorgen. Die Finanzen hatte immer Ludwig allein verwaltet, mit ihrer Zustimmung. Geldgeschäfte lagen ihr nicht.

Das würde sich jetzt alles ändern.

Entschlossen ging sie an Ludwigs Schreibtisch und suchte die Unterlagen von Bank und Versicherungen heraus.

Eine weitere Überraschung wartete auf sie. Ludwig hatte sich seine Lebensversicherung auszahlen lassen, vor zwei Monaten.

Ein Kontoauszug des Tagesgeldkontos blieb unauffindbar.

Morgen, so beschloß sie, würde der Tag der Bank werden. Zu einem neuerlichen Krankenhausbesuch konnte sie sich nicht aufraffen.

Heute Abend müßten sie Familienrat halten. Sie wählte Tommys Handynummer, wo launig eine Botschaft angefordert wurde.

»Tommy, es ist ganz wichtig, daß du mich sobald wie möglich anrufst und heimkommst.«

Inge öffnete die Terrassentür, und Milva stürmte gleich hinaus.

Der hochsommerliche Spätnachmittag wehte einen lauen Windhauch zu ihr hin.

Sie dachte an Bruno, der jetzt wahrscheinlich auf der Terrasse saß und las. Vielleicht hatte er einen Campari vor sich und ließ die Eiswürfel klirren.

Seit drei Tagen hatten sie sich nicht gesehen.

Inge holte ein Mineralwasser und das Telephon und setzte sich in einen Korbsessel.

»Ich hab mich schon die ganze Zeit gefragt, wo du steckst. Du warst doch heute bei Ludwig im Krankenhaus?«

Inge erzählte, was sie alles erlebt hatte. »Weißt du was? Ich komme bei dir vorbei. Das ist nichts fürs Telephon.«

Als sie kurze Zeit später miteinander auf Brunos Terrasse vor einem kalten Glas Weißwein saßen, lehnte Inge sich entspannt zurück, als hätte sie ihre ganze Verantwortung in Brunos Hände gelegt.

Und er sagte entschlossen: »Wir schauen gleich noch einmal miteinander die Unterlagen für Bank und Versicherung durch. Zur Sparkasse gehe ich morgen mit dir zusammen. Ich kenne den Filialleiter noch von einer Verhandlung über den letzten Kredit. Ist schon eine Weile her, daß ich dort öfter mal vorsprechen mußte. Inzwischen ist das Haus abbezahlt, das weißt du ja, schon seit vier Jahren.«

Sie hatten damals miteinander gefeiert, an einem Sommerabend wie heute, auf der Schatzbergalm. Da hatten sie von der Terrasse auf das Alpenpanorama geschaut und waren glücklich gewesen, alle vier.

Wie sich ihrer beider Leben seither verändert hatte!

In das Schweigen hinein sagte Inge: »Ich will dir nichts vormachen, in gewisser Weise spüre ich Erleichterung über Ludwigs Zustand. Was immer er auch sagen wird, er kann nichts dafür. Mit einem voll zurechnungsfähigen Ludwig, der ständig über sein Leben jammert, hätte ich mich schwerer getan.«

»Es wird auch so schwer genug für dich werden.«

Sie nickte und dachte an ihre finanzielle Situation.

Beide sahen hinaus auf die blühenden Rosen, den langsam dunkler werdenden Himmel und die Eichen und Ahornbäume, die eine scharfe Grenze zum Horizont zogen.

Der Faden ihres Gesprächs lief weiter, ameisengleich unter den Holzritzen der Terrasse, er verlief sich und irrte umher im Labyrinth des Schweigens.

Schließlich meinte Bruno: »Es hat keinen Sinn, noch lange herumzuspekulieren. Morgen wissen wir mehr. Und heute abend fahren wir nach Aidenried, essen zu Abend und betrachten den Sonnenuntergang.«

»Ich sage noch schnell Stefan auf seinem Handy Bescheid, damit er weiß, wo ich bin.«

»Und ich rufe bei Martina zu Hause an, ob sie alle wieder gut heimgekommen sind.«

Stefan hatte im Schwimmbad zwei Schulfreunde getroffen, die im Haus der Wasserwacht einen Grillabend vorbereiteten.

»Kannst auch dableiben, wenn du magst.«

Aber er hatte sich ganz nach links an die dichte Hecke verkrochen. Er wollte allein sein. Dem Ferienpalaver am Grill mochte er sich nicht aussetzen.

Immer noch rätselte er an seinen Erinnerungen herum. Und zusehends fühlte er sich, als trüge er die Vergangenheit in sich wie einen schwer verdaulichen Schweinebraten, der ihm Übelkeit verursachte. Wenn schon die Polizei so offensichtlich im dunkeln tappte, so wollte doch er Schritt für Schritt der Lösung näherkommen.

Olaf war ein Weg dorthin.

Sonst fiel ihm keiner ein.

Oder vielleicht Gerd, sein Zeichenlehrer?

Stefan holte sein Handy heraus und wählte Olafs Nummer.

»Ja, ich sehe, daß du es bist, Stefan.«

»Wollte mal hören, wie es dir geht.«

»Bestens.«

»Ist das die Antwort, die dein Vater dir eingebleut hat?«

»Hm.«

»Wo bist du denn?«

»In meinem Zimmer.«

»Allcin?«

»Nein.«

»Unter Aufsicht, ich verstehe. Ruf mich an, wenn du reden kannst. Aber merk dir's. Vergiß es nicht, es ist wichtig!«

»Okay. Tschüs.«

Ein seltsames Telephongespräch mit dem sonst immer redefreudigen Olaf. Hatte er Redeverbot nach seinem Selbstmordversuch? Ob sein Vater die Drohungen wahrmachen würde, von denen seine Mutter erzählt hatte? Mit dem Medizinstudium jedenfalls war es bisher nicht weither gewesen. Nach vier Semestern hatte er noch keinen einzigen Schein gemacht. Wie hatte er nur das Abitur geschafft?

Stefan wußte Bescheid über Olafs Wissenslücken. Schließlich hatte er hin und wieder mit ihm zu lernen versucht. In Latein konnte er weder die unregelmäßigen Verben noch den Anfang von Cäsars Germania. Und beim Abitur wurde die Übersetzung eines Liviustextes gefordert, mit der er selber alle Mühe gehabt hatte.

Oder gar Mathe.

Das hatte Stefan gleich aufgegeben, schon nach den ersten Erklärungsversuchen.

Olaf war dann in einem Nachhilfeinstitut eingeschrieben, Eva übrigens auch. Und an einem Nachmittag war Olaf mit Eva Eisessen gegangen. Sie hatten gestaunt: »Was, mit der?«

»Sonst war keine da, nur noch die Susi vom Direx ... dann lieber noch die Eva Schwachmathica!«

Wer leitete dieses Nachhilfeinstitut in Weilheim eigentlich?

Jedenfalls kein Lehrer ihres Gymnasiums. Und die Lehrer vom staatlichen Gymnasium durften ohnehin keine Nebeneinkünfte haben. Da hatte es doch einen Aushang am Schwarzen Brett gegeben: ›Abiturvorbereitung in allen Fächern‹.

Irgend etwas hatte es mit diesen Kursen auf sich. Auch dabei war Olaf mit Eva und Susi zusammengekommen. Und beide Mädchen waren dann auf seiner Party.

Sie waren also nicht nur miteinander im Dichterclub gewesen.

Stefan schloß die Augen.

Wo hatten die Zettel am Schwarzen Brett gehangen?

Es waren orangefarbene Zettel gewesen, die für beide Kurse warben. Waren die Veranstalter also dieselben?

Poesie, Mathe und Latein, das waren doch wirklich keine verwandten Gebiete. Und trotzdem mußten sie etwas miteinander zu tun gehabt haben.

So ein Nachhilfeinstitut mußte dem Direktor bekannt sein, ein Dichterclub natürlich auch. Das würde heißen, über beide wußte der Direx Bescheid – er schickte sogar seine eigene Tochter hin, behauptet dann aber, nichts zu wissen.

Da stimmte etwas nicht.

Sein Vater hatte bei ihm angerufen, oder war es Onkel Bruno gewesen?

Je länger Stefan an den Zusammenhängen herumrätselte, desto deutlicher wurde ihm, daß der Direktor eine Schlüsselfigur dieses Wirrwarrs war.

Und Gerd, der Freund des Direktors?

Und wieso hatte Gerd ihm am Tage nach Evas Tod geraten, etwas in Ordnung zu bringen? Was wußte Gerd über ihn und die Party?

Stefan erinnerte sich immer noch nicht, wie er in der Nacht in Gerds Bootshaus gekommen war. Jemand mußte ihn dort abgesetzt haben, jemand, der wußte, wo er wohnte.

Eva hatte er es erzählt, und Olaf natürlich. Aber der war zu besoffen gewesen, um überhaupt noch das Schlüsselloch für den Anlasser zu finden.

Gerd hatte ihn nach Herrsching mitgenommen. Gerd wußte, wo er während des Kurses schlief. Wußte er auch, daß er bei Evas Tod dabei gewesen war? Und woher?

Im nachhinein kamen ihm die Kollegen seines Malkurses vor wie eine Gemeinschaft, mit der ihn nichts verband: alles Abiturienten seines ehemaligen Gymnasiums, alles ehemalige Schüler von Gerd und Akademie-Aspiranten. Schon vom Alter her war Stefan der Außenseiter, und auch von seiner Studienkarriere her. Ein gescheiterter Jurist im vierten Semester, der auf Künstler macht und umsattelt. Nicht umsonst kam er sich ausgeschlossen vor unter ihnen.

Wo waren sie eigentlich alle gewesen an jenem Abend, in jener Nacht?

Er wußte, daß sie erst gekommen waren, als er schon schlief. Ob sie wohl immer noch miteinander im Bootshaus saßen und über ihre Bilder diskutierten?

Stefan entschloß sich, mit dem Rad nach Herrsching zu fahren, um in Gerds Bootshaus weiter nach Anhaltspunkten zu suchen. Wenn Gerd da war, würde er ihm alles erzählen, was er bei der Polizei angegeben hatte. Ihm konnte nichts mehr passieren, dachte er.

Er packte vorsorglich Badehose und Handtuch auf den Gepäckträger und fuhr erst ein Stück durch die Birkenallee, an der ein Fahrradweg entlangführte, dann aber mußte er auf der Fahrstraße bis Pähl den Autos ausweichen. Hinter Fischen gab es einen richtigen Fahrradweg, der schattig und eben dahinführte über Aidenried. Stefan beschloß, zuerst nach Herrsching zu Olaf zu fahren.

Das Anwesen der Dirks' lag breit und protzig in der Sonne. Am Gitter läutete er, aber es rührte sich nichts. Erst nach dem dritten Klingeln öffnete sich die Tür, und die Haushälterin im weißen Schürzchen spähte zum Gitter hin. Dann surrte der Öffner, und Stefan schob sein Rad auf dem weißen Pflaster zum Haus hin.

»Grüß Gott, Herr Hellmer, Sie können Ihr Rad gleich hier am Kiesweg abstellen. Heute kommt bestimmt kein Besuch mehr.«

Er schüttelte Frau Kohlmeier die Hand. Hin und wieder hatte er belegte Brote von ihr bekommen, wenn er mit Olaf lernte. Frau Dirks servierte sie zwar als charmante Gastgeberin, aber Stefan wußte, daß sie in der Küche keinen Finger krümmte.

»Sie wollen den jungen Herrn besuchen?« war mehr eine Feststellung als eine Frage. Frau Kohlmeier ging voraus, in den ersten Stock, bis zu Olafs Zimmer, klopfte an und sagte: »Herr Hellmer möchte Sie besuchen.«

Beide standen vor der Tür. Schließlich wurde sie von Frau Dirks geöffnet. Stefan staunte. Selbst am Krankenbett ihres angeschlagenen Sohnes sah sie aus wie seine Mutter vielleicht einmal im Jahr, wenn sie in die Oper ging: halblanger, dunkelblauer Seidenrock, eine weite, in der Taille mit breitem Goldgürtel zusammengeraffte Bluse in der gleichen Farbe, hochhackige Lackpumps. Sie lächelte ihr Filmstarlächeln mit leuchtend roten Lippen und reichte ihm ihre schmale Hand, die in goldenen Nägeln auslief.

»Wie schön, daß Sie Olaf besuchen kommen. Er wird sich sehr freuen.«

Olafs Miene strafte ihre Worte Lügen. Er lag bleich in seinen Kissen, die Mundwinkel nach unten gezogen, die Augen nur halb geöffnet.

Stefan fragte sich, ob er überhaupt ganz da war.

»Hallo«, sagte er mit angestrengter Munterkeit, »ich wollte doch mal nach dir schauen.«

Eine matte Hand hob sich ihm entgegen.

Frau Dirks schob einen Ledersessel ans Bett.

»Bitte, nehmen Sie Platz.«

Sie selber blieb im Zimmer, machte sich am Schreibtisch zu schaffen und holte sich schließlich einen zweiten Stuhl an Olafs Bett.

»Mama«, seufzte Olaf in halberstorbenem Ton.

»Du weißt doch, was dein Vater angeordnet hat«, war ihre Antwort.

»Und du bist seine Sklavin.«

Unter dem goldbraunen Make-up rötete sich ihre Haut.

»Was redest du? Ist doch nur zu deinem Besten.«

»Ich komme mir vor wie ein Gefangener.«

»Ach, Olaf, jetzt übertreib's nicht.«

Stefan sah von einem zum anderen.

Hier hatte sich allerlei verändert. Früher hatten sie stundenlang in diesem Zimmer allein gesessen, hatten ihre Zeit mit Computerspielen statt mit Vokabellernen verbracht. Und keiner hatte sie kontrolliert.

Frau Dirks hielt die Stellung.

»Dann hol uns wenigstens eine Cola.«

Zögernd verließ Frau Dirks ihren Posten und ging zur Tür.

»Ich warne dich«, sagte sie leise und verließ das Zimmer.

»Das ist nicht mehr auszuhalten. Sie sperren mich ein, überwachen mein Handy, und zu essen gibt's nur langweilige Diätmenüs aus der Klinik.«

»Du bist halt wirklich krank.«

»Ach, Quatsch. Ich hab bloß Pillen genommen, die sie wieder rausgepumpt haben. Und jetzt denkt der Herr Klinikchef, daß ich verrückt bin.«

»Sag mal, Olaf, du erinnerst dich doch an das Ende der Party, an Joe und Eva. Du warst doch auch mit unten, als es passierte.«

»Nicht nur ich. Wir wollten schließlich alle was geboten kriegen von den beiden. Ging schiefer als schief. Du bist richtig umgekippt. Gut, daß Gerd da war und dich heimfahren konnte.«

»Gerd? Auf der Party?« Stefan sah ihn fragend an.

»Ich denke, das hättest du gewußt. Er hat dich ja hergebracht.

»Ja, schon, aber dann fuhr er weiter«, sagte Stefan schwach.

»Nein, er ist bloß zum Parkplatz und hat sich in Schale geworfen. Seine Maske war der Pitbull. Susi ist übrigens voll drauf abgefahren. Sie hatten ja schon länger was miteinander. Aber nie ohne Pitbullmaske.«

Stefan blieben die Worte weg.

»Der Direktor kriegte Wind davon, auch von dieser ganzen Dichter- und Nachhilfe-Fakerei. Er war richtig sauer. Schließlich dachte er, Gerd sei sein Freund und, na sagen wir mal, Bundesbruder. Das sind mir die rechten Brüder, Joe und Gerd beim Aufbau einer neuen, glücklichen Gesellschaft. Glückssucher ganz besonderer Art. Von uns wollten sie nur Solidarität und von den Eltern Geld, Geld für Nachhilfestunden, für den Dichterkurs, und nicht zu knappes Schulgeld. Von den Mädchen wollten sie hauptsächlich Solidarität, was heißt, daß sie den Mund halten sollten.«

Er kicherte.

»So ein Scheiß. Die haben uns total verscheißert. Von wegen dichten und Mathevorbereitung. Immer hieß es zu Anfang: Seid ihr bereit? Aber es war so fordernd, so absolut. Keiner hat widersprochen, und die Mädchen schon gar nicht. Die bekamen so viel Honig ums Maul geschmiert, die fraßen denen aus der Hand. Wie nach Pillen.«

Die Tür ging auf, und Frau Dirks trat mit einem Tablett lächelnd ans Nachttischchen. Zwei Cola mit Eiswürfeln und ein paar delikat belegte Brötchen standen bereit.

»Bei dieser Hitze hält sich der Appetit ja in Grenzen«, meinte sie verbindlich. »Aber trinken soll man viel, sagt jedenfalls mein Mann. Und der muß es ja wissen.«

Sie machte keine Anstalten, wieder vom Krankenbett zu weichen, und so murmelte Stefan nach einigen schlappen Smalltalk-Versuchen über die ungewöhnliche Hitze am Ammersee: »Ja, ich will mal wieder los. Übrigens, ab nächstem Semester schmeiß ich mein Jurastudium.«

»Ja, aber ...« Frau Dirks machte große Augen.

Olaf grinste. »Bist nicht gerissen genug für einen Rechtsanwalt? Hab ich mir gleich gedacht.«

»Und was sind Ihre weiteren Pläne? Ich meine, irgend etwas ...« Frau Dirks hörte mitten im Satz auf.

»Mal sehen, ist noch nicht ganz entschieden. Vielen Dank für die Cola, und tschüs Olaf, gute Besserung!«

Als Frau Dirks ihn hinunter begleiten wollte, sagte er schnell: »Ich finde schon hinaus«, und er lief die Treppen hinunter, als wäre einer hinter ihm her.

Er stieg auf sein Rad und fuhr hinunter zum Ufer, zu der Stelle, wo seine Erinnerungslücke angefangen hatte. Auf dem Kieselufer breitete er sein Handtuch aus, legte seine Kleider daneben und zog sich die Badehose an. Das wilde Ufer war dicht bevölkert, und dort, wo Stefan Evas Sterbeplatz vermutete, gruben Kinder in Steinen und Sand.

Er schloß die Augen und versuchte, die Witterung nach den weißen Flecken der Vergangenheit wieder aufzunehmen.

Wie die Erinnerungen alle in der Sackgasse verliefen!

Seine Gedanken züngelten auf wie Flammen, und sie erhellten einen kurzen Moment, woran er seither pausenlos gegrübelt hatte. Er mußte mit seinen Überlegungen noch einmal ganz von vorne anfangen.

Joe und Gerd steckten also unter einer Decke. Gerd mußte die ganze Zeit gewußt haben, womit er sich quälte. Er hatte ihn am Abend nach der Party aufgelesen und ins Bootshaus zurückgebracht.

Danach mußte er wieder zu den anderen in die Disco aufgebrochen sein. Welche Disco eigentlich? Und wer sagte, daß die Malkurs-Teilnehmer nicht auch Mitglieder dieses ominösen Vereins waren? Vielleicht wußten alle, wovon er keine Ahnung hatte.

Er war mal wieder der Außenseiter.

Und Olaf, der reichste Erbe weit und breit, diente als Gastgeber. Schließlich war er ihnen etwas schuldig. Das Abitur?

Plötzlich kam es Stefan so vor, als habe er die ganze Zeit im Nebel verbracht. Mit Olafs Äußerungen war ein erster Lichtstrahl in die Düsternis gefallen.

Was für eine Rolle wohl der Direktor bei der ganzen Geschichte gespielt hatte?

Zuerst mußte er sich hinter Joe und den Verein gestellt haben, weil er ihn deckte und seine Identität nicht preisgab. Aber als er von Gerd und Susi erfuhr, da hörte wahrscheinlich seine Toleranz auf.

Aber warum war er nicht zur Polizei gegangen?

Das wäre wohl ein Risiko für ihn gewesen, denn damit hätte er gezeigt, daß er mehr wußte, als er bisher zugegeben hatte. Deswegen hüllte er sich in Schweigen und hoffte, daß sich die Aufregung um Evas Tod irgendwann geben würde.

Am meisten machte Stefan zu schaffen, was Olaf über Gerd erzählt hatte.

Der schöne Gerd.

Der charismatische Lehrer.

Der gefeierte Künstler.

Daß er von den Mädchen umschwärmt wurde, war nur natürlich bei seiner sportlichen Figur, seiner immer leicht gebräunten Segler-Haut, seiner lockigen Künstlermähne. Seine Begeisterung für die Malerei übertrug sich sofort, weil jeder spürte, daß dahinter echte Leidenschaft steckte. Er war ein durch und durch mitreißender Pädagoge.

Nur, mitreißen, wohin?

Joe war von der gleichen Art, jedenfalls soweit er an jenem Abend erlebt hatte. Auch er strahlte die Sicherheit aus, die junge Menschen so anzieht. Woher die beiden sich kannten? Und seit wann machten sie gemeinsame Sache?

Gerd hatte während der Semesterferien und bevor er als Referendar angestellt wurde, die ganze Welt bereist, mit Rucksack und Schlafsack. Wie oft er ihnen von Indien und Südamerika erzählt hatte! Stefan erinnerte sich an eine Ausstellung mit Bildern von exotischen Landschaften: ›Feuer auf Feuerland‹. Und wo lag Feuerland?

In Chile?

Sollte er dort für diese Sekte rekrutiert worden sein?

Und woher kam dieser Joe, der eine ähnliche Faszination auf die Schüler ausgeübt hatte wie Gerd? Auch äußerlich waren die beiden sich ähnlich, beide athletisch, mit blauen Augen, blonden, dichten Haaren, stets gebräunt, stets freundlich und zugewandt.

Gerd war immer ein guter Zuhörer gewesen. Er kannte seinen Schüler besser als sonst irgend jemand, er hatte seine Bilder interpretiert, intuitiver, als Stefan das selbst gekonnt hätte.

War es diese Einfühlungsgabe, die Gerd vor allen anderen Lehrern auszeichnete – und die er für seine und für die Zwecke seiner obskuren Organisation einsetzte?

Das Ganze war als langfristiges Projekt geplant. Mit Jugendlichen mußte man Geduld haben, seine Absichten nicht schnell, sondern auf lange Sicht hin anlegen, sie nachhaltig beeinflussen, sie süchtig machen nach Anerkennung und Sex.

Dann hatte man sie, konnte sie manipulieren.

Evas Tod hatte ihre Pläne nachhaltig zunichte gemacht. Sie konnten ihren Tod keinesfalls beabsichtigt haben. Kein Wunder, daß sie sich unsichtbar zu machen versuchten.

Aber Gerd? Wie paßte das zu ihm? Er mußte ein grandioser Schauspieler sein.

Und während Stefan seinen Spekulationen freien Lauf ließ und sich ihm die Umstände um Evas Tod immer mehr zu erhellen schienen, beschloß er, Gerd zur Rede zu stellen, jetzt, sofort.

Er stürzte sich kurz entschlossen ins Wasser, schwamm zur ersten Boje hinaus und machte sich danach auf zu Gerds Bootshaus, das ganz in der Nähe lag.

Er mußte das alles mit Gerd bereden und vielleicht endgültig klären.

Stefan radelte die Uferstraße entlang und bog in den unasphaltierten Weg ein, an dem das Bootshaus lag.

Es war Mittag, die Zeit, in der die Gruppe sich um Reistopf oder Spaghetti versammelte.

Aber der ganze Platz lag leer da.

Die Biergartentische und Bänke waren hochgestellt und gegen die Hüttenwand gelehnt.

Gestern und heute hatte hier keiner mehr gesessen.

Er rüttelte an der Holztür. Sie war verschlossen.

Vor den kleinen Fenstern waren die karierten Vorhänge zugezogen. Durch einen Stoffspalt versuchte er, ins Innere zu sehen, aber er erkannte nichts.

Sollte er klopfen?

Lag der Schlüssel etwa gar noch unter dem Geranientopf?

Stefan hob die Pflanze hoch, aber da war nichts.

Wie sollte er Gerd finden?

Offenbar hatte er den Kurs abgebrochen, der noch bis Mitte nächster Woche dauern sollte. Von seinen Malerkollegen kannte er nur die Vornamen.

Wenn überhaupt jemand, dann konnte Gerd ihm die Zusammenhänge erklären. Aber Gerd war verschwunden.

Stefan bedrückte, was Olaf von seinem Lehrer und Susi gesagt hatte. Er konnte es kaum glauben. Ein Verhältnis mit einer Schülerin. Und noch dazu mit der Tochter des Direktors.

Allem Anschein nach war ihnen der Direktor auf die Schliche gekommen. Ob Joe mit beiden befreundet war, quasi das Verbindungsglied?

Stefan stellte sich vor, wie der stets auf Ausgleich und Harmonie bedachte Gerd der Liebhaber von Susi sein konnte, dieser dummen und eingebildeten Ziege. Nein, Stefan verstand nichts mehr.

Wenn Gerd nicht hier war, wo konnte er dann sein? Bei Susi? Das hätte bedeutet, Gerd ginge in der Villa des Direktors ein und aus.

Ob er dort zuerst einmal läutete? Hier noch länger herumzurätseln, das brachte nichts. Er mußte Klarheit haben, er mußte handeln.

Stefan sah von der Hütte weg zum See, der im sommerlichen Dunst dalag, eine friedliche, blaue Fläche, in der sich der wolkenlose Himmel spiegelte. Die Natur war eindeutig in ihrer teilnahmslosen Schönheit. Die Menschen verkomplizierten das Leben, in ihnen verschränkten sich die widerstreitenden Kräfte. Da war Gerd – sein verständnisvoller Lehrer, der ihm die Augen für die Kunst geöffnet hatte. Seine andere Seite enthüllte einen Charakter, der verantwortungslos genug war, sich mit einer Schülerin einzulassen, der Tochter seines Chefs, der ihn gefördert hatte, weit über seine Pflichten hinaus.

Oder war diese Förderung vielleicht gar nicht so uneigennützig, nicht primär dem künstlerischen Schaffen zu verdanken, sondern anderen, niederen Motiven? Wußte Gerd etwas, womit er den Direktor erpressen konnte? Und wie hing das alles mit Joe zusammen, dem auf rätselhafte Weise auch die beiden anderen verpflichtet schienen?

»Wenn ich schon reinen Tisch mache, dann gehört dazu auch, daß ich weiß, was ich von meinem Freund und Lehrer zu halten habe.« Stefan streckte sich, ließ die Hütte in seinem Rücken, schob sein Rad zur Straße hinauf und machte sich auf den Weg nach Weilheim. Er würde erst dann Ruhe finden, wenn er seine Zweifel geklärt hatte. Wie auch konnte man jemanden seinen Freund nennen, der heimlich allen Grundsätzen zuwider handelte, die er öffentlich vertrat? Wenn er Gerd erst gefunden hatte und von ihm erfuhr, was zwischen dem Direktor und Joe gespielt wurde, dann würde es ihm leichter fallen, seinen eigenen Weg zu gehen.

Stefan radelte den schattigen Weg am Ufer entlang, wo in langen Reihen die Autos mit Münchner Kennzeichen parkten. Am seichten Ufer sah er die Badenden planschen, andere lagerten auf dem steinigen Ufer. Vor drei Tagen war dort unten ein Mensch gestorben, aber keiner dachte mehr daran. Ein paar Ammerseewellen, und schon schwappten sie über Erinnerungen und Nachrichten hinweg.

Stefan fühlte sich weit entfernt von Urlaubsstimmung und harmlosen Badefreuden. Vor ihm hatte sich der Vorhang des Sichtbaren angehoben, und dahinter war kein Platz mehr für das einfache, erklärbare Leben.

Als er die Uferregion verließ und Richtung Pähl weiterradelte, brannte die Sonne auf ihn nieder. Er drosselte das Tempo, war aber trotzdem schweißgebadet, als er das Straßenschild von Weilheim passierte.

Zuerst wollte er an Gerds Wohnung läuten.

Er stieg die drei Etagen des Altbaus hinauf und hielt sich am verzierten Eisengeländer fest. Vor seinen Augen tanzten grüne Lichter, und ihm war leicht schwindlig.

Er drückte zweimal auf die Klingel.

Niemand öffnete.

Aber die Tür zur Nachbarswohnung ging auf.

»Wollen Sie Herrn Niederwieser sprechen? Der ist in die Ferien gefahren, gleich nach Schulschluß. Ich hab seit einer Woche seine Post gestapelt. Gerd ist in Südamerika, auf Malreise.«

»Aha.« Stefan blieb der Mund offen stehen. »Ja, danke.«

Er tappte die drei Stockwerke wieder nach unten. Südamerika am Ammersee! Das war ja grotesk. Jetzt log Gerd auch seine Nachbarn an. Warum?

War es Angeberei? Der kleinstädtisch eingeschränkte, große Künstler auf Weltreise.

Oder steckte etwas anderes hinter der offensichtlich falschen Reiseroute? Aber was?

Stefan stand unschlüssig vor der Haustür.

Bevor er zum Haus des Direktors fuhr, wollte er noch einmal Olaf anrufen, der mußte noch mehr wissen, als er in der Eile hatte sagen können.

Das Handy war eingeschaltet.

Nach dreimaligem Läuten meldete sich Olaf.

»Ja?«

»Gut, daß ich dich erreiche. Ich denke, du bist mir noch ein paar Erklärungen schuldig.«

»Stefan«, flüsterte Olaf. »Du alter Naivling. Du Baby von Gottes Gnaden. Jetzt willst du Erklärungen. Da kann ich dir nicht weiterhelfen. Mir geht's beschissen, sie haben mir irgendwas reingespritzt, wollen mich ruhigstellen. Das Handy hab ich im Bett versteckt. Geh zu Susi, die weiß am meisten. Ich bin müde.«

Olaf legte auf.

Die Häuser und der Asphalt hatten die tagelange Hitze gespeichert. Stefan lehnte sich an die Wand.

Er schloß sein Rad auf und schob es zur Eisdiele, wo es die größten Portionen von ganz Oberbayern gab.

Mit seinem Zitroneneis mußte er sich beeilen. Kaum hatte er das Tütchen in der Hand, tropfte der Zuckersaft auch schon herunter.

Mit einer Hand hielt er sein Rad, mit der anderen sein Eis. Er sah zu den kleinen Tischchen hin, an denen Rieseneisbecher mit Schirmchen serviert wurden. Jemand winkte ihm zu. Es war Veronika aus dem Malkurs. Sie saß mit zwei anderen Mädchen da und hatte eine Tasse Espresso vor sich. Klar, dünn wie die war, traute sie sich an keinen Eisbecher.

Jetzt stand sie auf und kam zu ihm herüber.

»Na, wieder aufgetaucht?«

»Das könnte ich genausogut dich fragen. Ich war gerade bei der Hütte, aber keiner war mehr da.«

»Gerd kriegte einen Anruf, und danach hat er uns heimgeschickt. Wären ja nur noch zwei Tage gewesen. Er hat uns das Geld zurückgegeben, dazu noch jede Menge Tips für die Akademiebewerbung. Ich hab meine Mappe schon fast fertig. Und du? Auf einmal verschwunden? Wir waren dir wohl zu dilettantisch?« Veronika lächelte spöttisch. »Klar, du als Altmeister ...«

»Hat damit nichts zu tun.«

»Womit denn sonst?« Sie zog verächtlich die Mundwinkel nach unten.

»Rein privat. Geht dich nichts an.«

Stefan hatte sein Eis zu Ende gelutscht und zerbiß den Rest des Tütchens.

»Brauchst ja nicht gleich eingeschnappt zu sein. Ich hab nichts gegen dich, auch wenn du mich ziemlich arrogant abgefertigt hast. Ich weiß selber, daß ich nicht so gut bin wie du.«

Stefan sah überrascht zu Veronika, die einen zittrigen Ton in der Stimme hatte, als wollte sie jeden Moment losweinen.

»Tut mir leid, wenn ich gemein war. Ich hab's einfach satt, mich und meine Art zu malen ständig zu rechtfertigen.«

»Davon kann doch keine Rede sein. Ich bewundere dich wirklich, ganz ohne Schmu. Wahrscheinlich hab ich's mal wieder nicht richtig rausgebracht, geht mir ständig so.«

Stefan war ratlos. Sollte er sie trösten? Wenn sie nur nicht anfing, ihm hier eine Szene zu machen, vor all den Leuten, die sich im Café langweilten.

»Komm, wir gehen noch ins Stadtcafé miteinander. Ich spendier dir eine Cola. Magst du?«

Veronika strahlte ihn an.

»Echt? Ja, gute Idee.«

Sie marschierte gleich los und winkte im Vorbeigehen ihren zwei Freundinnen, die immer noch an ihrem Tischchen saßen.

Es waren nur wenige Schritte bis zum Stadtcafé. Stefan schloß sein Rad ab, sie gingen die Treppe zum ersten Stock hinauf. Dort war es kühl, die zugezogenen Vorhänge dämpften das grelle Licht des Sommernachmittags. Beide bestellten Cola.

Die Kellnerin kannte die beiden von vielen Freistunden-Besuchen her. Ihre Tochter war mit Stefan in der gleichen Klasse gewesen.

»Na, Stefan, wie geht's? Immer noch als Rechtsverdreher unterwegs?«

»Das ist Vergangenheit. Ich sattle um.«

»Bist jetzt doch in der Kunst gelandet? Was sagt dein Vater dazu?«

»Das ist eine lange Geschichte«, meinte Stefan ausweichend.

»Er wird sich schon daran gewöhnen. Das müssen wir Eltern eh die ganze Zeit. Du weißt ja, unsere Nadine ist in Amerika gelandet. Ich kann nicht sagen, daß ich das so toll finde. Na, prost«, meinte sie abschließend.

Veronika nippte an ihrer Cola, Stefan trank mit einem Zug das halbe Glas leer.

»Ich war übrigens vorhin bei Gerd. Der Nachbar sagte, er sei schon seit Ferienbeginn in Südamerika. Chile am Ammersee«, meinte er grinsend.

»Vielleicht mußte er ja wirklich dorthin. Er hat erzählt, daß er dort noch Verwandte hat, ich glaube, seine Eltern. Aber«, meinte sie nachdenklich, »er hat gar keinen Akzent. Dabei lebt er erst seit ein paar Jahren in Deutschland.«

»Woher weißt du das?«

»Er hat mal eine Andeutung gemacht. Aber das meiste weiß ich von Susi. Sie hat ja, sie ist, ich meine, die beiden ...«

»Ich weiß Bescheid«, sagte Stefan sachlich.

»Dann brauch ich dir nichts zu erzählen. Ich dachte immer, sie hätten es geheimgehalten.«

»Es gibt noch eine Reihe anderer Geheimnisse, jedenfalls für mich. Zum Beispiel die Party, zu der mich Gerd gefahren hat. Ihr anderen wart ja angeblich in der Disco.«

»Wieso angeblich? Wir waren wirklich dort, und nach dem vielen Stillsitzen vorher haben wir uns richtig ausgetobt, bis in den Morgen. So viel ich mitgekriegt hab, warst du ja lange vor uns da und hast geschnarcht.«

Sie lachten beide.

Stefan war erleichtert. Veronika war jedenfalls nicht bei Olaf dabei gewesen.

»Was macht deine Mappe? Du willst dich doch auch bewerben, wenn ich das richtig verstanden habe.«

»Ach ja, die Mappe. Das müßte ich erst zusammenstellen. Aber ich habe mich für ein Stipendium in New York beworben, schon voriges Jahr. Ich wollte davon abhängig machen, ob ich endgültig Maler werde. Der Bescheid soll in den nächsten Tagen kommen.«

»Wow, toll! New York! Da war ich vor einem Jahr mit meinen Eltern. Ich erinnere mich hauptsächlich an eine Wagneroper in der Met. Ohne Ende, das Gebrüll. Aber Mama und Papa waren total hingerissen. Da wollte ich ihnen die Begeisterung nicht verderben. Hab halt genickt und geschwiegen. Aber die Museen, die waren wirklich genial. Ich bin immer noch länger geblieben, im MOMA einen ganzen Tag. Ja, da fahr ich mit Sicherheit noch mal hin.«

»Wenn ich dort wohne, kannst du mich ja besuchen.«

»Wirklich? Das sagst du jetzt aber einfach so. Ich würde mich nicht trauen, bei dir aufzutauchen.«

»Wieso nicht? Das ist ernst gemeint.«

»Du bist irgendwie meilenweit von mir entfernt, obwohl, mehr als zwei Jahre älter bist du ja sicher nicht.«

Stefan schwieg.

War das nicht immer so gewesen, daß er sich älter und deswegen isoliert gefühlt hatte in seiner Klasse, daß er keine richtigen Freunde hatte, sondern nur ein paar lose Kumpel aus dem Turnverein, mit denen er einmal die Woche Tischtennis spielte. Und Birgit? Daran mochte er gar nicht denken.

»Hab ich was Falsches gesagt?«

»Ganz im Gegenteil. Das mit dem Altsein stimmt genau. Ich fühl mich immer schon älter, als ich eigentlich bin.«

»Out of time?«

«Das ist es wahrscheinlich. Wie kommst du drauf?«

»Manchmal versetze ich mich bei geschlossenen Augen in eine andere Generation, also ich stelle mir vor, ich bin sechzig und Oma und lese meinen Enkelkindern Hänsel und Gretel vor. Oder ich stehe in einem Museum, na, zum Beispiel in Tokio, und ein Millionär spricht mich an, und ich geh mit ihm, bade in Eselsmilch und gehe bei Dior einkaufen. Gott, wie banal!«

Veronika wurde rot. »Keine Ahnung, warum ich dir das erzähle. Was denkst du jetzt wohl von mir?«

Stefan mußte lachen.

»Auf jeden Fall bist du ehrlich. Wer würde mir schon so einen tiefen Einblick in seine Tagträume gewähren? In der Malgruppe hast du auf mich einen ganz anderen Eindruck gemacht.«

»Unter der Rubrik ›dumme Gans‹, oder? So hab ich mich jedenfalls gefühlt.«

»Ich glaube, ich hab mich ziemlich blöd aufgeführt in diesem Malkurs, weil ich eigentlich etwas anderes wollte, als nach der Natur zu malen und harmlose Photo-Aquarelle zu pinseln. Tut mir leid, Veronika, ich mach's wieder gut.«

»Du bist echt total anders, als ich gedacht habe. Eigentlich ein ganz netter. Bevor du nach New York fliegst, ruf mich doch mal an. Hier ist meine Nummer.«

Sie schrieb ihre Adresse auf einen Zettel.

»Du wohnst in Riederau? Das hab ich gar nicht gewußt. Ich dachte, du wärst eine Weilheimerin.«

»Meine Eltern haben mich nur hier in Weilheim auf diese Schule geschickt, als hätten sie gewußt, daß ich in einem staatlichen Gymnasium eingegangen wäre. Ich habe Gerd viel zu verdanken.«

»Ich auch. Er hat mir die Augen für meine Fähigkeiten geöffnet, hat mir Mut gemacht, meine harmlosen Bildchen schon in der Unterstufe ausgestellt.«

»Ich weiß. Ich kenne alle deine Bilder, die im Laufe der Zeit in den Gängen hingen. Ich bin ein Uralt-Fan von dir.«

Sie stand auf.

»Ich muß jetzt gehen, mich mit meiner Mutter treffen. Wir wollen eine Fleecejacke kaufen. Wir fahren doch nach Schweden übermorgen. Und da soll es abends kalt sein. Meine Schwester hat ihre Skihosen eingepackt, na, die spinnt sowieso.«

Stefan gab ihr die Hand.

»Bist mir nicht mehr böse?«

Als Antwort stellte Veronika sich auf die Zehenspitzen und küßte ihn flüchtig auf die Wange.

»Tschüs.«

Bevor er noch etwas sagen konnte, war sie schon zur Tür hinaus.

Stefan zahlte, holte sein Rad aus dem Ständer und blieb eine Weile unschlüssig auf dem Platz stehen, der in sommerlicher Hitze flimmerte. Nur wenige Leute waren unterwegs.

Wohin hatte er gewollt?

Zur Villa des Direktors.

Er war nicht mehr so sicher, was er dort wollte.

Kann ich mal Susi sprechen? Blöde Frage – er wüßte gar nicht, was er mit ihr reden sollte. Oder: Wissen Sie, wo ich Herrn Niederwieser finden könnte? Genauso blöd – seine Adresse stand im Telephonbuch. Was haben Sie und Gerd mit Joe zu tun? Das würde er ausgerechnet ihm auf die Nase binden. Naive Frage.

So erfuhr er nichts.

Irgendwo mußte Gerd stecken. Ob er wirklich nach Südamerika geflogen war?

Hier herumzustehen und sich mögliche Antworten auf unmögliche Fragen auszudenken, brachte nichts.

Er fuhr Richtung Waldweg.

Beim Direktor jedenfalls schien der Schlüssel zum Verständnis des Ganzen zu liegen.

Ihm würde schon etwas einfallen. Es hatte keinen Sinn, sich vorher Fragen auszudenken. Wenn die Situation da war, ergab sich ohnehin jedes Mal etwas anderes.

Nach der Weilheimer Stadtgrenze ging es einen kleinen Schotterweg nach oben auf die Anhöhe, von der aus man einen Rundumblick aufs Gebirge hatte. Und da stand auch schon die Villa Protz, wie sie von den Schülern genannt wurde.

Man sah sofort, daß der Bauherr sich von amerikanischen Südstaatenhäusern hatte inspirieren lassen. Auf vier weißen Säulen balancierte ein zierlicher Balkon, und unter der überdachten Terrasse hätten sich John Wayne oder Gary Cooper ihren Whisky genehmigen können. Nur die weißen Gartenmöbel im Biedermeierstil störten die Western-Atmosphäre.

Stefan lehnte sein Rad an den Zaun.

Hier brauchte man nicht absperren. Hier würde sich keiner für sein altes Fahrrad interessieren. Weiter oben setzte sich das Nobelviertel fort. Glasfronten, Steinfiguren, Brunnen. Und vor den Garagen die Zweit- und Drittautos, BMW, Porsche, Jaguar. Daß man als Pädagoge so reich werden konnte. Obwohl, Pädagogik, eigentlich zum Lachen. Der Direktor, er hatte Biologie und Chemie studiert, unterrichtete gerade mal einen Leistungskurs.

Im Staatsdienst hätte er mit Sicherheit nicht so gut verdient. Aber die privaten Stifter wußten offenbar, was sie an ihm hatten, und entlohnten ihn angemessen.

Wer genau waren eigentlich die Geldgeber? Er wußte nur von einer Schweizerin, nach der die Schule benannt war: Lea Pfister. Zum Schulanfang wurde jedes Jahr ein Grußwort dieser Dame in der Aula verlesen. Der Reichtum der Pfisters kam aus dem Pharmabereich. Aber darüber wurde nicht gesprochen.

Lea Pfister, die in Zürich über Klees Verwendung alternativer Bildmaterialien während des Zweiten Weltkriegs promoviert hatte, setzte sich zum Ziel, an ihrer Schule einen Zweig mit dem Schwerpunkt Kunsterziehung ins Leben zu rufen. Auch Gerd wußte viele Einzelheiten über Klees Erfindungsreichtum. So hatten sie in der Unterstufe Fallschirmseide mit Gips bestrichen und auf der getrockneten Fläche mit verschiedenen Farben gemalt. Gezeigt hatte sich Frau Pfister noch nie, nicht einmal, als die Schule im Zeichenwettbewerb einer überregionalen Zeitung gleich zwei Preise einheimste. Wahrscheinlich war sie schon zu alt, um zu verreisen.

Das Tor zum Garten war offen.

Stefan ging die Stufen zur Veranda hinauf und läutete an einer altertümlichen Ziehglocke. Es schepperte wie auf einer Allgäuer Viehweide.

Aber die Tür blieb zu, eine abgebeizte, verwaschene, geschnitzte Tür, wahrscheinlich das Relikt eines ehemaligen Bauernhofs. Anhand der Tür konnte man sich vorstellen, wie die Innendekoration aussehen mochte. Bemalte Bauernschränke, rustikale Kommoden, wurmstichige Tische.

»Diese Spießer«, dachte Stefan und ging resigniert die Treppen wieder hinunter. Entweder waren alle in Urlaub gefahren, oder sie hatten sich gegen ihn verschworen.

Sollte er warten, bis jemand auftauchte?

Bei der Vorstellung, auf den heißen Holztreppen in der prallen Sonne zu sitzen, war sein Entschluß schnell gefaßt.

Er radelte zurück, diesmal ohne Aufenthalt in der Eisdiele, obwohl seine Kehle schon wieder rauh war und der Fahrtwind die Lippen austrocknete.

Während er auf der wenig befahrenen Landstraße dahinradelte, überlegte er, was er als nächstes unternehmen sollte.

Von Olaf war nicht mehr zu erfahren, der verschlief seine Suiziderinnerungen.

Die Direktorenfamilie war irgendwo in Urlaub.

Gerd sollte schon längst in Südamerika sein.

Und von Joe gab's nicht mal einen Nachnamen.

Was auch immer die drei miteinander zu tun hatten, er würde wohl nie mehr dahinterkommen.

Einen letzten Versuch unternahm er noch.

Völlig durchgeschwitzt, setzte er sich in Raisting in den Gasthof zur Alten Post, bestellte eine Apfelsaftschorle und wählte Gerds Handynummer.

Und schon nach einmaligem Läuten meldete sich Gerd.

Inge und Bruno fanden noch einen Tisch im vollbesetzten Aidenrieder Wirtshaus. Sie saßen auf den unbequemen Gartenstühlen und sahen am anderen Ufer die Silhouette des Münsters leuchten. Einige Kinder planschten unten im Wasser. Segelboote lagen vertäut am Steg, deren Besitzer später in der Dämmerung heimsegeln würden. Anders als im Seehaus war die Stimmung hier lauter. An manchen Tischen hockten die Stammgäste, spielten Karten, hatten Maßkrüge vor sich und warteten auf ihren Schweinebraten.

»Worauf hast du Appetit?« fragte Bruno.

»Ich glaube, ich werde heute mal ein Bier trinken. Und was Deftiges dazu – heute mittag war's eher spartanisch.«

»Ich hab mir nur einen Salat gemacht, bei der Hitze ...«

»Früher habe ich dich nie in der Küche gesehen. Von wegen Salat machen. Und jetzt kochst du sogar für dich.«

»Der Not gehorchend ...«, zitierte Bruno und seufzte. Der Seufzer bezog sich auf seine wissenschaftliche Arbeit, die so gar keine Fortschritte machte in letzter Zeit. Alles konnte man schließlich nicht auf die Hitze schieben.

Woran denke ich eigentlich all die Stunden des Tages, fragte sich Bruno, womit beschäftige ich mich? Mit den notwendigsten Verrichtungen, den tausend Dingen, die in einem Haushalt anfielen. Früher hatte Irene das für ihn erledigt. Nie mußte er bedenken, was er einkaufen sollte, mit welchem Programm man die Buntwäsche waschen mußte, wie oft die Blumen zu gießen oder die Fenster zu putzen waren. Hatte er deswegen so ganz anders gedacht und gelebt als Irene? Und wurde er nun durch so simple Sachen wie Ölstandsmessung und Ölbestellung vom Denken abgelenkt – weil er mehr lebte und weniger spekulierte?

Inge sah ihn nachdenklich an.

Die Abendsonne leuchtete direkt in ihr Gesicht, sie saß da wie angestrahlt, und ihre Haare glänzten honigfarben.

Er mußte die Augen von ihr wenden.

»Wir sollten uns jetzt mal ernsthaft überlegen«, meinte er so sachlich, wie er konnte, »wie du die nächsten Wochen organisierst. Am besten ist es, wenn man möglichst genau plant, vor allem, was Finanzen und tägliche Pflichten betrifft.«

»Ich weiß, was ich falsch gemacht habe. Ich war zu sorglos, oder nenne es schlampig. Zum Beispiel habe ich beim Tagesgeldkonto nicht mit unterschrieben. Das ist mir gestern eingefallen. Ich weiß, da war ich wirklich dumm.«

»Ist das Dummheit, wenn man jemandem vertraut?«

»Wahrscheinlich. Aber es hat keinen Sinn mehr, darüber zu grübeln. Ich muß mich damit abfinden, daß mein Geld weg ist. Aber wie ich das mit Ludwig schaffen werde, Tag für Tag, das weiß ich wirklich nicht. Und da meine ich nicht die Finanzen.«

»Hat er eine Pflegeversicherung?«

»Ja, natürlich. Aber du weißt ja, was die bezahlen, wenn einer noch selber aufs Klo gehen kann. Das reicht bestenfalls, um das wöchentliche Baden oder Duschen zu bezahlen. Stefan und Tommy brauchen noch Jahre, bis sie auf eigenen Füßen stehen.«

»Die Münchner Wohnung jedenfalls ist noch nicht verpfändet oder verkauft. Da können die beiden umsonst wohnen. Und daß sie etwas dazu verdienen, das darfst du verlangen. Über die Hälfte der Studenten tut das ohnehin.«

»Stefan macht mir Sorgen. Wie soll das werden, so eine Künstlerexistenz?«

»Jetzt laß ihn erst mal studieren, wozu er sich berufen fühlt. Stell dir vor, er wäre sein ganzes Leben Rechtsanwalt und unglücklich in seinem Beruf. Geld allein macht nicht glücklich, wenn ich es mal so banal ausdrücken darf.«

»Womit wir bei deinem Thema wären. Ich habe mich gar nicht mehr nach den Fortschritten deiner Arbeit erkundigt.«

»Das Leben ist über die Theorie hinweggerollt. Ich hatte weder Zeit noch Lust, am Schreibtisch zu sitzen. Martina ist übrigens heute wieder abgefahren. Aber wahrscheinlich kommen alle, auch Christoph mit Familie, am Wochenende wieder. Das Wetter soll ja noch eine Weile so sommerlich bleiben. Vielleicht kannst du mit Ludwig dazukommen? Er kann sich doch so einigermaßen fortbewegen, oder?«

»Ja, das schon. Aber alles andere ... Ich habe dir erzählt, was er so geredet hat. Schwer auszuhalten, das sag ich dir ...«

»Ach was, wir versuchen es jedenfalls. Außerdem ist genug Lärm von den Kindern, da verschwindet sein Gebrummel in dem Tumult.«

»Ich werde mir eine dicke Haut zulegen müssen.«

Sie lächelte in seine Richtung, aber es war ein Blick wie hinter einer Glaswand, so lächelte man einem Kellner oder Verkäufer zu.

Bruno sah verwundert auf. Dieser abwesende Blick an ihr war ihm neu.

»Ich glaube nicht, daß eine dicke Haut die Lösung ist«, meinte er nachdenklich.

Inge setzte sich aufrecht hin.

»Du hast schon recht, ich will ja nicht abstumpfen. Ich habe einfach keine Ahnung, wie ich damit fertig werden soll. Hauptsächlich habe ich Angst.«

»Kein Wunder bei dem, was Ludwig dir zugemutet hat. Aber morgen sehen wir klarer, wenn wir auf der Bank waren. Dann kannst du auch sehen, wieviel Pension er bekommt und wie du das Geld einteilst. Aber jetzt lassen wir's uns erst mal gutgehen. Alles andere wird sich finden. Ich bin auch noch da, vergiß das nicht!«

»Ja, ich weiß. Ich bin dir sehr dankbar für alles, glaub mir.«

Sie sah ihm wieder in die Augen.

Sie war eine andere, wenn sie mit ihm beisammen war, das erkannte er mit einem Mal, als hätte er ihr erlaubt, die zu sein, die sie wirklich war – weder die besorgte Ehefrau noch die fürsorgliche Mutter. Wie sie so zu ihm hersah, mit einem Lächeln, war sie einfach sie selbst, ohne Rolle.

»Dankbarkeit unter Freunden ist Blödsinn. Das wäre das letzte, was ich von dir erwarte.«

»Und was wäre das erste?« fragte sie leise.

Kinder schossen einen Ball an ihren Tisch, und er war froh, daß er nicht antworten mußte. Was hätte er auch sagen sollen? Daß er sich schon ein Leben mit ihr ausgemalt hatte, als er von Ludwigs Untreue hörte? Daran durfte er nicht mehr denken. Ludwig war krank, er brauchte seine Frau, und er brauchte auch ihn. Alles andere blieb undenkbar.

Als die Kellnerin mit der Speisekarte kam und sich für die Verzögerung entschuldigte – »Sie sehen ja, was heute los ist!« –, hatten sie noch nicht einmal bemerkt, daß sie schon eine halbe Stunde hier saßen.

Sie suchten sich Fisch aus, Ammerseeforellen, mit Salzkartoffeln, dazu ein Weizenbier.

Zu ihrer Überraschung kam das Essen schnell, und sie waren damit beschäftigt, nach Gräten zu suchen. Inge setzte ihre Lesebrille auf.

»Früher sagte man uns, beim Fischessen müsse man so tun, als sei man sich böse – also nichts reden und sich aufs Fieseln konzentrieren. Sind wir uns böse?«

»Das meinst du wohl nicht im Ernst?«

»Ich meine nur, du warst auf einmal so abweisend. Habe ich was Falsches gesagt?«

Bruno schaute zu ihr hin. Hatte sie feuchte Augen?

Er konzentrierte sich wieder auf seinen Teller.

»Du hast mit Sicherheit nichts gesagt, was mich kränken könnte. Ich war eben nur zu sehr mit mir selber beschäftigt. Allmählich glaube ich, das ist überhaupt ein Grund, weswegen viele Leute unglücklich sind. Ist man auf etwas außerhalb von sich konzentriert, dann schrumpfen die eigenen Sorgen.«

»Nächstenliebe, wie in der Bibel.«

»So überspitzt, wie du das formulierst, ist es aber auch wieder nicht. In der Bibel steht, daß du dich zuerst selber lieben mußt, damit du andere lieben kannst.«

Inge sagte eine Weile nichts, aß vorsichtig ihren Fisch, nippte vom Bier und sah auf den See hinaus, an dessen Horizont die Sonne langsam zu den Hügeln hinuntersank.

»Mir scheint, das war von Anfang an Ludwigs Problem. Er hat sich immer über sich selber lustig gemacht, sich sogar über seinen Beruf abfällig geäußert Wie oft hat er nicht anfangs zu mir gesagt: ›Was findest du eigentlich an mir?‹ Aber kann man Verliebtheit oder gar Liebe erklären und begründen?«

»Was hast du darauf geantwortet?«

»Ich habe ihm Komplimente über seine Augen gemacht, die wirklich immer ein wunderbares, tiefes Blau hatten, na, und so weiter. Er wollte ständig bestätigt werden. Wenn ich mir's so überlege, hielt er nicht viel von sich selber. Da kam wahrscheinlich die junge Frau, die ihn anhimmelte, wie gerufen. Ich hätte mehr auf ihn achten sollen, statt mich ständig auf Haus und Familie zu konzentrieren. Er hat mich mit der Zeit gelangweilt. Manchmal hatte ich den Eindruck, er sah durch mich durch, merkte nicht mal mehr, wenn ich ein neues Kleid anhatte. Aber das tun ja andere Männer auch.«

»Wenn man es ihnen durchgehen läßt, dann schon. Wie hieß es in der Frauenbewegung so treffend: die Geduld der Frauen ist die Macht der Männer.«

Inge lachte. »Daß du dich mal zum Feministen mauserst, das ist sensationell. Da sieht man, wie Theorie und Praxis auseinanderklaffen.«

»Du meinst, Irene hätte mich jetzt verspottet?«

»Ja, das denke ich. Seit du dich gezwungenermaßen für Haushalt und Kochen interessierst, wird dir vielleicht so manches klar, oder?«

Bruno nahm einen langen Schluck aus seinem Weißbierglas.

»Ja, du hast recht. Ich bin ein bekehrter Macho. Und wie hast du es mit deinen Söhnen gehalten? Können die kochen?«

»Stefan schon eher. Mit einer Packung Spaghetti und fertigem Sugo jedenfalls wird er nicht verhungern. Bei Tommy bin ich mir da nicht so sicher. Der lacht sich lieber eine Köchin an. Mal sehen, ob seine Maria von Dauer sein wird.«

»Stefan und Birgit sind übrigens auch nicht mehr zusammen, weißt du das schon?«

»Er hat es erwähnt. So in der Art: Übrigens, Birgit hat in Kanada einen anderen aufgegabelt. Er schien nicht sehr mitgenommen. Ich hab ich mich eh gefragt, was die beiden gemeinsam hatten. Birgit war so eine Streberin, so überangepaßt, man wußte schon immer vorher, was sie antworten würde.«

»Stefan hat sich überhaupt rasant entwickelt, findest du nicht?«

»Das kann man wohl sagen. Dieses Drama hat allerhand nach oben geschwemmt. Für Stefan war es sicher gut. Aber ich mache mir natürlich Sorgen, was seinen Beruf betrifft.«

»Für die Sorgen ist es immer noch Zeit, wenn er fertig mit dem Studium ist. Ich glaube, er hat sich einiges vorgenommen für die nächste Zeit.«

»Er wird vor allem Geld verdienen müssen, so viel ist sicher.«

»Das ist kein Unglück. Wir haben alle während des Studiums gearbeitet.«

Inzwischen waren sie fertig mit ihrem Fisch.

Das laute Getümmel um sie herum ebbte langsam ab. Die Sonne war hinter dem Dießner Kirchturm untergegangen. Es dämmerte. An den Tischen wurden Windlichter angezündet. Die spielenden Kinder waren längst auf der Heimfahrt.

»Trinken wir noch einen Weißwein«, schlug Bruno vor.

»Es gibt Stunden, die sollten nicht vergehen.«

Bruno sah weg.

Es war im Leben eben nicht so wie bei Platon, daß Glück in der Unabhängigkeit von Äußerlichkeiten bestand. Das Gute, das man in sich verwirklichen sollte, was war das im konkreten Fall? In seinem Leben? Daß er seine Glücksvorstellung dem Glück seiner Freunde unterordnete? Daß er ein für allemal aufhörte, sich eine Zukunft mit Inge auszumalen. Ich bin jetzt alt, dachte er, und es ist an der Zeit, der Alterstheorie des Aristoteles zu folgen und nur noch die vita contemplativa eines Asketen anzustreben.

Unwillkürlich hatte er die Hände vors Gesicht geschlagen.

»Ist dir nicht gut?« Inge legte besorgt eine Hand auf seine Schulter.

»Aber nein. Ich habe nur nachgedacht. Und manchmal tut Denken weh. Aber jetzt wollen wir den Abend mit einem Glas Wein beschließen.«

Sie entschieden sich für einen Frankenwein, stießen leise an und schlürften die ersten kühlen Schlucke schweigend.

»Worüber hast du denn nachgedacht?« fragte Inge schließlich.

»Über mein eigenes Glück. Und darüber, wie sich der Glücksbegriff mit dem Alter wandeln muß. Ich glaube, ich bin jetzt schon bei Kant angelangt: Glück durch Pflichterfüllung.«

»Das klingt nicht gerade begeistert.«

»Begeisterung ist auch so etwas, das nicht mehr altersgemäß scheint. Die Alten sollen stoisch sein und nach Seelenfrieden streben. Dann stellt sich vielleicht das Glücksgefühl von selber sein.«

»Und – bist du schon so weit?«

»Weit und breit keine stoische Apathie in Sicht.«

»Wunderbar, Bruno! Wir sind eben doch noch nicht so alt!«

»Darauf wollen wir noch einmal anstoßen.«

Sie schauten beide auf den See, der inzwischen schwarz dalag, und auf die gerade noch sichtbare Hügelkette mit dem angestrahlten Kirchturm des Münsters.

»Zu meinem Glück«, meinte Bruno und sah vor sich hin, »gehört nicht nur die schöne Natur, sondern ein Mensch, in dem sich die eigenen Gefühl spiegeln. Und dieser Mensch bist du, Inge.«

Sie sah ihn lange an, bevor sie zum Reden ansetzte.

»Besser hätte ich es auch nicht sagen können. Danke, Bruno.«

Sie küßte ihn leicht auf die Wange und stand auf.

»Es ist besser, wenn wir jetzt heimfahren.«

Stefan klopfte ans Fenster der Badehütte. Sein Rad lehnte er an das Geländer des Stegs. Er war noch atemlos von der Fahrt, die er jetzt schon zum zweiten Mal gemacht hatte.

»Gerd, bist du da?«

Die Tür war geschlossen. Nach einer Weile wurde sie langsam geöffnet. Gerd stand im Türrahmen, in einem labberigen, grünlichen T-Shirt und kurzen Hosen. Er reichte Stefan eine farbverschmierte Hand.

»Ich war gerade an einem Ölbild«, grinste er entschuldigend.

»Du warst die ganze Zeit hier? Da hast du sicher gehört, wie ich heute schon einmal zu dir wollte.«

»Ja. Aber ich konnte nicht aufmachen. Ich hatte Besuch.«

Stefan sagte nichts. Vermutlich war Susi bei ihm gewesen. Und er hatte geklopft und gerufen. Wahrscheinlich hatten sie über ihn gelacht.

»Dein Nachbar sagte, du wärst gleich am ersten Ferientag nach Südamerika geflogen.«

»Das habe ich ihm erzählt. Ich wollte meine Ruhe.«

»Ich verstehe dich nicht, Gerd. Was ist denn schon dabei, wenn man einen Malkurs abhält. Der Nachbar hätte dich sicher nicht gestört.«

»Er vielleicht nicht, aber andere, die nach mir fragen.«

»Ich zum Beispiel.«

»Ja, zum Beispiel du.«

»Warum meinst du, du mußt dich vor mir verstecken? Kapier ich nicht.«

»Das ist das Problem. Erklären müssen, wo es nichts zu erklären gibt. Ständig Rechtfertigungen für absolut logische Verhaltensweisen. Du bist auch so einer, der die Augen schließt und sich dann wundert, wenn alles schwarz bleibt.«

Gerd sah ihn an, und Stefan kam sein Gesicht plötzlich fremd vor, als wäre es aus anderen Gesichtern zusammengesetzt: die Augen von einem indischen Guru, der Oliventeint von einem spanischen Granden, und der Mund, in dem das weiße Raubtiergebiß wie implantiert wirkte. Noch nie war er Gerd so nahe gekommen. Unwillkürlich rückte er zur Seite.

»Mag sein, daß ich in großer Dunkelheit lebe, aber um so deutlicher heben sich darin helle Figuren ab, zum Beispiel neonbeleuchtete, weiße Hemden, die in der Dunkelheit leuchten.«

»Aha, du merkst langsam, in welchem Zusammenhang du dich bewegst. Späte Erkenntnis, kann ich da nur sagen. Vielleicht zu spät.«

»Deine Anspielungen kotzen mich an. Ständig redest du, ohne etwas zu erklären, läßt mich mit Absicht falsche Schlußfolgerungen ziehen, hältst mich in Unwissenheit, wo du mir doch Erklärungen schuldest.«

»Ich schulde dir nichts, aber auch schon gar nichts. Für deine Dummheit bist du ganz allein selber verantwortlich. Wie alt bist du eigentlich, du Baby?«

Für ein solches Gespräch waren sie in der falschen Umgebung. Sie saßen auf einer Biergartenbank, die Tür zur Hütte stand offen und gab den Blick frei auf rotkarierte Vorhänge, auf luftige See-Aquarelle, die an den Wänden hingen, auf eine sorglose Ferienatmosphäre, die nach Pizzagewürz und Knoblauch roch. Auf den Tischen waren Rotweinflecken eingetrocknet. Vor sich hatten sie den tiefblauen See, der sich aus dem goldenen Schilf bis hinüber ans Westufer ausdehnte. Der Münsterturm im Hintergrund, die braunen Holzhäuser des Segelclubs – all das war von ihrem Platz aus erkennbar und gab die perfekte Ferienkulisse ab.

Stefan riß sich los von diesem Anblick.

»Wie kannst du da von Dummheit reden? Ich habe dir vertraut.«

»Ach, Vertrauen«, meinte Gerd abschätzig, »was ist das schon? Meistens nichts anderes als getarnte Dummheit. Vertrauensselig und naiv, das ist ganz nahe beisammen. Nichts, was mir Respekt einflößt.«

»Freundschaft ist also nichts wert in deinen Augen?«

»Mußt du gleich wieder grundsätzlich und bierernst werden, halt typisch deutsch, kann ich nur sagen.«

»Du bist ja schließlich auch ein Deutscher, was soll das?«

»Stimmt nur zum Teil, aber das führt zu weit.« Gerds Stimme klang resigniert.

Stefan sah ihn begriffsstutzig an. »Dann klär mich doch endlich mal auf – ich bin wirklich zu dumm für deine Anspielungen. Vielleicht liegt's auch daran, daß ich nicht um tausend Ecken denke ...«

»Ja, immer geradlinig, immer eingleisig, immer angeblich eindeutig und klar – daß ich nicht lache.«

Mit einer bitteren Grimasse wandte er sich ab.

»Was willst du? Soll ich rätselraten, was das alles zu bedeuten hat?«

Stefan verspürte Lust, Gerd ins Gesicht zu schlagen, ihn mit dem Malblock platt zu drücken.

Gerd lachte ihn höhnisch aus. »Ja, das würdest du jetzt gerne tun, mir eine runterhauen. Ich kann Gedanken lesen, und in deinem Fall war das noch nie schwierig. Dein Gesicht ist ein offenes Buch.«

»Dann wundert es mich, daß du nicht schon früher Kapital daraus geschlagen hast.«

»Was ist denn das jetzt wieder für eine blöde Unterstellung! Ich habe nie etwas mit dir im Sinn gehabt, es sei denn, zu deinem eigenen Besten.«

»Und was sollte das sein, deiner Meinung nach?«

»Daß du endlich deiner Bestimmung folgst und deine Zeit nicht mehr mit Juristerei vertust.«

»Das ist dir gelungen, aber nicht mit den Nebeneffekten, die eingetreten sind.«

»Wovon redest du?«

»Von unbeabsichtigten Kollateralschäden.«

»Aha, kapierst du's langsam?«

»Du warst also auch auf Olafs Fest und hast nur so getan, als würdest du weiterfahren, als du mich abgesetzt hattest?«

»Du siehst nur die Oberfläche, aber von Verstehen kann keine Rede sein.«

Gerd blickte auf den glatten See und die eingeschlafene Nachmittagsbrise. Er wirkte erschöpft, aber wachgehalten von einer inneren Erregung, die ihn aufstehen ließ, aber nur für einen Moment lang. Dann setzte er sich wieder, Stefan gegenüber.

Stefan ließ nicht locker. »Wie hängt das alles zusammen? Es muß ein Verbindungsglied geben, oder vielleicht mehrere. Du warst auf dem Fest, mit Maske, sonst hätte ich dich erkannt. Aber in welcher Verbindung stehst du mit Joe, diesem Jugendverführer?«

»Jugendführer, meinst du?«

»Vom einen zum anderen ist's nur ein kleiner Schritt, wie du aus der Geschichte weißt.«

»Er hat versucht, ein paar Begabte zur Poesie zu führen, oder zu verführen – ganz wie du willst.«

»Und was hat er dann mit Eva gemacht? War das primitiver Sex oder hochgeistige Poesie?«

»Ach, Stefan, wie kurz und konventionell du immer noch denkst! Was ist guter Sex anderes als reinste Poesie? Das hängt alles ganz eng zusammen, und wenn man beides hat, gewinnt man einen Blick in die Vollkommenheit, ins größte Glück.«

»Immer Gegenseitigkeit vorausgesetzt, ist jedenfalls meine Meinung. Du kannst niemanden zum Glück zwingen, das ist eine Binsenweisheit. Und jemanden zum Sex zu zwingen, ist ein Straftatbestand, jedenfalls bei uns.«

Gerd seufzte theatralisch auf.

»Da ist ja dein Jurastudium doch noch zu etwas zu gebrauchen. Kompliment, wie starr du zu trennen gelernt hast. Das Leben ist aber zum Glück nicht so eindeutig schwarz und weiß.«

»Jetzt mach mal einen Punkt. Du willst doch wohl nicht behaupten, daß Eva unbedingt mit Joe Sex haben wollte, noch dazu vor versammelter Mannschaft. Ich habe selber gesehen ...«

»Du hast überhaupt nichts gesehen, so voll wie du warst. Deine Phantasie geht mit dir durch. Eva hat sich freiwillig zum Dichterkurs angemeldet, und sie ist auch freiwillig auf die Fete mitgegangen, weil sie genau wußte, was da geplant war.«

»Ja, geplant! Nämlich die endgültige Befreiung? Und Joe als Befreier verklemmter Teenager? Wieso verteidigst du diesen Typen die ganze Zeit? So ein Verbrecher!«

»Das ist er mit Sicherheit nicht.«

»Also, was verbindet dich mit ihm, red schon endlich!«

»Er ist mein Bruder«, sagte Gerd leise. Er beugte sich über den Holztisch.

Stefan verschlug es die Sprache.

Da lebte man jahrelang mit jemandem, hörte auf seinen Rat, folgte ihm, bewunderte seine Fähigkeiten, verbrachte Abende mit ihm –, und man kannte ihn überhaupt nicht, hatte nur an der Oberfläche seines Lebens geschnuppert, ohne daß man jemals zu seinen Gedanken vorgedrungen wäre.

Stefan sagte immer noch nichts.

»Und Lea ist meine Schwester.«

Gerd wandte sich ab und sah hinaus auf die tiefstehende Sonne und den glatten See.

»Wie, du meinst, Lea Pfister, unsere Schulgründerin, das ist deine Schwester?«

Langsam, als müßte er erst eine Rückblende vergangener Ereignisse einschalten, antwortete Gerd: »Wir sind drei von insgesamt zehn Geschwistern. Aber wir wissen erst seit ein paar Jahren, daß wir verwandt sind.«

»Seid ihr im Waisenhaus aufgewachsen?«

»Nein, viel schlimmer.«

Was konnte schlimmer sein, als im Heim aufzuwachsen? Stefan überlegte, aber es fiel ihm nichts ein.

Gerd beugte sich nach vorn, sein Rücken war gekrümmt wie bei einem alten Mann. Er atmete langsam, wie um Zeit zu gewinnen, dann legte er die rechte Hand auf den rohen Tisch und sprach mehr zu seiner Hand als zu Stefan.

»Wir kommen aus einer deutschen, christlichen Gemeinde, die nach Chile ausgewandert ist und die letzten vierzig Jahre dort gelebt hat – einige sind immer noch dort. Wir drei haben uns abgeseilt, sind ausgerissen, wurden verfolgt, von den eigenen Eltern verfolgt ..., bis wir endlich nach Deutschland fliegen durften.«

»Wie alt warst du da?«

Gerds Gesicht sank schwer nach unten.

»26 Jahre, 26 Jahre Tyrannei, wie du es dir nicht vorstellen kannst. Unser Leben bestand seit Kindertagen aus Arbeit und Gebet, wir lebten kaserniert, kannten weder unsere Eltern noch unsere Geschwister. Das eiserne Regiment des Glaubens bestimmte den Tagesablauf. Wer nicht spurte, wurde gezüchtigt. Hier kämen Erwachsene ins Gefängnis, wenn sie Kinder blutig schlagen und sie tagelang ohne Essen einsperren würden. Bei uns gehörte das zum Alltag, zur

Erziehung. Lea war die älteste. Sie ging in die Schweiz und heiratete den reichen Pharma-Pfister. Sie war die erste, die sich engagierte und diese Schule gründete. Du mußt wissen, unsere Großeltern mütterlicherseits kommen aus Weilheim. Meine Eltern haben hier geheiratet, Lea hat eine normale Kindheit im Haus der Großeltern verbracht. Sie ist auch die normalste von uns allen. Und die sozialste. Auch für Joe und mich hat sie gesorgt. Daß wir hier angestellt wurden, ein neues Leben anfangen und allmählich den Alptraum unserer Kindheit und Jugend vergessen konnten.«

Stefan sah in Gerds sonnengebräuntes, angespanntes Gesicht. Was für ein Leben hatte er hinter sich, was hatten diese Augen gesehen, was mochte er gefühlt haben, als er so alt war wie er, elternlos unter Eltern, Einzelkind unter unbekannten Geschwistern?

»Mein Gott, wie schrecklich«, murmelte er.

Gerd war immer noch still, als lauschte er auf Stimmen, die aus der Vergangenheit zu ihm sprachen. Als er wieder anfing zu reden, veränderte sich seine Tonlage. Er sprach vor sich hin, ohne Stefan zu beachten.

»Wir durften nicht einmal die Bibel selber lesen. Es gab nur einen, der dieses Monopol innehatte, der Oberguru und Kinderschänder, den die Erwachsenen wie einen Heiligen verehrten. Nur wir Kinder wußten, was für ein Schwein er war. Aber keiner hätte uns geglaubt.«

Stefan schloß die Augen wie in einem schlechten Film und hoffte, die Zeit würde schnell vergehen. Eine bedrückende Stille, die auf jeden Satz von Gerd folgte.

»Und die Polizei? Warum seid ihr nicht zur Polizei gegangen?«

»Die Polizei war Teil des Camps, in dem wir hinter hohem Stacheldrahtzaun lebten, mitten im Nirgendwo. Die Staatspolizei schickte selber Verbrecher zu uns, um sie dort foltern zu lassen. Und vergiß nicht, Polizeigewalt übten die Erwachsenen aus, die uns schlagen und strafen durften, unter ihnen die eigenen Eltern.«

»Wie ein eigener Staat?«

»Ein rigider Staat ohne Mitleid, der vor allem die Gedanken kontrollierte, ein Staat, der von der Angst der Einwohner lebte, aber natürlich auch von der unbezahlten Arbeit aller, auch der Kinder.«

»Und wie bist du entkommen?«

»Das ist eine lange Geschichte, die ich dir vielleicht ein anderes Mal erzähle. Du sollst aber begreifen, welche Schlußfolgerungen ich aus meiner Geschichte gezogen habe. Unser neues Leben sollte eine Wiedergutmachung an uns selber sein, eine Wiederbelebung der verlorenen Kindheit, eine Wiederbelebung auch der Idee, auf Erden glücklich zu werden und nicht auf die himmlische Herrlichkeit zu warten.«

»Auf Erden, und nur auf Erden?«

»Das ist der Punkt. Wir hatten den ständigen Verweis auf Überirdisches satt. Wir wollten endlich im eigenen Namen etwas vollbringen, ohne auf das diffuse Wohlwollen von oben, die sogenannte Gnade, zu schielen – frei von der Angst vor Sanktionen. Wir wollten an dieser Schule eine neue Jugend schaffen, eine Jugend, die wir selber gerne gehabt hätten.«

Stefan verzog skeptisch das Gesicht. »Mit Sex und Drogen?«

»Warum nicht? Ein kluger Pädagoge gibt dem Chaos Raum. Ordnung und Realitätssucht sind die Feinde des Kreativen. Wenn die Christen die Existenz des Animalischen leugnen, so halte ich das für weit gefährlicher. Alle sehnen sich danach, die Kontrolle zu verlieren, sich selbst zu verlieren, die Ketten abzuwerfen, einen Augenblick der Ekstase zu erleben. Das ist absolute Freiheit, in der man glücklich sein kann. Sogar selig. Und nicht erst im Himmel, bei den ganzen sauertöpfischen Betschwestern.«

Gerd stand auf. »Nicht Gebet und Fasten, sondern Rausch und Sex sind die mächtigsten Stimulanzien der Kreativität. Das haben Künstler schon immer gefühlt und danach gelebt. Poesie und Kunst haben ihren Ursprung in der Ekstase. Und nichts anderes wollten wir euch vermitteln. Ihr solltet erfahren, wie befreiend es ist, endlich die Kontrolle über sich zu verlieren.«

Als Gerd so mit hoch aufgerecktem Oberkörper und gestikulierenden Armen und Händen vor ihm agierte, fragte sich Stefan, welchem Schauspieler er ähnlich sah. Oder lag es an der ganzen theatralischen Situation, daß er Gerd ansah wie eine andere Person, mit der ihn keine Erinnerung mehr verband.

Aber Gerd redete weiter. Ununterbrochen und fast besessen entwickelte er die Idee einer neuen und glücklichen Jugend, später einer Gemeinde, die als Elite all das Gelernte weiterverbreiten sollte. So würde eine Gemeinschaft entstehen, die angstfrei das Gute der chilenischen Christen übernehmen sollte. Disziplin im Denken und Arbeiten, das schon. Aber alles ohne den Zwang, unter dem Gerd und seine Geschwister gelitten hatten. Eine lustbetonte, unorthodoxe Erziehung, in deren Mittelpunkt das Glück des Einzelnen stehen mußte. Ihren Trieben sollte die Jugend nachgeben, bis zur Ekstase eben, die so eine Art Katharsis für künstlerisches Schaffen sein würde. Ja, das hätten sie versucht, Joe durch sein Nachhilfeinstitut und seine Dichterworkshops und er mit seinem Kunstunterricht. Auf Olafs Party sollte eine erste Einweihung in dieses Leben stattfinden.

»Ich hatte große Dinge mit dir im Sinn, wirklich. Leider ist uns da etwas dazwischengekommen.«

Stefan konnte kaum glauben, was er da hörte.

»Es kommt mir so vor, als ob es mehrere Dinge gibt, die nicht zusammengehen. Schon allein die Lehrpläne, die Schulaufsicht, das alles ... Welche Rolle spielt denn der Direktor in diesem Programm?«

»Der ist ein feiger Spießer, der froh ist, an einer Privatschule so viel Geld zu verdienen. Er hat sich immer diskret verhalten, hat auch Joes Nachhilfeinstitut unterstützt. Lea gab ihm da auch extra Anweisungen. Jetzt hat er aber erst mal Angst gekriegt und ist Hals über Kopf in den Urlaub gefahren, nach Thailand, leider mit der ganzen Familie.«

Stefan schüttelte den Kopf. »Du meinst, mit Susi. Ich verstehe gar nicht, wie du ...«

»Natürlich kannst du das nicht verstehen. Susi ist äußerst begabt, wenn auch nicht unbedingt im schulischen Bereich. Auf ihrem Sektor habe ich sie nach Kräften gefördert.«

Er lachte. »Schau nicht so belämmert, du bist doch kein Spießer, jedenfalls jetzt nicht mehr, wo du dich für die Kunst entschieden hast. Schreien, barfuß tanzen, mit allen Frauen schlafen, die du kriegen kannst – das wünsche ich dir!«

Stefan hatte die Augen geschlossen. Erinnerte Bilder: Gerds Hundekopf an Susis Hals, Joes besitzergreifende Geste um Evas Schultern, das Aufblitzen der weißen Hemden in der Dunkelheit – das alles dröhnte in seinem Kopf. Die Personen schwammen wie Inseln herum, bis das Meer sie zudeckte und sie darin verschwanden wie Träume.

Müde sagte er: »Das ist ja wie in der Steinzeit. Und jetzt? Was wollt ihr tun? Meldest du dich bei der Polizei? Wo ist Joe? Weißt du, daß Olaf sich umbringen wollte?«

»Viele Fragen, auf die es nur ein paar Antworten gibt. Ich habe mir ein Jahr freigenommen, offiziell, um zu malen. Aber ich werde meine dortgebliebenen Geschwister in Chile besuchen, zusammen mit Joe. Der ist vorige Woche gleich nach Santiago geflogen. Ich habe keine Lust, mir blöde Fragen stellen zu lassen.«

»Wie ist Eva zu Tode gekommen?«

»Ich habe keine Ahnung. Sie fiel um und war tot, mehr habe ich nicht gesehen. Wir sind dann alle fluchtartig davon, ich habe dich ins Auto gepackt und bin mit dir hierher.«

»Wenn sie aber nur in Ohnmacht gefallen wäre?«

»Dann wäre sie spätestens am nächsten Morgen aufgewacht. Von uns hat ihr jedenfalls keiner was getan. Was Olaf betrifft, so ist er noch nicht reif für größere Einsichten. Um ihn wäre es ohnehin nicht schade, das hat er wahrscheinlich selber klar gesehen.«

Er brachte ein schiefes Lächeln zustande.

»Wie kalt du über einen Schüler und Freund redest. Ich finde dich und deine seltsame pädagogische Theorie reichlich absurd, schon ziemlich am Rande dessen, was an Deutschlands Schulen erlaubt ist.«

»Erlaubt! Erlaubt! Ich höre wohl nicht recht! Ein wirklicher Künstler braucht keine Erlaubnis, zu nichts, merk dir das! Ich und nur ich gebe mir die Erlaubnis, so zu leben, wie ich will. Der Mensch, und zwar jeder einzelne, ist das Maß aller Dinge – das wußten schon unsere Vorfahren.«

»Inzwischen hat sich aber die Menschheit zum Glück entwickelt. Jetzt gibt es feste Regeln und Gesetze.«

»Mit dir ist es hoffnungslos. Komm mir nicht mit Geschichte oder Sozialisation. Das sind doch alles manipulierte Erkenntnisse. Ich verlasse mich nur auf mich und mein eigenes Gewissen.«

»... das aber auch erlernt ist!«

»Du willst Künstler sein, mit derart spießigen Ansichten? Dann bleib doch lieber bei der Juristerei. Aus dir wird nie ein Maler mit eigenen Ideen.«

»Darüber hast nicht du zu urteilen! Behalt du deine Ideen, ich behalte meine. Ich fahre jetzt heim zu meiner spießigen Familie in ihrem spießigen Haus und werde spießig zu Abend essen. Mach, was du willst. Ich mache auch, was ich will, nämlich jetzt fahren.«

Und ohne sich noch um Gerd zu kümmern, der in einer erstarrten Heroengeste dastand, schwang Stefan sich auf sein Rad und fuhr zurück nach Dießen.

Am Samstag der folgenden Woche werkelten Martina und Bruno in der Küche. Auf dem Terrassentisch standen zwei Torten, die sie am Vortag gemeinsam gebacken hatten, eine Schokoladentorte Marke Sacher, mit Aprikosenmarmelade und Schokoglasur, und eine Apfeltorte, wie Bruno sie aus Irenes Zeiten kannte. Beide Torten präsentierten sich auf weißen Spitzenmanschetten.

In der oberen Etage und auf den Treppen lärmten die Kinder. Heute war auch Anna dabei und ließ sich von ihren Cousins zum Toben animieren. Christoph und Kathrin waren am Morgen nach Augsburg gefahren, um in Ruhe einen Anzug und ein Kostüm zu kaufen. Zum Kaffee wollten sie wieder da sein.

»Inge bringt also Ludwig mit?« Martina wandte sich ihrem Vater zu.

»Ja. Ich habe gesagt, sie soll es einfach mal versuchen. Er ist schon seit zwei Tagen wieder daheim. Jedenfalls kann er gehen, Treppen steigen, selber essen. Man wird bescheiden, wenn man alt wird. Hauptsache, die Basisfunktionen klappen noch.«

»Inge tut mir leid. Das hat sie nicht verdient.«

»Wenn alle das kriegten, was sie verdienen ... so ist es halt nicht im Leben.«

»Eine einzige Ungerechtigkeit, das ganze.«

»Wir müssen das beste draus machen, ein anderes Rezept gibt es nicht.«

»Ach, Papa, ich bin so froh, daß ich dich habe!« Martina fiel ihm plötzlich um den Hals.

Eine Weile umarmten sie sich still, Bruno tätschelte ihr die Wange. »Was meinst du, wie froh ich erst bin, daß ich euch habe.«

Sie setzten sich an den gedeckten Terrassentisch, nebeneinander, Bruno legte seinen Arm um Martina. Hinter ihnen kreischten die Kinder, vor ihnen lag der See und ein blauer Himmel, der seit Wochen ohne Wolken auskam.

»Es ist fast unwirklich, so schön ist es.«

Auf dem Kiesweg knirschten Schritte. Bald darauf kamen Christoph und Kathrin zu ihnen auf die Terrasse. Sie stellten ihre Einkaufstüten auf die Bank. Gleich rasten die Kinder herbei und machten große Augen.

»Habt ihr uns was mitgebracht?«

Die beiden lachten, griffen in ihre Tüten, holten Gummibärchen und Schokolade hervor und wandten sich dann an Martina und Bruno: »Für euch ist auch etwas dabei.«

›Der glückliche Hobbykoch‹ war für Bruno bestimmt. Martina wickelte sich ihr Geschenk, ein blauweiß gemustertes Batiktuch, gleich um den Hals.

»Ihr wart so fleißig, ihr beiden. Ich freu mich auf Kaffee und Kuchen.« Kathrin räkelte sich in ihrem Stuhl und grinste zu Martina hin, die aufstand und mit Kaffeekanne und geschlagener Sahne zurückkam.

Das Gartentor quietschte.

Inge schob Ludwig vor sich her, und hinter ihnen ging Stefan durchs Rosenspalier.

Bruno eilte ihnen entgegen.

Ludwig sah an ihm vorbei, als Bruno seine Hand schüttelte.

»Schön, daß du dich zu uns aufgemacht hast! Grüß dich, Inge, hallo, Stefan!«

Bruno faßte Ludwig unter, und sie marschierten voraus zur Terrasse. Man plazierte Ludwig in einem bequemen Lehnstuhl. Dann nahmen die anderen Platz. Stefan setzte sich neben Christoph, und die beiden waren gleich in ein intensives Gespräch vertieft, allerdings so leise, daß die anderen nichts verstanden.

Martina schnitt die Torten an, Kathrin goß allen Kaffee ein, und die Sahneschüssel machte die Runde.

Inge saß bleich und müde neben Bruno.

»Ich brauche nicht zu fragen, wie's dir geht. Das sehe ich. So geht's nicht weiter. Wir müssen uns was einfallen lassen. Für dich allein ist das zu viel.«

In Inges Augen standen Tränen. Sie brachte nur ein leises »Ach« heraus, dann beugte sie sich über ihren Teller.

Ludwig nahm seine Tasse und schlürfte laut. »Ich will Kuchen«, lallte er.

Auf einmal waren alle still.

Stefan blickte besorgt auf seinen Vater, der sich schmatzend das Tortenstück mit den Händen einschob.

»Magst du nicht die Tortengabel nehmen, Onkel Ludwig?« fragte Martina matt.

Er blickte kurz auf, dann stopfte er sich die Tortenreste in den Mund. »Mehr!«

Und Martina schnitt ein weiteres Tortenstück ab und ließ es auf Ludwigs Teller gleiten. »Jetzt nimm wenigstens den Löffel! Was sollen denn die Kinder denken?«

Und energisch wischte sie ihm mit der Serviette die Hände ab und drückte ihm einen Löffel in die Hand. Und wirklich, Ludwig stach einen Bissen nach dem anderen mit dem Löffel ab.

Alle schauten zu Inge hin. Sie hatte den Kopf gesenkt und stocherte in ihrem Apfelkuchen herum.

Allen war der Appetit vergangen.

Ludwigs Bewegungen waren regelmäßig wie die einer Maschine.

Als er den Kuchen gegessen hatte, lehnte er sich zurück. »Fertig!«

In das Schweigen, das am Tisch herrschte, brüllte er plötzlich: »Heidi, pissen!«

Schwerfällig erhob er sich, machte sich an seiner Hose zu schaffen, riß den Reißverschluß auf und stand plötzlich in der Unterhose da.

Die Kinder lachten laut.

Inge sprang auf und versuchte, seine Hose wieder heraufzuziehen, aber Ludwig schlug ihr auf die Hand und schrie: »Weg, du Alte! Ich will meine Heidi!«

Danach jaulte er wie ein Hund, trottete zur Diele und sagte: »Geh ich eben in den Garten!«

Er pißte in die Rosen und setzte sich dann daneben hin. »Schluß jetzt, ich will heim! Ins Auto, alle, aber dalli!«

Er ging zur Gartentür.

Aber Bruno fing ihn ab.

»Ludwig, du kannst doch nicht aufbrechen, wenn wir alle noch beim Kaffee sitzen!«

»So, kann ich nicht?«

Er sah Bruno nicht an, ließ sich aber wieder zu seinem Sessel führen.

Langsam wich die Bedrückung, die sich seit Ludwigs Intermezzo ausgebreitet hatte. Man unterhielt sich, die Kinder sprangen zwischen den Blumentöpfen herum, streichelten Milva, die sich ein schattiges Plätzchen gesucht hatte. Anna saß mit großen Augen auf Kathrins Schoß und studierte Ludwig. Der hockte teilnahmslos, aber ruhig da und starrte in die Luft.

Plötzlich donnerten Flugzeuge in die Stille des Nachmittags. Sie waren fast über dem See verschwunden, als ihr Lärm ankam.

Bruno sah in den Himmel, und auch die anderen bemerkten das milchige Licht, das einem Wetterumschwung im Voralpenland vorausgeht, die Klarheit, in der das Gebirge daliegt, als würde es gleich hinter Pähl beginnen. Und dort zogen, zum ersten Mal seit vielen Tagen, kleine, klumpige Wölkchen dahin.

Keiner hatte auf Ludwig geachtet.

Er erhob sich ungewohnt schnell, zog eine Pistole aus der Anoraktasche und stellte sich an die Terrassenbrüstung. Er zielte auf die Kaffeegesellschaft, die dasaß, als wäre sie ein Teil der Möblierung, unbewegt und starr. Die Kinder hielten inne in ihrem Toben und versteckten sich unter der Tischdecke.

Stefan flüsterte seiner Mutter etwas ins Ohr.

»Ruhe!« schrie Ludwig. »Ich habe mich lange genug von euch verscheißern lassen. Das mache ich nicht mehr mit. Erschießen sollte man euch, ihr brutale Bande! Ich will jetzt sofort zu Heidi, und du, Stefan, fährst mich hin, aber dalli!«

»Die will dich doch gar nicht mehr. Die wollte nur deine Wohnung. Du bist wirklich ein dummer, alter Mann.« Inge ging unerschrocken auf ihn zu.

»Und jetzt setzt du dich wieder hin und bist friedlich!«

Inzwischen war sie ganz nahe bei Ludwig und wollte ihm die Pistole abnehmen.

»Gib das Ding her, so ein Blödsinn!« rief sie.

Aber da legte er auf sie an, und einen Moment erstarrten alle.

Er drückte ab.

Doch da war nur ein kleiner Knall zu hören, und Inge lachte laut.

»Meinst du, ich weiß nicht, daß das die alte Spielzeugpistole von Tommy ist?«

Ludwig wurde krebsrot, fuchtelte weiter mit der Plastikpistole herum und ging auf Bruno los, der sie ihm abnehmen wollte und sich zwischen ihn und Inge stellte.

»Mensch, Ludwig, so komm doch endlich zur Besinnung! Hier ist deine Familie und nicht am Tegernsee.«

»Das hättet ihr wohl gerne. Ich will zu Heidi, Heidi liebt mich, Heidiii.«

Er brüllte und randalierte, rannte einen Stuhl um und fiel der Länge nach auf die Holzdielen.

Dort blieb er mit dem Gesicht nach unten liegen.

Die Glastüren der Veranda waren geschlossen. Leiser Regen tropfte von den Bäumen aufs Dach. Bruno wartete vor dem gedeckten Kaffeetisch. Zwei Stück Himbeertorte leuchteten auf dem weißen Geschirr.

Es war so still, als hätte der Regen alle Sommergeräusche aufgesogen: das Tuckern der Boote draußen auf dem See, die Schreie der Badenden, die verzerrten Radioklänge des Schwimmbadrestaurants.

Einfach nur Regen.

Und seine Gedanken, die wie vom Wasser eingeschlossen waren. Sie kreisten um die Ereignisse der letzten Woche, um Ludwigs Tod, das Begräbnis, den Abschied von Stefan und Tommy, die Beratungen in der Bank.

Unglück über Unglück war über sie hereingebrochen – und da wollte er über Glück schreiben. Kein Wunder, daß er nichts zuwege gebracht hatte.

Er erinnerte sich, was Stefan ihm von der Schulgründerin, von Gerd und Joe erzählt hatte. Waren das nicht auch Glückssucher?

Wieso war dieses Konzept nicht aufgegangen? Was hatten sie außer acht gelassen?

Ihr neuer Mensch sollte glücklich sein – und gleichzeitig gelenkt und geführt durch charismatische Lehrer. Konnte es aber Glück ohne Freiheit geben?

Und er?

Sollte er nicht zuerst sein persönliches Glück suchen, bevor er sich an die Darstellung einer allgemeinen Theorie machte? Aus dem unheimlichen Zufall des Vergessens retten, was ihn glücklich gemacht hatte?

Statt dessen hatte er Steine aus den Ruinen vergangener Spekulationen wieder aufgeschichtet – und folgerichtig kein neues Gebäude zustande gebracht.

Er hörte, wie ein Auto auf der nassen Straße heranzischte und dann hielt. Kurz darauf ging die Glocke.

Inge stand vor der Tür, einen großen Strauß Blumen in der Hand.

»Stell dir vor, jetzt blühen meine lila Astern schon, obwohl wir erst Anfang August haben.«

»Die Blumen haben sich eben auch die ungewöhnlich heißen Wochen zunutze gemacht, wie wir Menschen.«

Bruno ließ Wasser in eine große Bodenvase ein, sie fand Platz neben einem blühenden Orangenbäumchen, das auch im Sommer auf der Veranda blieb.

Inge saß im schwarzen Pullover und schwarzen Jeans in dem Korbsessel an der Wand. Sie schaute hinaus auf den weißnebeligen See, auf die tropfenden Bäume und Büsche und atmete tief ein. Die graue Linie des Uferstreifens drüben auf der anderen Seeseite hob sich nur schwach vom Wasser ab.

Der graue Schleier senkte sich über die letzten Tage des Schrekkens. Sie wollte nur noch ausruhen, nichts mehr denken.

Bruno zeigte auf die neue Ausgabe des Ammerseekuriers, dessen Lokalteil aufgeblättert dalag. Er las vor: »Über den Tod des Mädchens, das am Herrschinger Ufer gefunden wurde, wir berichteten darüber, hat die Polizei jetzt Klarheit. Die 20jährige Evelyn T. hatte eine Überdosis Drogen genommen und war an Herzversagen gestorben. Ein Fremdverschulden scheidet aus.«

Die ganze Aufregung über einen vermuteten Mord war also im Sande verlaufen. Offiziell konnten weder Joe noch Gerd belangt werden. Und auch die Schule würde weiterbestehen und der Direktor sein Gehalt aus der Schweiz beziehen. Der Schulalltag würde weitergehen, Joe und Gerd nach einer gewissen Zeit wieder auftauchen, mit neuen Ideen für ihre pädagogischen Ziele. Susi würde man nach Amerika oder England in ein teures College schicken, und der Direktor noch größere Vorsicht im Umgang mit den Eltern beherzigen, wie ihm das aus der Schweiz dringend empfohlen wurde.

Es war, als hätte einer im Brei gerührt. Schlieren und Bläschen zeigten an, wo der Löffel noch vor kurzem umgerührt hatte, aber schon nach kurzer Zeit waren alle Anzeichen einer Bewegung verschwunden.

Inge saß immer noch still da, eine Hand neben der Serviette, die andere hing wie leblos herunter. Sie verfolgte die Regentropfen und hatte den Eindruck, mit ihnen zu verfließen. In diesem gnädigen Dämmerzustand wollte sie verweilen.

»Mein Gott, bin ich müde.«

Bruno setzte sich neben sie, und beide sahen dem fließenden Wasser zu, das sie in ein weißliches Nebelfeld einschloß. Dann wurde der Regen heftiger. Er trommelte auf das Glasdach wie auf ein Zelt. Die Aussicht verschwamm in diesem neuerlichen Wasserschwall, sie löste sich auf wie ein unscharfes Photo, so daß nur noch ein unwirkliches, unbestimmtes Grau alles umhüllte und sie dasaßen wie in einem Kokon.

»Schau doch, wie schön auch ein Regentag sein kann«, sagte Bruno und legte vorsichtig seine Hand auf Inges Schulter.

War das Glück?